USA TODAY BESTSELLING AUTHOR

DALE MAYER

Embrouille dans les Lys

Jolis Jardins Maudits 12

Embrouille dans les lys : Jolis Jardins Maudits, tome 12
Beverly Dale Mayer
Valley Publishing Ltd.
Traduit de l'anglais par Marie-Camille Brault et Valentin Translation

ISBN-13 : 978-1-773368-10-8
Format Print

Résumé du livre

Un nouveau polar « cozy mystery », par Dale Mayer, auteure de best-sellers au classement du USA Today. Suivez les aventures de Doreen Montgomery, jardinière et détective en herbe, et de ses adorables assistants (un chat, un chien et un perroquet) dans leurs enquêtes criminelles dans la jolie ville de Kelowna au Canada.

Du luxe à la misère… Le tumulte s'apaise… Tout à coup, c'est le calme plat… trop calme, surtout pour Doreen !

Ce qui était censé être une tranquille promenade dans un cimetière paisible après de récentes funérailles se transforme en début de nouvelle affaire. Quelqu'un a frappé Doreen sur la tête et l'a laissée face contre terre parmi les fleurs funéraires.

Est-ce de la violence gratuite ? Une vengeance ? Un avertissement quant au pire à venir ?

Personne ne le sait, pas même Doreen. Mais une chose est certaine : l'attaque a permis la disparition – peut-être le kidnapping ? – de l'adorable perroquet gris de Doreen, Thaddeus. Hors d'elle, Doreen se prive d'une virée aux urgences pour rentrer directement chez elle, où elle espère que Thaddeus rentrera tôt ou tard.

Mais quand l'oiseau revient, c'est avec un SOS noué autour de la patte, menant Doreen jusqu'à un étrange coin de la ville et un curieux petit garçon qui en sait un peu trop.

Voilà que maintenant, non content de laisser des menaces sur le seuil de Doreen, on semble prêt à les mettre à exécution…

Entre les oiseaux, les garçons et le frère du caporal Mack Moreau, l'avocat qui s'occupe de son divorce, Doreen a du pain sur la planche. Et c'est avant que sa précédente avocate se pointe sans prévenir chez elle ! Perturbée par tous ces événements, Doreen ouvre la porte à une personne dont la rancœur tenace pourrait bien lui nuire…

Inscrivez-vous ici pour être informés de toutes les nouveautés de Dale !
https://geni.us/DaleNews

Prologue

LES FUNÉRAILLES DE Rosie eurent lieu le samedi matin, deux jours après la dernière débandade. Doreen sortit du cimetière. Les cendres de Rosie avaient été mises en terre et la foule s'était dispersée. L'autopsie avait conclu à un suicide, dû à l'ingestion des anciens médicaments que prenait son mari pour le cœur ainsi qu'un cocktail d'autres substances qu'elle avait amassées.

Mais ce n'était pas pour cela qu'on se souviendrait d'elle. Non, Rosie avait été accusée d'avoir tué les trois vieilles dames – la clique des kiwis – et son mari, David, ce qui avait mis toute la communauté en émoi. Sans oublier que Marsha allait en prison pour avoir elle aussi tué son mari.

Doreen s'était éloignée discrètement du brouhaha qui régnait en ville. Elle regarda Nan marcher devant elle. Sa grand-mère devait se rendre à une cérémonie funéraire, à laquelle Doreen ne souhaitait pas prendre part, souhaitant simplement rentrer chez elle pour se détendre.

Ces derniers jours avaient davantage été un événement médiatique qu'autre chose. La police était encore en train de rassembler les morceaux de la vie de Rosie, mais il s'agissait d'un cas assez simple, où les mêmes drogues avaient été utilisées dans la mort des trois femmes. La première étant un accident, Rosie avait utilisé cela comme une opportunité de pointer Marsha du doigt et de s'en prendre aux autres femmes que Rosie considérait comme ses ennemies.

La récidive du cancer de Rosie lui avait apparemment donné la liberté de faire quelques changements dans sa vie, comme se débarrasser de la clique des kiwis qui était une épine dans son pied. Ou lui donner l'occasion, prétendument offerte par Dieu, de pointer du doigt la seule autre femme qui pouvait ruiner sa vie en racontant à tout le monde ce que leurs maris avaient fait. Rosie n'avait jamais voulu que son petit-fils soit au courant, et avait vécu dans la peur de ce qu'il ferait s'il le découvrait. Et la police avait découvert que la même drogue avait été donnée à son mari, qu'elle avait tué des années auparavant. Ce cas fut assez simple à résoudre, mais le résultat avait laissé la communauté sous le choc.

Et, la fête communale ne serait plus jamais la même.

En passant devant les multiples tombes récentes, Doreen s'arrêta pour regarder les différentes pierres et stèles, apercevant des lys à différents endroits.

Finalement, elle fit un cercle complet, et se tint au-dessus de la tombe de Rosie.

— J'espère que vous êtes en paix maintenant, dit-elle tristement. Ce n'est pas la fin que j'aurais voulue pour vous.

Elle tendit le bras, et ramassa un lys qu'elle huma, se demandant pourquoi ces fleurs représentaient toujours la mort. Pour elle, les fleurs auraient dû être synonymes de vie et de renaissance. Mais, elles étaient si souvent utilisées pour les funérailles. Elle la remit dans le vase et redressa les autres.

Ses animaux n'étaient pas présents, par respect pour les

autres personnes assistant aux cérémonies qui se déroulaient dans le cimetière. Elle avait eu la bonne idée de les laisser à la maison, car des panneaux "Interdit aux animaux" étaient situés un peu partout. Mais sans eux, Doreen se sentait un peu perdue.

Sans parler du fait qu'elle s'inquiétait de son futur rendez-vous avec le frère de Mack qui était avocat. Mais elle passa autant de temps que possible ici. Elle devait rentrer chez elle et manger avant l'arrivée des deux hommes, ainsi que faire face à l'échec de son mariage.

Elle fixa longuement les lys une dernière fois, soupira et se retourna pour s'éloigner. Ce fut à ce moment qu'une ombre s'abattit sur elle, et elle sentit quelqu'un venir à son contact. Elle se retourna en souriant, mais poussa un cri en sentant le coup qui venait de nulle part la frapper à l'arrière de la tête. Elle n'entendit rien d'autre que le bruit des pas qui s'éloignaient, alors qu'elle s'écrasait sur le tas de lys au bord de la tombe.

La douleur était accablante.

Pauvre Mack. C'était lui qui la trouverait.

Des lys. Comme c'était approprié.

Sa dernière pensée avant que le noir ne l'envahisse ? Elle avait déjà trouvé un nom pour l'enquête sur sa propre mort.

Léthargique dans les lys.

Chapitre 1

Samedi midi…

DOREEN SE RÉVEILLA face à la lumière du soleil et au ciel bleu, qui fut immédiatement remplacé par le chaos et un mélange d'aboiements, de cris et de grognements. Elle gémit et roula sur le côté, repoussant des brins d'herbe sur son visage. Une main se posa lourdement sur son épaule.

— Ne bouge pas. Tu as été touchée.

Ses paupières s'ouvrirent et elle vit Mack accroupi à côté d'elle. Elle fronça les sourcils en le regardant. Il fit de même. Elle ferma les yeux et murmura :

— Que s'est-il passé ?

— Je te retourne la question, rétorqua le policier d'un ton sinistre.

Elle rouvrit les paupières, mais elle dut lutter pour les garder ainsi.

— Je ne sais pas, cria-t-elle, avant de trembler, car sa voix accroissait le vacarme. C'est si bruyant. Qu'est-ce que c'est que ce bruit ?

Elle gémit alors que la cacophonie autour d'elle augmentait.

Mack se pencha vers elle et chuchota :

— Si tu as l'énergie nécessaire, tu devrais rappeler Mugs.

Ses paupières s'ouvrirent sur-le-champ et elle eut du mal à se relever. Mais Mack lutta pour la maintenir au sol.

— Reste tranquille, ordonna-t-il.

— Lâche-moi, grogna-t-elle.

Quand elle entendit un nouvel aboiement à côté d'elle, elle tourna la tête et vit Mugs, qui s'en prenait à une foule de gens et les forçait à rester tous en retrait. Elle ne siffla qu'une seule fois, mais le son arriva jusqu'à ses oreilles pendantes et il courut vers elle. Elle s'effondra dans l'herbe et tendit une main pour la poser sur la tête de Mugs. Mais ce n'était pas suffisant. Il enfouit son visage et son museau dans son cou et ses cheveux, reniflant de haut en bas sur son flanc.

Elle gloussa.

— Je vais bien, mon bonhomme. Je vais bien.

Un soupir collectif de soulagement s'éleva de la foule autour d'elle. Quelque chose de chaud et duveteux se frottait contre son autre bras. Quand elle se tourna pour regarder, elle vit Goliath lové à côté d'elle. Doreen leva les yeux vers Mack.

— Eh bien, au moins ils sont là, à veiller sur moi.

— Je n'ai pas vu Thaddeus. Il a disparu, ajouta-t-il à voix basse.

— Qu'est-ce que tu veux dire ? demanda Doreen en écarquillant les yeux.

Il secoua la tête.

— Soit il est parti marcher, soit quelqu'un l'a enlevé.

Elle le fixa, le cœur rempli de joie d'avoir Mugs et Goliath à ses côtés, mais elle passa en mode panique en se rendant compte que Thaddeus n'était peut-être pas là.

— Ce n'est pas bon, chuchota-t-elle, avant de se souvenir de quelque chose. Je ne les avais pas avec moi. Ou peut-être que si. Je n'en ai aucune idée.

— Laissons cela pour le moment. Dis-moi. Qu'est-ce que tu fais ici ? interrogea Mack.

Doreen se concentra, mais son esprit était comme vide.

— Qu'est-ce que je fais *où* ? demanda-t-elle prudemment.

Le policier haussa les sourcils.

— Tu es au cimetière.

— Oh, dit-elle tandis qu'elle fronça les sourcils en y réfléchissant.

Puis elle aperçut les lys écrasés à côté d'elle.

— *Oh*, répéta-t-elle.

Elle posa une main sur sa tête douloureuse, puis réalisa ce qui s'était passé.

— Quelqu'un m'a frappée, cingla-t-elle en fixant Mack du regard. Tu l'as retrouvé ?

Il leva ses paumes.

— Bien sûr que je ne l'ai pas trouvé, répliqua-t-il. Nous t'avons à peine trouvée.

Elle fixa le sol, puis tourna la tête pour scruter la foule.

— Qui m'a trouvée alors ?

Il désigna quelqu'un sur le côté, où un petit garçon se tenait près de sa maman.

— Eh bien, Mugs techniquement, mais aussi ce petit garçon.

— Wouah. Il y a combien de temps ? demanda-t-elle en s'efforçant de se redresser.

Cette fois, Mack l'aida en passant un bras dans son dos pour qu'elle s'assoie. La douleur se répercuta dans son échine et Doreen frissonna.

— A-t-il vu ce qu'il s'est passé ?

— Il a dit être venu ici à cause de Mugs.

Elle détourna le regard et vit ce dernier, reniflant la main du petit homme, et l'expression de ravissement absolu sur le visage du garçon alors qu'il le caressait.

— Mugs a cet effet sur certaines personnes.

— Seulement certaines, dit doucement Mack. Beaucoup de gens ont appris à s'enfuir.

— Il n'attaque pas tout le monde, dit-elle avec indignation, n'appréciant pas la façon de penser de Mack.

— Non, peut-être pas, mais il a assurément assez attaqué.

— Eh bien, on peut dire la même chose pour Goliath d'ailleurs.

— Absolument, acquiesça-t-il, sur un ton humoristique.

La sirène de l'ambulance hurla au loin.

— Wouah, quelqu'un d'autre a été blessé ?

— Non, cette ambulance est pour toi.

— Je vais bien, protesta-t-elle, avec un geste dédaigneux de la main.

— Non, je ne pense pas. Ils vont t'examiner.

Elle s'appuya contre le genou de Mack, et inclina la tête pour le regarder.

— Je vais vraiment bien, tu sais ?

— Vraiment ? Le sang qui coule sur le côté de ta tête te contredit.

— Ils vont encore me couper les cheveux ? s'enquit Doreen en grimaçant.

— Ce n'est pas vraiment le problème.

Elle se tourna, puis haleta à cause de la douleur.

— Presque, marmonna-t-elle.

Ce fut alors que l'ambulance arriva. Deux hommes en sortirent et coururent en direction de Mack.

— Tu sais quoi ? Je reçois ce genre d'attention uniquement parce que tu es là.

— C'est moi qui les ai appelés, soupira-t-il.

— Tu réagis encore de manière excessive, grommela-t-elle.

— Encore ? répéta-t-il d'une voix menaçante.

— Peut-être… dit Doreen en souriant. Mais vous devriez vous lancer à la recherche de Thaddeus.

— Ne t'inquiète pas pour Thaddeus. On va le trouver, murmura Mack. Je veux que tu ailles à l'hôpital et que tu te fasses examiner.

— Mais on n'obtient pas toujours ce qu'on veut, annonça-t-elle en se mettant difficilement debout.

La seule pensée d'aller à l'hôpital la rendait malade.

— Certainement pas, dit-il en la maintenant assise au sol. Tu ne vas pas t'en sortir cette fois-ci.

Doreen essaya de l'ignorer, mais elle savait qu'elle ne pourrait pas l'éviter en voyant les ambulanciers courir vers elle. Mugs se leva immédiatement et aboya sur eux. Elle l'appela, et il revint vers elle en remuant joyeusement la queue.

— C'est bon, mon pote. Ils sont là pour m'aider, expliqua-t-elle en lui faisant un câlin.

Il aboya plusieurs fois et se colla à Doreen. Elle le serra contre elle, et un ambulancier s'accroupit devant elle.

— Jetons un coup d'œil à cette blessure.

— Je crois que je vous reconnais, annonça-t-elle après avoir étudié son visage.

— J'espère bien. C'est moi qui ai examiné toutes vos nombreuses blessures jusqu'à présent.

Doreen grimaça.

— Ce n'est pas bon quand les ambulanciers connaissent

mon nom, déclara-t-elle.

— Ce n'est pas bon non plus quand les flics te reconnaissent tout court, marmonna Mack en désignant le côté du cimetière où se trouvaient plusieurs policiers, dont Chester et Arnold, qui retenaient la foule.

— Oh là là, dit-elle. Je vais leur devoir plus de bières et de pizzas maintenant ?

Chester, qui devait être assez proche pour entendre, se retourna et sourit avec un pouce en l'air.

Mack éclata de rire, et elle soupira.

— Je suis un peu fatiguée, admit-elle.

— Eh bien, tant que je sais que tu ne l'as pas fait exprès.

Elle fit volte-face vers Mack, puis cria de douleur suite à ce mouvement brusque.

— Pourquoi as-tu fait ça ?

— Pourquoi ai-je fait quoi ?

— Me faire me retourner comme ça !

— Je ne t'ai pas fait te retourner, soupira-t-il en se décalant, pour que l'ambulancier puisse avoir un meilleur aperçu de la tête de Doreen. D'ailleurs, pourquoi étais-tu outrée par mon commentaire ?

— Tu crois vraiment que je me suis fait ça toute seule ? demanda-t-elle d'un ton sinistre, en lui lançant un regard noir.

— Bien sûr que non, répondit-il, mais tu as accepté de rencontrer mon frère ce week-end.

— Eh bien, ce n'est plus possible maintenant, dit-elle en portant une main à sa tête. Je suis blessée.

Mack ricana.

— Il y a une minute, tu allais très bien.

— Il y a une minute, je ne pensais plus à ton frère, répliqua-t-elle.

À ce moment-là, l'un des ambulanciers la tira légèrement, et Doreen cria de douleur.

— Je suis vraiment désolé, s'excusa-t-il, mais nous devons vous emmener. Voulez-vous marcher jusqu'à l'ambulance, ou devons-nous vous apporter un brancard ?

— Oh là là… Je ne veux pas aller dans l'ambulance.

— Dommage, rétorqua Mack en se levant avant de l'aider à se remettre doucement sur pied. Tu peux marcher toute seule, ou devons-nous te mettre sur un brancard et traverser la foule ?

— Tu es méchant, dit Doreen.

— Bien sûr que je le suis. Mon but dans la vie est de te déranger et d'être méchant, apparemment.

— C'est un défaut. Tu devrais y remédier, déclara-t-elle en se retournant vers le policier.

L'ambulancier le regarda, perplexe. Elle lui lança un regard furieux.

— Ce n'est vraiment pas bien de frapper les gens quand ils sont à terre, n'est-ce pas ?

Il acquiesça immédiatement, et la jeune femme haussa les sourcils.

— Si, c'est bien ?

Il secoua la tête.

— Êtes-vous confus ? interrogea-t-elle.

— Oh, que oui, l'interrompit Mack. Nous le sommes tous. Et je prends la décision à ta place.

D'un simple mouvement, il se pencha, la prit dans ses bras et se dirigea vers l'ambulance.

Elle s'agrippa immédiatement à ses épaules.

— Tu aurais pu au moins me prévenir, s'écria-t-elle.

— Pourquoi donc ? répondit-il. Tu aurais trouvé quelque chose à dire. Et tu n'échapperas pas non plus au rendez-vous avec mon frère ce week-end.

— Tyran, dit Doreen en tapant le torse du policier.

Celui-ci se contenta de secouer la tête. La foule se dispersa alors que des voix s'élevèrent.

— Est-ce qu'elle va s'en sortir ?

— Est-ce qu'elle va bien ?

— J'espère qu'elle va bien.

— Est-ce qu'on sait ce qui s'est passé ?

— A-t-elle été blessée ?

— Quelqu'un l'a frappée ?

Mais Mack ne donna aucune réponse. Et elle n'en avait aucune à fournir. Elle salua la foule d'un signe de la main et fut prise de court par l'émotion lorsqu'elle vit tant de gens lui rendre son salut, avec des sourires éclatants sur les visages.

— Wouah, dit-elle. Sont-ils heureux que je sois blessée ?

— Bien sûr que non, idiote, soupira le caporal, exaspéré. Ils sont contents que tu ailles bien.

Elle se pencha légèrement en arrière, afin de pouvoir le regarder pleinement.

— Mais comment le savent-ils ?

Les ambulanciers se regardèrent, puis tournèrent leur attention vers Mack.

— Ne vous fatiguez pas, répondit celui-ci en haussant les épaules. Elle joue les difficiles.

Doreen renifla.

— Est-ce que Goliath et Mugs peuvent venir avec moi au moins ?

— Pas d'animaux dans l'ambulance, rétorquèrent immédiatement les deux ambulanciers.

— Alors je ne monte pas non plus, cingla-t-elle en les fixant.

— Trop tard, dit Mack, qui la portait toujours, en entrant dans l'ambulance.

Elle lui lança un regard furieux.

— Qui t'a nommé patron ?

— Beaucoup de gens, répondit-il de sa voix menaçante.

Il l'assit sur le brancard et l'aida à s'allonger. Les ambulanciers le remplacèrent rapidement et attachèrent Doreen.

— Mack ? s'enquit-elle d'un air désespéré, détestant cette note d'inquiétude dans sa voix.

Il s'arrêta, puis la regarda et sourit.

— Je vais m'occuper des animaux.

— Mais Thaddeus… Où est Thaddeus ?

Le policier haussa les épaules.

— Il n'a pas dû aller bien loin. Il était là tout à l'heure.

— Mais tu n'en sais rien.

— Je te promets que nous le trouverons.

Et Doreen dut se satisfaire de cette réponse. En s'allongeant de nouveau, la douleur traversa son corps tout entier.

— Pourquoi est-ce que je dois toujours être blessée ? murmura-t-elle.

— Je suis quasiment certain que Mack dirait que c'est parce que vous fourrez toujours votre nez là où vous ne devriez pas, intervint le deuxième ambulancier.

Doreen le dévisagea avec surprise.

— Mais je ne faisais rien du tout ! J'étais juste à un enterrement.

— Peut-être, mais vous avez remué toutes sortes de chaos.

— Je n'ai rien remué, répliqua-t-elle d'un air fatigué, en s'effondrant et elle nota le craquement bizarre de l'oreiller en plastique sous sa tête.

— Tout ce que je fais, c'est mettre en lumière certaines

affaires.

— Et c'est ce que je voulais dire par remuer les choses, dit-il joyeusement. Tout le monde n'apprécie pas que vous fassiez la lumière sur des zones d'ombre.

— Alors ils n'auraient pas dû faire quelque chose de mal en premier lieu, déclara-t-elle.

L'ambulance démarra, et elle se retrouva seule avec l'ambulancier.

— Ça fait toujours très mal quand je vais à l'hôpital, soupira-t-elle.

— Eh bien, ça ne devrait pas être le cas. Les soignants sont là pour vous aider.

— Eh bien, ça fait quand même mal. Tout le monde vous pince, vous serre et vous pique avec des aiguilles, dit-elle. Ça fait mal, c'est tout.

— Eh bien, dites-leur de ne pas vous faire de mal.

— Comme si ça allait aider.

Heureusement, le trajet fut court et elle fut rapidement transférée sur un lit à son arrivée aux urgences. Elle s'allongea une nouvelle fois, recouverte d'un drap tout aussi rigide et inconfortable, et sentit les tremblements la gagner. Une infirmière vint vérifier sa tension artérielle, son pouls et sa température, puis s'exclama avant de se retourner et de disparaître. Doreen ne savait pas ce qui n'allait pas, mais lorsqu'elle revint avec une couverture chauffante quelques minutes plus tard, Doreen se blottit dessous et gémit de soulagement.

— C'est le choc, dit l'infirmière performante avec sympathie. Vous devriez vous réchauffer bientôt.

— Juste le choc ? demanda Doreen, qui claquait des dents. Je crois que je suis restée allongée au sol pendant un petit moment aussi.

— Savez-vous combien de temps cela a duré ? demanda le docteur, en arrivant de derrière le rideau.

— Non, il faut poser la question à Mack.

— Pas de souci, dit-il. Mais vous étiez inconsciente ?

— Selon eux, je l'étais, oui, répondit-elle. Je ne sais juste pas combien de temps.

— D'accord. Jetons un coup d'œil.

Son *coup d'œil* fut exactement comme elle s'y attendait. Quand il eut fini, elle sentit les larmes lui monter aux yeux, et elle lutta pour ne pas les laisser couler.

— On va vous soigner, dit le médecin. Vous avez besoin de quelques points de suture, et on vous fera une piqûre pour la douleur.

Elle voulait acquiescer, mais n'osait pas bouger, car depuis qu'il avait examiné sa tête, la douleur avait empiré. Elle ne comprenait pas vraiment comment cela fonctionnait, mais il semblait que c'était toujours comme ça. Et ce n'était pas juste. Elle sentit les larmes d'apitoiement sur ses joues et savait que ça non plus, ce n'était pas normal.

Le docteur et l'infirmière revinrent, puis brandirent des aiguilles et d'autres outils provenant d'un plateau que l'infirmière avait apporté. Doreen regarda le contenant et se mordit la lèvre.

— Ne vous inquiétez pas pour ça, la rassura le médecin d'un signe de la main. Tout va bien se passer.

— Vous êtes sûr ? J'ai l'impression que ça va être douloureux.

— Vous êtes déjà blessée, dit-il avec un sourire. On ne fait que vous soigner.

En théorie, elle le savait, mais elle s'inquiétait de la pratique. Soudain, le rideau fut ouvert, et Mack apparut. Doreen le fusilla du regard.

— Tu n'as rien à faire ici, annonça-t-elle.

Il lui lança le même regard.

— Bien sûr que si.

Le docteur se tourna vers le policier et sourit.

— Bonjour, Mack.

— Bonjour, Doc. Comment va-t-elle ?

— Toujours aussi charmante.

— Je n'en doute pas, acquiesça Mack, en souriant. Ça se passerait un peu plus facilement si elle ne l'était pas.

— Dommage, dit Doreen depuis son lit. Souviens-toi de ce que j'ai dit.

— Oh, je m'en souviens très bien, dit-il. Tu resteras toi-même, quoi qu'il arrive.

— Et tu n'aimerais pas qu'il en soit autrement, déclara-t-elle en lui faisant un grand sourire.

Mack gloussa.

— Ce n'est pas grave, parce que je sais que le docteur ici présent va te faire quelques points de suture et te soigner.

Doreen jeta un regard furieux au médecin.

— Ouaip, annonça celui-ci. Des points de suture. Probablement une dizaine.

Le sourire de la jeune femme disparut.

— Non ! Ça va faire mal, cria-t-elle.

— C'est possible, dit-il, mais nous allons vous anesthésier, pour que ce ne soit pas trop douloureux.

Elle gémit et se recoucha.

— Je n'ai pas le choix ?

— Non, et c'est la meilleure solution, argumenta le docteur. Cela va guérir beaucoup plus vite.

— Vous allez me raser le crâne ?

Il ricana.

— Peu importe la surface rasée, les femmes sont toujours

préoccupées par leurs cheveux, dit-il en souriant.

— Je n'ai pas vraiment envie de déambuler avec une tonsure sur la tête, rétorqua-t-elle en haussant les épaules.

— Je ne pense pas que ce soit un problème existentiel à l'heure actuelle, la réprimanda Mack.

— Personne ne t'a interrogé, répliqua Doreen avec un regard noir.

— En effet. Mais, si tu ne veux pas que j'appelle Nan pour lui raconter ça, alors tu vas bien te comporter, à partir de maintenant.

— C'est du chantage. Rien de plus.

— Peut-être, mais, tant que ça marche, je m'en fiche un peu.

Elle lui lança un nouveau regard noir, mais c'était inutile. Parce qu'il allait vraiment appeler Nan.

— Tu ne feras que l'inquiéter inutilement, marmonna-t-elle. En plus, elle est sûrement déjà au courant.

Chapitre 2

DOREEN AVAIT ÉVIDEMMENT raison. Nan était déjà au courant, et elle était dans tous ses états lorsque Mack ramena finalement la jeune femme chez elle. Quand elle descendit lentement du pick-up, refusant d'attendre qu'il vienne l'aider, la porte d'entrée de la maison s'ouvrit à la volée et le chaos s'ensuivit. Les animaux accoururent vers elle et Nan se tenait sur le pas de la porte, secouant la tête.

— Oh mon Dieu. Oh, ma chère. Oh, ma chérie, s'écria sa grand-mère en voyant son visage.

Mack fit le tour du véhicule, passa un bras autour de ses épaules et l'aida à monter les marches. Pendant ce temps, Mugs aboyait et sautait autour d'eux.

— Tout va bien, Mugs, murmura Doreen, se sentant beaucoup plus fatiguée qu'elle ne l'aurait pensé.

Une fois à l'intérieur, elle s'effondra sur la première chaise et réfléchit au fait qu'elle s'était débarrassée de tous les autres meubles.

— Ce serait bien si j'avais quelque chose de confortable sur lequel m'asseoir, marmonna-t-elle, ce qui fit ricaner Mack.

— Tu aurais pu, si tu n'avais pas tout vendu.

— À vrai dire, je ne sais pas si c'est vendu ou non, répliqua-t-elle. Cela fait des semaines que je n'ai pas eu de nouvelles de Scott.

— Oh, ma chérie, j'espère que ça va aller, les interrompit Nan.

— Je l'espère aussi, murmura Doreen.

Dès qu'elle s'assit, Goliath sauta sur ses genoux. Elle étreignit le félin géant et les larmes lui montèrent aux yeux. Puis elle tourna son regard vers Mack.

— Thaddeus ?

Il secoua la tête lentement. Elle enfouit son visage dans le pelage Goliath, les épaules tremblantes. Nan lui tapota doucement l'épaule.

— Nous le trouverons. Je sais que nous le trouverons.

— Je sais, acquiesça Doreen en hochant la tête. Je sais, mais…

Puis elle se tut. Ce devaient être les analgésiques qui la faisaient marmotter comme une idiote. Elle n'était pas comme ça d'habitude.

Nan fit un pas en arrière et annonça :

— Je vais mettre la bouilloire à chauffer.

Puis elle se retourna et fila dans la cuisine.

— Comment cherche-t-on un oiseau ? demanda Doreen à Mack.

— Eh bien, tout le monde le connaît, et tout le monde sait à quoi il ressemble, répondit-il. Et, oui, nous avons lancé une alerte, demandant à tout le monde d'ouvrir l'œil.

Quelques minutes plus tard, alors qu'elle était assise là, à câliner Goliath, Nan revint avec un plateau.

— Où as-tu trouvé ça ? demanda Doreen en scrutant le plateau.

Nan parut confuse un instant.

— Je ne sais pas, dit-elle en haussant les épaules. J'ai juste glissé la main dans le placard où je le rangeais toujours, et il était là.

Doreen fronça les sourcils et étudia le plateau. Elle ne savait pas s'il s'agissait d'un élément que Mack avait décidé de garder lorsqu'ils avaient trié les affaires, ou s'ils avaient manqué quelque chose dans la cuisine. Nan chercha un endroit autour d'elle où poser le plateau, et le policier en profita pour se lever, attraper une chaise dans la cuisine avant de lui apporter.

— Tu sais quoi ? Tu te sentiras peut-être mieux si on s'asseyait dehors, proposa-t-il.

— Pourquoi pas, dit Doreen, avant de bâiller. Mais je n'ai rien sur quoi m'asseoir non plus, là-bas.

— En effet, intervint sa grand-mère. Quand tu auras reçu l'argent des antiquités, tu devras t'acheter des meubles d'extérieur.

— Je dois d'abord acheter des meubles d'intérieur, dit Doreen, avec une pointe d'humour. Quelques fauteuils dans ce salon ne suffisent pas.

— Pas si tu veux être une mondaine, plaisanta Nan, avec vivacité.

Doreen secoua très légèrement la tête.

— J'avoue avoir reçu plus de personnes ici que je ne l'aurais cru possible au cours de ces dernières semaines, dit sa petite-fille, mais ça ne va pas continuer.

— Non, peut-être pas, mais tu vas être surprise. Les gens vont commencer à se rassembler autour de toi maintenant.

— Pourquoi feraient-ils ça ? interrogea Doreen en regardant la vieille dame avec surprise.

— Parce que tu deviens quelqu'un, répondit celle-ci,

avec ce regard plein de sagesse. Tout le monde veut fréquenter les personnes qui se sont fait un nom.

— Je ne suis personne, répliqua-t-elle en bâillant. Et apparemment, ces analgésiques font vraiment effet.

Elle se frotta doucement le visage.

— Tu devrais peut-être aller t'allonger, conseilla Mack.

Doreen haussa les épaules, puis secoua la tête en grimaçant.

— Il est tôt.

— Peut-être, mais une sieste ne te fera pas de mal, dit-il.

— Peut-être pas, mais j'ai l'impression d'en avoir déjà fait une dans l'herbe.

— Ce n'était pas intentionnel, ajouta Nan. Au fait, je te préparerais bien quelque chose à manger, mais il n'y a pas grand-chose.

En entendant cela, Doreen fit la grimace.

— Je n'ai pas fait les courses.

Nan se tenait là, les mains sur ses hanches, ses doigts bougeant de haut en bas, comme si elle jouait un morceau de piano.

— Est-ce que tu manges ?

— Bien sûr que je mange ! protesta Doreen.

Sa grand-mère regarda Mack, puis baissa les yeux vers elle.

— Mais est-ce que tu manges suffisamment ?

— Eh bien, je ne perds plus de poids, répondit-elle, donc je présume que oui.

Mais Nan n'eut pas l'air d'être satisfaite par cette réponse non plus.

— Dois-je aller à l'épicerie pour toi ?

— Pas du tout, s'exclama Doreen. C'est bon.

— Je ne veux pas que tu sois tellement préoccupée par

l'argent que tu aies peur de le dépenser.

— C'est une leçon qu'elle doit retenir, intervint Mack. Elle a très peur de le dépenser.

— C'est juste que je ne sais pas vraiment d'où viendra le prochain dollar, contesta Doreen. Donc c'est un peu difficile de sortir et de dépenser de l'argent, si je ne sais pas quand j'en gagnerai.

— J'espérais que tu te débrouillerais à présent, déclara Nan, son inquiétude étant évidente dans sa voix.

— Eh bien, si je réussis à vendre les antiquités, ce sera le cas. Et je ne m'en sors pas mal, mais je n'ai pas vraiment de perspectives pour trouver un emploi décent. Les gens me regardent différemment maintenant.

— Bien sûr. Comme je l'ai dit, tu es quelqu'un.

— Je suis quelqu'un qui n'a pas de travail, répliqua Doreen avec exaspération.

— Où as-tu postulé ? demanda Nan.

— Je ne l'ai pas vraiment fait, répondit Doreen d'un air sombre. J'ai commencé à rédiger mon CV, mais je ne savais pas quoi dire parce qu'il n'y a pas grand-chose à mettre. Est-ce que *mondaine* est une profession ?

Mack et Nan se figèrent, se regardèrent puis se tournèrent vers Doreen qui haussa les épaules.

— Vous voyez donc le problème, n'est-ce pas ?

— Mais certains emplois ne requièrent aucune expérience, ma chère, l'encouragea Nan. Tu pourrais sûrement trouver quelque chose à l'épicerie.

— En effet, acquiesça-t-elle avant de bâiller à nouveau. Et je te promets que j'y jetterai un coup d'œil, quand je me sentirai mieux. J'ai besoin de quelques jours pour m'en remettre.

— Non, tu as besoin de plus que quelques jours, protesta sa grand-mère. Tu n'as pas arrêté depuis longtemps.

— Peut-être. Et maintenant, j'ai un autre problème à régler.

— Qu'est-ce que c'est ? demanda Nan, son intérêt à présent éveillé. Je peux t'aider à faire quelque chose ?

Doreen y réfléchit un moment, puis réalisa que ce n'était pas juste.

— Non, Mack ne te laissera pas faire.

À ce moment-là, celui-ci se retourna et la regarda.

— De quoi tu parles ?

— Je parle de ton frère, répondit-elle avec un regard noir.

Il lui lança un regard sévère.

— Non, tu as raison. Nan ne peut pas t'aider pour ça.

— Oh mon Dieu, s'exclama Nan, en regardant Mack. Pouvez-vous l'aider ?

— Cela dépend de ce que mon frère a à dire, répondit-il.

Nan eut l'air ravi.

Doreen se contenta de regarder sa grand-mère avec amertume.

— Tu sais combien ce sera difficile, n'est-ce pas, Nan ?

— Absolument, ce sera difficile, consentit-elle, avec un hochement de tête et un regard compatissant. Mais c'est nécessaire.

— Pourquoi est-ce nécessaire ? Je pourrais simplement m'éloigner de tout ça.

— Et le laisser s'en sortir ?

— Au moins, je n'aurais pas à m'occuper de ça ou de lui, dit Doreen en s'affaissant sur le siège et en fermant les yeux.

— Tu ne peux pas te cacher éternellement.

— Je ne me cache pas. Être déterminée à ne pas s'impliquer est une tout autre chose.

— Non, c'est faux. Ça s'appelle se cacher.

Doreen le fusilla du regard.

— Tu ne sais pas comment c'était.

— Non, je ne sais pas. Et tu as raison. Ce n'est pas à moi de juger. Je peux comprendre que tu ne veuilles pas t'impliquer, mais c'est toi qui n'arrives pas à mettre de la nourriture sur ta propre table, alors que lui vit grassement dans son énorme manoir. Il a plein d'argent qu'il ne partage pas, et tu as les mêmes droits que lui sur cet argent.

Doreen gémit.

— Il se vengera après que je me serai retournée contre lui. Tu le sais, n'est-ce pas ?

— Quel genre de vengeance ?

— Il se venge toujours des gens, répondit Doreen, lasse. Je ne serai pas heureuse avec de l'argent si je dois toujours me méfier, en pensant toujours qu'il trouvera des moyens de m'atteindre.

Le silence se fit dans la pièce, et Nan la regarda.

— Tu ne m'as jamais dit à quel point ça se passait mal, ma chérie.

— Bien sûr que non, dit-elle, avec un doux sourire. Je ne voulais pas t'inquiéter.

Nan caqueta plusieurs fois.

— Oh, mon Dieu. Tu sais que ce n'est pas la réponse que je voulais entendre, dit la vieille dame.

— En effet. Mais ça ne sert à rien de mentir à ce stade. J'avais très honte de ce qui se passait, et je ne savais pas trop comment gérer ma vie telle qu'elle était. Je ne voulais pas t'attirer des ennuis, et je ne voulais pas te déranger. Tu as toujours été là pour moi, et je ne voulais pas que tu voies à quel point je m'en sortais mal dans la vie.

— Tu as donc saisi ta chance et tu l'as quitté. Je ne veux

pas que tu aies l'impression d'avoir raté ta vie à cause de ça.

— Peut-être, mais je n'ai pas très bien réussi depuis.

— Eh bien, nous allons aller au fond des choses maintenant, les interrompit Mack. D'abord, je veux que tu te reposes et que tu te détendes un peu, avant que mon frère n'arrive.

Doreen fixa le policier, les yeux écarquillés.

— Quand est-ce qu'il vient ? demanda-t-elle d'un ton sinistre. Tu as sûrement repoussé ça à la semaine prochaine.

Il lui lança un regard noir.

— Non. Il vient ce week-end. Je dois juste confirmer avec lui quand exactement.

— Oh, Seigneur, dit-elle, en s'affaissant à nouveau. Et moi qui espérais que cela pourrait repousser le rendez-vous.

— Te faire agresser par un inconnu ne m'empêchera pas d'essayer de te remettre sur pied financièrement, répliqua-t-il d'un ton sévère.

— Et tu devrais être reconnaissante pour son aide, ajouta Nan.

Doreen ouvrit les yeux et vit Nan qui la regardait avec inquiétude. Elle tendit une main, et sa grand-mère la saisit immédiatement entre les siennes.

— Je suis désolée, Nan. Tu as raison. Je ne veux pas me donner la peine de revivre tous les détails.

— Mais cela te fera tellement de bien de passer à autre chose, la rassura Nan en lui tapotant la main. Et, si Mack est prêt à t'aider, laisse-le faire.

— Ai-je le choix ? interrogea Doreen en souriant.

— Non, répondit Mack d'une voix déterminée. Tu n'as pas le choix.

Puis après une courte pause, il ajouta :

— Allons te mettre au lit à l'étage.

Chapitre 3

DOREEN SE RÉVEILLA de sa sieste inopinée avec un torticolis, car elle s'était couchée dans une mauvaise position en câlinant Goliath. La maison était silencieuse. Nan et Mack étaient probablement partis. Ses yeux se posèrent instantanément sur le perchoir vide où Thaddeus dormait habituellement, et elle prit son téléphone pour envoyer un message à Mack.

Des nouvelles de Thaddeus ?

Il répondit par la négative. Elle soupira, regarda son chat, puis lui gratta le ventre et lui demanda :

— Tu pourrais le retrouver ?

Goliath remua la queue, mais, à part cela, elle n'eut aucune preuve qu'il avait entendu sa demande. Pourquoi le chat s'inquiéterait-il ? La plupart du temps, les deux étaient en désaccord. Mais Doreen voulait croire qu'ils étaient une famille unie et que son ami manquerait à Goliath. Du moins, elle l'espérait. Mugs était allongé sur le dos, les quatre pattes en l'air, complètement détendu.

Elle fronça les sourcils.

— Comment se fait-il que vous ne soyez pas inquiets ?

demanda-t-elle, mais aucun des animaux ne répondit.

Savaient-ils quelque chose qu'elle ignorait ? Elle s'interrogea, car ils semblaient étrangement satisfaits. Elle se leva d'un bond, puis se figea, tandis que la pièce tournoyait autour d'elle.

— Wouah, marmonna-t-elle. C'était un peu trop rapide.

Elle se dirigea lentement vers la salle de bains et utilisa les toilettes, puis se posta devant le miroir et haleta en voyant son reflet.

— J'ai l'air d'une sorcière.

Ses cheveux partaient dans tous les sens, et les points de suture sur son crâne dépassaient tels des brins noirs, semblant douloureux.

Elle pensa à prendre une douche, puis se dit que ce n'était probablement pas la peine pour l'instant. Personne ne lui donnerait le feu vert, et elle se souvenait vaguement que le médecin lui avait dit de se laisser aller quelques jours. Elle réussit à se frotter le visage et le cou avec un gant de toilette, pour retirer une partie de la saleté, de la boue et du sang, et se sentit légèrement mieux.

Cela fait, elle retourna lentement dans sa chambre, puis se rendit compte que ses vêtements étaient également sales et pleins de sang. Elle réussit tout de même à se changer dans le but de se sentir plus fraîche. Enfin, elle descendit retrouver sa fidèle cafetière.

Dès qu'elle eut lancé le café, Doreen ouvrit la porte arrière et laissa Mugs et Goliath, qui étaient descendus avec elle, sortir pour vaquer à leurs occupations. Elle déambula sur sa terrasse et ressentit le même plaisir que toutes les autres fois. Elle était tellement heureuse de l'avoir.

La vieille table branlante et les deux chaises étaient à peine utilisables. Elle avait l'intention de les moderniser quand elle aurait de l'argent, peu importe quand. Elle recula une chaise, mais au moment où elle allait s'asseoir, le pied vrilla. Elle cria et réussit tout juste à éviter une chute.

Une inspection minutieuse lui démontra que l'autre chaise était dans le même état. La table n'était pas en reste. Elle superposa les trois pièces contre la maison, au cas où elle oublierait et voudrait s'asseoir dessus à nouveau, puis elle marcha lentement sur le bord de la terrasse. Ses mains cherchèrent instinctivement un peu de soutien le long de la balustrade, tandis qu'elle admirait le magnifique chemin en béton imprimé, ainsi que la bordure. Même si celle-ci était quelque peu effacée le long du gazon, elle était ravie de l'avoir.

Elle se déplaça prudemment sur les pavés et se dirigea vers la rivière. Ignorant le banc, elle réussit à se pencher lentement vers l'herbe et regarda l'eau. Le niveau était encore étonnamment haut et l'eau se déversait avec une férocité qui la surprenait. Une branche seule passa ; un canard solitaire nagea devant elle, et Doreen se demanda ce qu'il pouvait bien faire là dans ce fort courant. Il avait dû y avoir une sacrée tempête sur la montagne pour qu'il y ait autant d'eau ici.

Doreen n'avait pas vu beaucoup d'oiseaux sauvages, comme les canards, depuis que la rivière était montée. Ce qui était logique selon elle, car lutter contre le courant devait être épuisant. Mais alors, peut-être que comme elle, ce canard solitaire essayait de s'opposer au système.

Elle sourit, en pensant qu'elle le comprenait totalement. Elle savait que Mack ne renoncerait pas à l'idée qu'elle rencontre son frère. Et elle n'avait pas l'intention de renoncer à Mack non plus, car il avait été là pour elle à chaque étape, même si elle n'avait pas été très accueillante. Mugs s'approcha et la poussa délicatement. Elle caressa ses longues oreilles soyeuses.

— Hé, mon pote, dit-elle. Tu sais où est Thaddeus ?

Ils restèrent assis dans un silence morose, tandis qu'elle attendait, appréciant la paix et le calme, bien que son cœur fut lourd lorsqu'elle pensa à son animal de compagnie disparu. Qui aurait pensé que Thaddeus disparaîtrait ? Mais les perroquets sachant parler n'étaient pas si communs que ça. Alors qu'elle était assise là, à se dire qu'elle devait rentrer chez elle, car le café était certainement prêt, elle entendit un cri en amont.

Elle vit deux adolescents poursuivre quelque chose dans la rivière ou sur le chemin. Elle se pencha en avant, essayant de distinguer ce qu'ils faisaient. Alors qu'ils se rapprochaient un peu plus du côté opposé, ils la pointèrent du doigt.

— Bonjour ?

Ils crièrent de l'autre côté de la rivière, mais elle ne pouvait pas entendre à cause du rugissement de l'eau. Elle se leva lentement, alors qu'ils pointaient frénétiquement quelque chose qui se dirigeait vers elle. Elle leva les yeux, et vit Thaddeus, perché sur une branche dans la rivière.

Tel un pigeon voyageur, Thaddeus était en route vers elle. Ou, à en juger par la vitesse du courant, droit devant elle. Elle se dirigea instinctivement vers l'eau pour attraper sa branche alors qu'il passait à toute vitesse. Elle l'attrapa, mais tomba elle-même dans l'eau glacée.

Elle cria et haleta, mais se défendit contre le courant et parvint à remonter plusieurs maisons en aval seulement, là où le cours d'eau prenait un léger virage dans son angle d'écoulement. Pantelante dans l'eau froide, elle se redressa. Elle grimpa sur la berge en tremblant, puis s'agrippa à la clôture, en réalisant qu'elle se trouvait quasiment à l'angle où ils tournaient pour aller chez Nan. Thaddeus et Goliath coururent dans sa direction, et Mugs avait pris les devants. Ils aboyaient, miaulaient, et croassaient avec vigueur. Elle resta plantée là un long moment, glacée, puis son regard se posa sur Thaddeus et son visage s'illumina.

— Thaddeus, cria-t-elle en lui tendant le bras.

Parfaitement sec, celui-ci sauta du dos de Mugs, où il était perché, et atterrit sur le bras de Doreen. Rapidement, il courut le long de son bras jusqu'à son épaule et se frotta doucement contre sa joue.

— Thaddeus, oh, Thaddeus, tu es là.

Tout en riant et en pleurant, elle caressa sa tête et son corps.

— Oh, mon chéri, que t'est-il arrivé ?

— Que *t'est*-il arrivé ? annonça une autre voix.

Évidemment, Mack était là, à la fixer d'un regard noir.

Doreen le regarda, surprise.

— Regarde ! s'écria-t-elle. Regarde qui est là !

Le policier dévisagea Thaddeus, puis Doreen, et secoua la tête.

— Où était-il ?

Elle lui fit un sourire en coin.

— Tu ne me croiras jamais.

Il poussa un long soupir qu'elle avait appris à reconnaître.

— C'est fort probable, mais dis toujours.

Elle lui lança un regard noir.

— Tu pourrais au moins garder l'esprit ouvert.

— Hmm, dit-il, avec un rapide signe de tête à Thaddeus. Tu veux bien en venir au fait ?

Elle expliqua que les garçons avaient attiré son attention, que la branche avait descendu la rivière avec Thaddeus et qu'elle s'était retrouvée dans l'eau froide. Il la dévisagea, regarda Thaddeus, puis les divers débris qui s'écoulaient, et dit :

— Tu te rends compte qu'il aurait pu s'envoler de la branche à tout moment, n'est-ce pas ?

Elle considéra Thaddeus pendant un moment, puis se tourna vers Mack.

— Oh… Mais il ne vole pas bien, et on ne peut pas savoir ce qu'il a traversé, ajouta-t-elle.

— Peut-être pas, mais, s'il est monté sur une branche, je suis sûr qu'il aurait pu en descendre.

— Il avait peur, le défendit Doreen.

— Tu as donc sauté dans une rivière déchaînée dont le niveau est haut pour sauver l'oiseau ?

— Oui ! s'exclama-t-elle. Et je le referais si nécessaire.

Il gémit.

— Au moins, tu vas bien, même si ta tête n'était pas censée être mouillée avant quelques jours, tu te souviens ?

Elle haussa les épaules, puis sourit.

— Si tu ne le dis pas au doc, je ne le lui dirai pas non plus.

Mack leva les yeux au ciel puis lui tendit une main.

— Viens. On va te ramener à la maison.

— C'est juste au coin de la rue, protesta-t-elle en marchant avec lui, mais ses vêtements étaient trempés et elle sentait le froid, même si la journée était chaude.

— Tu vas enfiler des vêtements secs dès qu'on arrive.

— D'accord, maugréa-t-elle, bien qu'elle fut ravie que Thaddeus soit de retour. Que penses-tu qu'il lui soit arrivé ?

À ce moment, elle remarqua quelque chose autour de la patte du volatile.

— Mack, regarde, dit-elle. Il y a quelque chose à sa cheville.

Elle approcha son visage, mais Thaddeus battit des ailes.

— Thaddeus est là. Thaddeus est là, cancana-t-il.

— Je sais, Thaddeus. Laisse-moi voir ce que tu as à la cheville.

Mais celui-ci secoua la tête et ensuite sa patte, comme si quelque chose l'irritait. Cette chose accrochée à sa patte, bien sûr. Doreen regarda Mack.

— Tu crois que tu peux l'enlever ?

Il leva une main et caressa doucement Thaddeus, puis répondit :

— Laisse-moi vérifier ta patte, mon grand.

— Mon grand, chanta Thaddeus, puis il se redressa et battit des ailes. Mon grand, mon grand, mon grand.

Elle rit.

— Oh, je suis si heureuse qu'il soit rentré, dit-elle à Mack, qui détacha rapidement ce qui était accroché sur sa petite patte.

— Moi aussi. C'est un sacré personnage, et je suis content que quelqu'un n'ait pas essayé de le garder.

Doreen regarda le policier, apeurée.

— Tu penses que Thaddeus a été kidnappé ? Ou qu'il s'est *volatil*-isé ?

Mack s'arrêta, regarda la bague dans ses doigts et le morceau de papier plié.

— Je n'en sais rien, mais il est évident qu'il était avec quelqu'un. Sinon, comment se serait-il retrouvé avec ça ?

Elle secoua la tête.

— Je dois être plus fatiguée que je ne le pensais parce que ça ne m'était même pas venu à l'esprit avant que tu le dises.

— Viens, dit-il en passant un bras autour des épaules de

la jeune femme. On va te ramener chez toi.

Trempée jusqu'aux os, elle laissait une flaque d'eau derrière elle à chaque pas. Les frissons apparurent bien avant qu'ils n'atteignent sa propriété.

Il la regarda avec inquiétude.

— Je suis content que tu aies pu sortir de cette rivière. Le niveau est très élevé. Même à cette période, dit-il en regardant le chemin qui était submergé.

— Je sais, acquiesça-t-elle, luttant pour rester debout.

Mais avoir Mack à ses côtés et légèrement derrière elle, c'était comme avoir un énorme bois de soutien. Ils arrivèrent finalement à la maison de Nan, et il l'aida à remonter le petit talus herbeux, de sorte qu'elle se tienne au sommet. Il se pencha et attrapa Mugs et Goliath, tout excités de voir Doreen en sécurité à la maison, puis les déposa sur le bord de l'herbe. Enfin, ils rentrèrent rapidement.

Remarquant qu'elle frissonnait toujours, Mack la poussa vers la porte arrière.

— Allez, va te changer.

— Seulement si tu n'ouvres pas ce bout de papier tout de suite, répliqua-t-elle, en le fixant d'un œil impassible.

Mack leva les yeux au ciel, puis huma l'air.

— Tu as préparé du café, dit-il avec plaisir.

Elle le regarda fixement.

— Je sais, et je n'ai même pas emporté de tasse à la rivière avec moi.

Il gloussa.

— Ça devrait te motiver à aller te changer. Je vais nous servir une tasse chacun.

Sur ce, elle se dirigea vers les escaliers, laissant une trace humide derrière elle. Dans sa chambre, elle se débarrassa de ses vêtements mouillés pour en enfiler des secs, en pensant qu'elle devrait lancer une machine. Elle essuya doucement ses cheveux trempés avec une serviette, en faisant attention à ses points de suture, avant de redescendre.

— Comment se fait-il que je puisse avoir si froid par une si belle et chaude journée ?

— Eh bien, tout le monde ne se baigne pas dans l'eau glacée.

— Je ne pensais pas qu'elle serait aussi froide, marmonna-t-elle.

Elle accepta la tasse de café qu'il lui tendit avec reconnaissance et s'assit à la table de la cuisine en la serrant contre elle.

— L'eau descend des glaciers, tu te souviens ? Et ces horribles tempêtes dans les montagnes expliquent les crues soudaines ici, expliqua-t-il en s'asseyant à côté d'elle.

Il la regardait toujours d'un air inquiet.

Doreen lui offrit un faible sourire.

— Je vais beaucoup mieux à présent, affirma-t-elle. Surtout maintenant que j'ai Thaddeus avec moi.

Celui-ci sauta illico sur la table et se dirigea vers elle.

— Grand gaillard, grand gaillard, s'écria-t-il, provoquant leurs rires.

— Tu es mon grand gaillard, acquiesça Doreen, en se penchant pour caresser doucement la poitrine de l'oiseau.

Il sauta sur son épaule et roucoula contre sa joue. Elle ferma les yeux et se pencha un peu plus contre lui.

— Tu m'as manqué, mon grand.

— Doreen a manqué à Thaddeus.

Elle ouvrit les yeux, et elle fixa Mack.

— Est-ce qu'il vient de dire ça ?

Mack avait l'air confus. Il regarda Thaddeus et revint vers elle.

— Qu'est-ce que tu as dit, Thaddeus ?

Mais Thaddeus le regarda et se contenta de dire :

— Mon grand, mon grand.

— Doreen aime Thaddeus, dit-elle et le répéta encore et encore, mais il la regarda comme si elle était folle.

Elle soupira.

— Je suis sûre qu'il a dit, Doreen a manqué à Thaddeus.

— Eh bien, je ne suis pas sûr, déclara Mack. Ça y ressemblait, mais je ne suis pas certain que c'était ça.

Au fond de son cœur, elle savait que c'était exactement ça, mais si Mack ne l'avait pas entendu lui-même, il ne l'aurait pas cru. Cela n'avait pas vraiment d'importance. Elle le savait. Alors qu'elle était assise là, elle regarda la bande que Mack tenait et demanda :

— Qu'est-ce que c'est ?

— C'est un morceau de papier retenu par ce petit clip, répondit le policier avant de lui tendre.

Comme un trombone.

— Wouah, c'est incroyable qu'il ne l'ait pas perdu.

— C'est destiné à quelque chose de petit, comme ce bout de papier.

— Peut-être, consentit-elle, mais sa patte est aussi très petite.

Elle se pencha en avant tandis qu'elle regardait Mack ouvrir avec précaution le minuscule morceau de papier, qui mesurait à peine cinq centimètres sur deux une fois déplié. Elle poussa un petit cri en lisant la note.

— Oh, mon Dieu, s'écria-t-elle. J'ai dû mal lire.

— J'ai bien peur que non, dit-il, d'une voix sinistre.

Elle lui arracha le morceau de papier des mains et fixa le message.

Aide. Je suis retenu en otage.

Chapitre 4

— QUELQU'UN EST retenu en otage. Thaddeus l'a trouvé, et à présent il ou elle demande de l'aide, résuma Doreen, choquée, tout en fixant Mack. Il n'y a aucun moyen de savoir où était Thaddeus.

— En effet, acquiesça Mack, c'est là que réside le problème.

Elle regarda le morceau de papier, puis le retourna.

— Qu'est-ce qu'on est censé faire avec ça ? demanda-t-elle.

Puis elle se souvint des garçons qui poursuivaient Thaddeus, ou du moins qui l'avaient suivi en aval de la rivière.

— J'ai vu deux garçons, annonça-t-elle pensivement.

— Quels garçons ? l'incita Mack à continuer en se penchant en avant.

Elle lui raconta ce qu'elle avait vu, et il demanda :

— Tu pourrais les reconnaître ?

Elle le dévisagea et haussa les épaules.

— Je ne suis pas vraiment moi-même en ce moment, s'excusa-t-elle. Et ils étaient assez loin.

Doreen fit une pause.

— Et une fois que j'ai aperçu Thaddeus sur cette

branche, continua-t-elle, je ne pensais plus aux garçons.

— Évidemment. Tu te souviens à quelle distance de la rivière ils étaient ?

Elle hocha la tête.

— Je dirais un peu en amont de la rivière, dit-elle, pas très haut. Peut-être dix ou quinze mètres, mais ils étaient de l'autre côté.

Le policier tambourina des doigts sur la table, avant de se lever d'un bond et de déclarer :

— Je vais aller jeter un coup d'œil.

— Je viens avec toi ! s'exclama-t-elle en l'imitant.

Il fit volte-face et lui lança un regard noir. Elle fit un pas en avant et lui rendit son regard, levant son menton avec pugnacité.

— Et je vais amener Thaddeus.

Mack hérissa les sourcils, alors qu'il étudiait Thaddeus, puis Doreen.

— D'accord, consentit-il, mais nous allons juste voir où les garçons ont pu aller.

— Très bien, marmonna-t-elle.

Elle avala rapidement la moitié du café qu'elle tenait dans sa main et dit :

— Quel gaspillage de café !

— Verse le reste dans une tasse de voyage, suggéra-t-il.

— Tu vois ? répliqua-t-elle en souriant. Je ne suis pas vraiment moi-même en ce moment.

Il se contenta de lever les yeux au ciel et attendit le temps qu'elle verse le reste de son café dans une tasse de voyage, puis elle combla le vide avec ce que contenait la cafetière. Finalement, ils se dirigèrent à nouveau tous les trois vers le ruisseau. Seulement le reste de son clan n'avait rien à voir avec ça. Dès qu'ils atteignirent la rivière, Mugs aboya, et

Mack réalisa que tout le groupe était venu.

Il désigna la rivière puis se retourna pour regarder Doreen.

— C'est une autre raison pour laquelle tu dois rester ici.

— Dans tes rêves.

— Et comment vas-tu les faire traverser ? demanda-t-il.

Elle sourit, et attrapa Goliath qu'elle fourra dans les bras du policier.

— Voilà.

Elle fit de même avec Mugs, qui était beaucoup plus lourd, et le garda dans ses bras.

— J'aurais dû te donner Mugs, maugréa-t-elle, ce qui le fit ricaner.

— Ça t'apprendra à essayer de t'attirer des ennuis tout le temps.

— Je n'essaie pas de m'attirer des ennuis.

— C'est ça le problème, s'écria-t-il en traversant le petit pont, sur lequel de l'eau passait encore à travers. Tu t'attires des ennuis sans les chercher.

— C'est méchant. Je n'ai pas cherché les ennuis. Les ennuis m'ont trouvée.

Il soupira.

— Mais ils te trouvent toujours, marmonna-t-il. Comment est-ce possible ?

— Je ne sais pas. J'essayais simplement de dire au revoir à une amie à l'enterrement. Qui aurait pu me voir là-bas ?

— Tous ceux qui étaient présents aux funérailles.

Elle hocha la tête, en y réfléchissant.

— As-tu demandé si quelqu'un a vu ce qui s'est passé ?

— Des agents sont actuellement en train de vérifier les caméras, de chercher et d'interroger tous ceux qui étaient présents plus tôt dans la journée, déclara-t-il, et jusqu'à présent, personne n'a rien vu.

— Comment se fait-il que ce soit toujours comme ça ? bougonna-t-elle en secouant la tête. C'est comme si les criminels savaient exactement quand personne ne regarde.

— En même temps, ils ne vont pas faire quelque chose de mal pendant que les gens regardent.

— Oui, mais ils ne peuvent pas rester dans l'ombre tout le temps. D'ailleurs, n'est-il pas vrai que beaucoup de crimes se produisent en plein jour, et que les gens ne reconnaissent pas ce qu'ils voient ?

— Eh bien, c'est possible, mais il se passe aussi beaucoup de choses quand personne ne regarde. Cela paraît anodin parce qu'ils sont très doués.

— On m'a frappée. Je ne suis pas morte, et on ne m'a pas déplacée, donc je ne sais pas trop quel était le but recherché.

— Je ne sais pas non plus, mais ne t'inquiète pas. Nous trouverons le coupable.

Doreen savait qu'il y arriverait. S'il y avait bien une chose que l'on pouvait reconnaître chez Mack, c'est qu'il était très tenace. Et, s'il disait qu'il allait faire quelque chose, il le faisait.

De l'autre côté du petit pont, ils tournèrent à droite et remontèrent la rivière. Même là, c'était détrempé et humide, et elle savait qu'elle devrait à nouveau changer de pantalon en rentrant chez elle parce que les ourlets étaient déjà mouillés. Puis elle remarqua que Mack avait aussi trempé ses chaussures et ses chaussettes.

— Tu vas abîmer tes chaussures !

— Elles sont déjà abîmées, contra-t-il. Ce n'est pas un problème pour le moment.

— Tu es sûr de toi ? demanda-t-elle avec inquiétude.

Ces chaussures valent cher.

Il s'arrêta et la regarda, puis sourit et dit :

— Oui, mais ça fait partie des risques du métier. Il faut prévoir un budget pour les vêtements, entre autres.

— Cela n'est possible que si on a un revenu.

Il y réfléchit un moment, tandis qu'ils avançaient, et il hocha la tête. Devant eux, le chemin s'élevait très légèrement, et il était sec sur toute sa longueur. Il posa immédiatement Goliath, et Mugs suivit très rapidement. Quand Doreen se redressa, elle regarda Mugs et dit :

— Tu vas faire un régime.

— Il s'engraisse, constata Mack.

Le chien se mit à aboyer et à courir après Goliath. Thaddeus, qui était sur l'épaule de Doreen, rajusta sa position après qu'elle se fut relevée, et lança :

— Mugs est gros. Mugs est gros.

Elle le regarda, choquée.

— Tu ne viens pas de dire ça ! s'écria-t-elle. C'est tellement méchant.

— *He-he-he.*

— Tu ne peux pas traiter Mugs de gros, réprimanda-t-elle Thaddeus. Ce n'est pas gentil, et ça va le blesser.

En entendant cela, Mack se retourna et la dévisagea.

— Tu viens de dire ça à un oiseau ?

Elle le fusilla du regard.

— Mugs a aussi des sentiments. Tu ne peux pas le traiter de gros.

Mack ne répondit rien, puis se détourna et continua d'avancer.

Elle supposa que cela signifiait qu'il ne la croyait pas vraiment. Elle accourut à ses côtés et agrippa son coude.

— Mugs a aussi des sentiments. On ne peut pas

l'ignorer.

— Mugs va très bien. Continue à le nourrir, et il sera heureux.

— Bien sûr, mais je ne peux pas le laisser devenir gros, répliqua-t-elle avant d'ajouter à la volée : ce qu'il n'est pas pour l'instant.

— Bien sûr que non.

— Il ne l'est pas, répéta-t-elle. Et je ne peux pas te laisser dire qu'il l'est.

— Encore une conversation stupide, gémit Mack.

— Ce n'est pas moi qui ai commencé.

— Eh bien, si ce n'est pas toi, qui donc ?

Elle le regarda, réfléchit, et répondit :

— C'est Thaddeus.

— Oh, pour l'amour du ciel, protesta Mack, avant d'avancer encore plus vite.

Chapitre 5

Samedi en fin d'après-midi...

DOREEN CONTINUA À trépigner derrière Mack, alors qu'ils se dirigeaient vers le premier carrefour.

— Je ne me souviens pas que ça ait pris autant de temps, dit-elle, alors qu'il se retournait pour la regarder.

— Ce n'est pas si long. Nous avons dû contourner le pâté de maisons parce qu'il est partiellement inondé.

— Après tout ce temps, ils pourraient mettre en place un meilleur système d'évacuation.

— Mère Nature l'emporte toujours lorsqu'il s'agit d'inondations. Ce n'est pas si terrible que ça en ce moment, mais une année par-ci, par-là, peut être catastrophique.

— Je ne veux pas le voir comme ça, marmonna Doreen.

— As-tu vérifié tes pompes de puisard récemment ?

Elle le fixa d'un air choqué, puis secoua la tête.

— Non.

— On verra ça à notre retour. C'est pour ça qu'on en a, pour les crues inattendues comme celle-ci. J'aurais pensé que cela se serait calmé depuis le temps.

— Moi aussi.

— Mais nous avons eu énormément de pluie, continua-t-il en haussant les épaules. Ces inondations sortent de nulle part, mais se retirent presque aussi vite.

— On a eu de tout durant cette saison.

— Tu as eu beaucoup de temps depuis ton arrivée ici, n'est-ce pas ? s'enquit-il en lui lançant un sourire en coin.

— Eh bien, c'est vrai. Je ne sais pas exactement quel genre de saison à ce rythme, mais c'est différent.

— C'est mieux que si tu étais restée avec ton mari.

— Cela va sans dire, acquiesça Doreen en chassant une mèche de cheveux de son front.

Ils continuèrent de marcher, et Doreen annonça :

— Je pense que les enfants se trouvaient par ici.

— Aussi loin ?

Le policier s'arrêta pour regarder la maison de la jeune femme, qui était à peine visible à travers les arbres.

Elle opina du chef.

— C'est pour ça que je ne les ai pas bien vus.

Il hocha la tête et s'arrêta pour examiner la zone.

— Marchons un peu plus et nous verrons ce que nous pouvons trouver.

Elle lui emboîta le pas, suivant la cadence maintenant qu'elle ne portait plus Mugs, mais son jean mouillé était de plus en plus inconfortable. Ils passèrent le centre environnemental, ou l'éco-centre, comme l'appelaient les habitants, et se dirigèrent vers une zone résidentielle. Quand ils arrivèrent au coin de la rue, elle scruta le quartier et dit :

— Il y a un tas de maisons ici. Ces enfants pourraient habiter dans le coin.

— C'est possible. Allons jeter un coup d'œil.

En vadrouillant, ils aperçurent des enfants qui jouaient.

— Tu reconnais quelqu'un ?

Doreen secoua lentement la tête.

— Honnêtement, ça s'est passé si vite…

— Pas de souci.

Il s'approcha, et fit signe à deux enfants. L'un d'eux répondit par un signe de la main, mais l'autre se contenta de le fixer. Les autres jouaient en ignorant les adultes.

— Je suppose que tout le monde n'apprécie pas toujours ta présence, n'est-ce pas ? demanda-t-elle à Mack.

— Ce n'est pas négatif non plus. Cela dépend de la façon dont les enfants ont été élevés. S'ils ont peur de la police ou pas.

— Je ne m'imagine pas élever des enfants pour qu'ils aient peur des flics, dit-elle en secouant la tête. En plus, tu ne ressembles pas à un flic, mais tu as l'air de faire partie des forces de l'ordre.

— Peut-être pas toi, mais ça arrive.

— C'est mal.

Mack sourit. Puis un enfant qui était assis à proximité se leva et fila dans la direction opposée.

— Mauvaise réponse, marmonna Doreen.

Mack s'arrêta et étudia le gamin, alors que celui-ci disparaissait au coin de la rue.

— Tu le connais ? lui demanda-t-elle.

Il secoua la tête.

— Non, je ne crois pas, pourtant il y a quelque chose de familier chez lui.

— J'imagine qu'après un certain nombre d'années, on finit par connaître tout le monde ici.

— Malheureusement, ce n'est pas le cas, admit-il. J'aimerais dire que c'est le cas, mais il y a certainement beaucoup de gens qui vivent ici que je n'ai jamais croisés.

— Eh bien, c'est une bonne chose alors, car cela signifie qu'ils n'ont pas eu affaire à la police.

— En théorie.

Quelque chose dans le ton de sa voix la fit s'arrêter pour l'examiner. Elle regarda les autres enfants, qui souriaient, mais qui regardaient Thaddeus.

— Voici Thaddeus, s'exclama-t-elle. C'est mon perroquet. Avez-vous une idée des deux enfants qui l'ont vu voguer sur la rivière tout à l'heure ?

Ils lui lancèrent des regards étranges, sans expression.

— Je ne pense pas que nous soyons terriblement les bienvenus ici, dit-elle à voix basse à Mack.

— Je pense que tu as raison, acquiesça-t-il, les mains croisées sur son torse, en regardant la petite foule devant eux. La question qui se pose alors est : pourquoi ?

Elle haussa les épaules.

— Peut-être que nous nous trouvons un quartier pauvre ou peut-être que c'est juste un petit quartier, où ils sont plus méfiants envers les étrangers.

— Je ne pensais pas à ça, mais pourquoi pas. En haut, il y a beaucoup d'immeubles.

— Cela ne signifie pas pour autant qu'il s'agit d'une zone à faible revenu. Et ce n'est sûrement pas moi qui vais leur jeter la pierre, parce que j'ai probablement moins d'argent que n'importe lequel d'entre eux.

Mack gloussa de nouveau, et elle sourit.

— Je suis contente de pouvoir te faire rire au moins.

— Tu me fais toujours rire, dit-il en verrouillant son bras au sien.

Ils s'approchèrent ensuite un peu plus du groupe d'enfants.

— Tu crois qu'ils vont nous parler ? demanda-t-elle.

— J'en doute.

À ce moment-là, la porte d'une maison voisine claqua, et

un homme costaud, portant un jean, des bretelles et un T-shirt sale, en sortit en les regardant fixement.

Mack sourit.

— Hé. Belle journée, n'est-ce pas ?

— Eh bien, ça l'était jusqu'à ce que les poulets débarquent.

Doreen se raidit et haleta.

— Vous venez de me traiter de poulet ?

Il lui lança un regard noir.

— T'es qui, ma cocotte ?

Elle fut bouche bée.

— Je m'appelle Doreen, répondit-elle en inclinant la tête de façon royale, ne sachant pas du tout comment le traiter.

— OK. Vous n'êtes pas les bienvenus ici, alors allez vous faire voir.

Et, sur ce, il rentra chez lui en claquant la porte une fois de plus.

— Je ne pense pas avoir déjà rencontré quelqu'un d'aussi impoli, songea-t-elle en fixant la porte.

— Habitue-toi, surtout si tu veux te conformer aux flics. Beaucoup de gens ici ne nous aiment pas.

— Mais tu es très gentil, dit-elle avec étonnement.

Mack rigola.

— Peu importe si je suis gentil ou non. Je suis un flic, et, s'ils essaient d'enfreindre la loi, ils n'aiment pas les flics. Ils ont certainement fait une mauvaise expérience.

— Exactement, mais ce n'est toujours pas une raison pour te traiter comme ça, dit-elle avec indignation, et il lui devenait de plus en plus difficile de contenir son humeur.

— Whoua. Ne t'énerve pas.

— Pourquoi pas ? C'était vraiment injuste de sa part.

— Ce n'est guère une insulte dans le monde

d'aujourd'hui.

— Ça ne rend pas les choses plus justes.

— Peut-être pas, mais ce n'est pas injuste non plus, et nous ne causerons pas de problème à cause de tout ça.

Elle croisa ses bras sur sa poitrine et le fixa, mais le policier se contenta de lever les yeux au ciel.

— Viens. Rentrons à la maison.

— Non, quelqu'un ici a lancé un appel à l'aide, protesta-t-elle. Tu te souviens ? C'est pour ça qu'on est là.

— Nous ne savons pas du tout si cela vient d'ici. Souviens-toi de ça. Nous n'avons aucune raison de déranger ces gens.

Elle leva les mains en signe de frustration et se retourna, comme pour partir, puis s'arrêta lorsqu'elle aperçut le même petit garçon.

— Ne te retourne pas tout de suite, mais le petit gars qui s'est enfui nous observe depuis le coin de la rue.

— De la même maison ? demanda-t-il, en se retournant lentement.

— Non, celle du voisin.

— Bien, je devrais peut-être aller jeter un coup d'œil.

— Non, *je* devrais y aller. Il sera plus rassuré en présence d'une femme.

— Peut-être pas.

— Eh bien, je peux t'assurer qu'il sera plus à l'aise avec Thaddeus que nous deux, maugréa-t-elle, et cela stoppa le policier dans son élan.

— Tu as raison, consentit-il en hochant la tête. Vas-y et vois ce que tu peux découvrir.

Chapitre 6

APRÈS AVOIR VÉRIFIÉ que Thaddeus était bien sur son épaule, Doreen appela Mugs et Goliath et se dirigea lentement vers le petit garçon, qui la fixait du coin de la rue. Lorsqu'il comprit qu'elle s'approchait de lui, il recula.

Elle tendit immédiatement la main.

— Tout va bien. On ne te veut pas de mal, annonça-t-elle d'une voix douce. Tu veux rencontrer mes animaux ?

Le petit garçon écarquilla les yeux, mais il hocha la tête. Elle sourit et s'accroupit quelques mètres devant lui. Elle n'osa pas vérifier ce que Mack faisait, mais elle espérait qu'il avait assez de jugeote pour rester en retrait.

Thaddeus se pencha en avant.

— Grand garçon ! Grand garçon !

L'enfant le regarda avec surprise, puis de nouveau Doreen avant de se retourner encore une fois vers Thaddeus.

— Oui, il parle, dit-elle, avec un sourire radieux. Du moins, il parle parfois. Mais quand on veut qu'il parle, il reste muet.

Le petit garçon gloussa, et cela la fit sourire.

— Tu veux lui dire bonjour ?

Il fit un pas en avant, puis un autre. Il tendit une main,

et Thaddeus pencha son bec, ce qui effraya le petit homme qui recula.

— Hé, tout va bien, le rassura-t-elle avec une main tendue. Thaddeus ne te fera pas de mal.

Le petit garçon le regarda d'un air hésitant, puis Mugs s'approcha et s'appuya contre lui, le faisant presque tomber. Il éclata de rire et se pencha pour caresser Mugs.

— Il s'appelle Mugs.

— Mugs, répéta-t-il, en tapotant le chien maladroitement.

— C'est ça, et le chat, c'est Goliath. Parce qu'il est très grand.

Il la regarda avec surprise et vit le félin assis entre eux deux.

— Tu peux le caresser aussi, si tu veux.

Il eut l'air surpris, puis baissa les yeux vers le chat, et revint vers Mugs, qu'il essayait toujours maladroitement de caresser. Doreen s'adressa au chat.

— Eh bien, le moins que tu puisses faire, Goliath, c'est de t'approcher pour avoir un peu d'attention.

Le gros chat lui lança un regard maléfique, avant de porter son attention sur la maison et sur quelque chose qui bougeait à la fenêtre. Encore une fois, elle n'osa pas se concentrer sur cela et garda son regard sur le petit garçon, restant accroupie devant lui. Lorsqu'il tendit une main vers Thaddeus, elle se rapprocha de plusieurs petits pas, afin que l'oiseau soit plus proche.

— Tends ta main à plat, indiqua-t-elle, en tendant la sienne pour lui montrer. Tends-la pour qu'il puisse voir ce qu'il y a dedans.

Quand il s'exécuta, elle s'approcha un peu plus et dit :

— Thaddeus, dis bonjour.

Celui-ci pencha la tête, regarda le petit garçon avant de cancaner :

— Bonjour. Bonjour. Bonjour.

L'enfant ne cessait de rire.

— Il est amusant, n'est-ce pas ?

À ce moment-là, Goliath, qui n'avait pas pris la peine de bouger, se trouvait à ses pieds.

— Si tu veux t'avancer et dire bonjour au matou, tu peux.

Il regarda le félin, puis Mugs, qui était toujours à ses pieds.

— Ou tu pourrais redire bonjour à Mugs ou Thaddeus, proposa-t-elle, les mains ouvertes. Ils sont tous très gentils.

Il gloussa, mais sa main resta posée sur Mugs, qui ne semblait pas du tout gêné par cette attention. En fait, il semblait sur le point de renverser le petit garçon et de s'allonger sur lui.

— Sois gentil, Mugs, gronda Doreen en fronçant les sourcils.

Le petit garçon cessa de caresser le chien sur-le-champ.

— Ça ne veut pas dire qu'il va te faire du mal, mais il aime particulièrement les petits garçons. Il a sûrement envie que tu t'allonges sur l'herbe, pour qu'il puisse se coucher sur toi.

En entendant cela, le petit garçon éclata de rire, comme s'il ne pouvait pas imaginer une telle chose. Mais elle avait vu Mugs faire des choses assez merveilleuses et bizarres au fil du temps.

— Je m'appelle Doreen. Comment t'appelles-tu ? lui demanda-t-elle avec un sourire.

— Isaac, gloussa-t-il.

— Eh bien, Isaac, je suis très contente de te rencontrer.

C'est ta maison ? demanda-t-elle en désignant la plus proche.

Il secoua la tête, mais ne dit rien de plus, et continua à caresser Mugs. Juste à ce moment-là, un cri provint de l'intérieur d'une des maisons. Isaac regarda une fenêtre, effrayé, puis il se tourna vers Doreen et fit un bond en arrière. Mugs essaya de lui courir après, mais elle le rappela.

— Mugs, viens ici.

Celui-ci s'arrêta, la regarda d'un air mauvais, et elle secoua la tête.

— On ne peut pas aller là-bas. Ce n'est pas chez nous.

Le petit garçon fila sur un sentier. Elle se leva lentement, rassembla Mugs et Goliath, et se retira, afin que tout le monde sache qu'elle partait. Elle se tourna nonchalamment, s'assurant que les animaux la suivaient, et retrouva Mack au bout d'une allée, les mains sur les hanches.

— Ça n'a pas l'air d'avoir marché, grommela-t-il.

— Eh bien, nous savons qu'il s'appelle Isaac, répondit-elle, en faisant discrètement signe vers la rue, pour qu'ils puissent rentrer à pied. On ne sait pas non plus qui est dans sa maison, mais le bruit qui venait de l'intérieur lui a fait peur, et il est parti comme un fou.

— Je ne l'avais jamais vu auparavant.

— Isaac est-il un prénom assez peu commun pour que tu puisses vérifier l'état civil afin de voir qui sont ses parents ?

Il la regarda avec surprise, et elle haussa les épaules.

— Non. Il faudrait plus qu'un simple prénom.

Elle grimaça.

— Évidemment. Je n'ai pas réfléchi. Je suppose qu'il y a probablement des centaines et des centaines d'Isaac.

— Des dizaines de milliers à travers le pays, ajouta-t-il. Trouver celui qui habite ici s'avèrerait trop compliqué.

— Il n'y a que cent mille personnes environ qui vivent

ici, alors combien cela fera-t-il ? Peut-être quinze Isaac ?

— Au moins cinquante, corrigea le policier en riant, et il désigna la rivière d'un geste de la main. On y va ?

Doreen hocha la tête.

— Ou nous pourrions faire le tour complet, marmonna-t-elle. J'aimerais savoir ce qu'il y a de l'autre côté de ce sentier.

— Si tu veux, mais ton niveau d'énergie m'inquiète un peu.

Elle fronça les sourcils en y réfléchissant.

— Pour l'instant, ça va, répondit-elle prudemment. Je ne veux pas aller trop loin.

— Nous n'aurions pas dû sortir du tout. C'était trop tôt après que tu as été touchée, dit-il en nouant son bras au sien. Nous devrions te ramener chez toi.

Elle haussa les épaules, vraiment inquiète à présent. Elle détestait l'admettre, mais elle se sentait un peu tremblante à l'intérieur. Mais, Mack l'avait déjà remarqué, bien sûr.

— Merde, je savais que nous n'aurions pas dû venir, s'exclama-t-il en la regardant.

— Lorsque nous recevons un message anonyme demandant de l'aide, nous ne pouvons pas rester à la maison sans rien faire.

— Eh bien, je suis d'accord. Mais ce n'est pas toi qui devrais être ici.

— Si, marmonna-t-elle. Je n'arrive pas à envisager qui a pu retenir Thaddeus pendant qu'il n'était pas avec nous.

— Et le problème, c'est d'essayer de retracer ses allées et venues de la journée. Parce que, si cet oiseau fou est capable de voler sur une certaine distance, il peut aussi s'attirer beaucoup d'ennuis très loin.

— N'est-ce pas ? Il a assez de problèmes dans mon

propre jardin, s'amusa-t-elle. Je l'aime tendrement, mais on ne sait pas toujours où il a la tête.

— C'est vrai.

Mack prit quelques secondes pour envoyer un message et conduisit lentement Doreen vers la rue.

— Il y a une autre route là-bas. Nous allons monter par là et faire le tour.

Elle hocha la tête, puis ils se dirigèrent vers un autre pont sur la rivière, et au moment où ils traversèrent, Doreen se mit à trembler. Il la dirigea vers un banc tout proche et lui ordonna de s'asseoir.

— Je peux continuer à marcher, tu sais ?

— En effet, mais tu n'es pas obligée.

— Bien sûr que si.

Puis elle regarda la route, et ses épaules s'affaissèrent.

— Si seulement ce n'était pas aussi loin.

Sur ce, un véhicule s'approcha et s'arrêta devant eux. Elle regarda la voiture avec surprise.

— Tu les as appelés, ou ils sont là parce qu'on a l'air suspect ?

Mack rigola.

— Je leur ai demandé de nous ramener.

— Tu es fatigué ? s'enquit-elle d'un air excité.

Il la dévisagea, la tête penchée, et soupira.

— Bien sûr que non, marmonna-t-elle. Tu les as appelés pour moi parce que je suis à bout de souffle.

— Je les ai appelés pour toi, parce que tu as été récemment attaquée et tu ne devrais certainement pas être là.

Elle leva les yeux, et vit Arnold qui faisait le tour de la voiture, en remontant sa ceinture sous son ventre.

— Arnold, vous allez devoir changer de taille de chemise, déclara Doreen en désignant les boutons tendus.

— Non, répliqua-t-il, avec un grand sourire. Je change de lessive parce que mes chemises rétrécissent au lavage.

Elle s'apprêta à répondre, mais Mack lui donna un gentil coup sur la hanche. Elle le fusilla du regard, et il fit de même. Puis Doreen hocha la tête face à Arnold et sourit.

— Bonne idée, acquiesça-t-elle avant de désigner la voiture de patrouille. Vous êtes venus nous chercher ?

— Ouaip, répondit-il en se tapotant le ventre. Montez, et laissez-moi vous ramener chez vous.

Elle et ses animaux sautèrent sur le siège arrière, laissant à Mack le siège du passager avant.

— C'est parti, lança Arnold, en démarrant.

Doreen entendit les deux hommes discuter du message que Mack avait trouvé sur Thaddeus. Elle se pencha en avant.

— Nous devons aussi considérer que ça pourrait n'être qu'une farce.

— Oui, consentit Arnold. Mais pourquoi ?

— L'écriture était très précise, déclara Mack. Elle n'était pas tremblante ou sommaire.

— Donc quelqu'un qui écrit bien. Super, marmonna Doreen, en s'affaissant contre la banquette arrière.

Mugs et Goliath étaient assis à côté d'elle, et Thaddeus fermement agrippé à son épaule, comme s'il n'allait jamais se détacher. Il n'arrêtait pas de s'ajuster et de croasser pendant qu'ils roulaient.

— Tu sais quoi ? Thaddeus semble assez contrarié, dit-elle en étudiant l'oiseau sur son épaule.

Mack se tourna pour la regarder.

— Hé, Arnold, faisons demi-tour et retournons-y.

Arnold se gara sur le côté et interrogea :

— Retourner où ?

— Dans la zone où nous avons vu le petit garçon, pour voir si Thaddeus réagit.

Arnold haussa les épaules.

— Hé, je termine mon service dans une heure. Ça me va d'occuper mon temps pendant une heure, marmonna-t-il. J'ai tout sauf envie de retourner au bureau.

Mack soupira.

— Le problème, c'est qu'on a encore des tonnes de travail au bureau aussi.

— C'est bien vrai, acquiesça Arnold, mais, tant que je vous conduis, je n'ai pas à le faire.

Sur ce, il fit demi-tour au milieu de la rue et retourna en direction du pont. Il s'engagea dans la circulation principale et, suivant les instructions de Mack, se dirigea vers la zone d'où ils venaient.

— Comment s'appelle ce quartier ? demanda-t-elle.

— Je ne suis pas sûr qu'il ait un nom, répondit Arnold. High Road est sur la gauche. Vous avez l'une des routes transversales ici, et nous sommes proches d'Apple Park, le grand parc de jeux. Le grand éco-centre est derrière nous.

— OK, alors où allons-nous ?

— C'est dans la zone de High Road, indiqua Mack, alors qu'Arnold tournait à quelques intersections supplémentaires.

— Hmm. Thaddeus aurait-il vraiment été si loin ?

— Le cimetière où tu étais se trouve juste derrière cette colline. Ce n'est pas très loin du tout.

— Oh… C'est Spall Road, non ?

— Oui, acquiesça-t-il, et High Road est juste un peu plus loin par là.

Doreen s'enfonça dans son siège.

— Je ne connais pas du tout cette région, annonça-t-elle.

— C'est pourquoi nous sommes ici, pour y jeter un coup d'œil.

Lentement, tandis qu'il surveillait la réaction de Thaddeus, Mack demanda à Arnold de parcourir plusieurs autres pâtés de maisons. Mais à présent, Thaddeus était installé sur l'épaule de Doreen et restait silencieux.

— Tu sais à quel point il a l'esprit de contradiction, dit-elle.

— Je sais, déclara Mack. J'espérais juste que peut-être, pour une fois, il coopérerait.

Arnold ricana.

— Je ne pense pas que ce soit possible, intervint celui-ci. Chaque fois que j'essaie de faire coopérer cet oiseau, il devient encore plus difficile.

Doreen sentit qu'elle devait défendre Thaddeus contre ces deux types et leurs accusations.

— À mon avis, il ne cherche pas à jouer les difficiles, mais il pense plutôt que vous avez la situation en main maintenant, alors il peut rester en retrait.

Arnold la regarda dans le rétroviseur, et il haussa ses sourcils. Doreen s'affala.

— Je sais. Je vous comprends. Même moi je trouve ça ridicule.

— Peut-être pas, la rassura Mack. Nous savons ce dont ton trio est capable. Et, jusqu'à présent, ils ont été pleins de surprise. Regarde comment je les ai fait venir de chez toi pour m'aider à te chercher. Mugs t'a trouvée tout de suite.

— Oh, mon Dieu, s'exclama-t-elle, en se redressant. J'ai oublié.

— Oublié quoi ? demanda Mack en la fixant.

— J'ai oublié que je n'étais pas à la maison. Que j'avais laissé les animaux derrière moi ! J'étais au cimetière sans eux, n'est-ce pas ?

Mack hocha la tête.

— Nan m'a appelé pour me dire qu'elle était inquiète à ton sujet. Qu'elle avait essayé de t'appeler plusieurs fois, et que tu n'avais pas répondu. Elle a marché jusque chez toi et ne t'a pas trouvée. Et elle a remarqué que ta voiture n'était plus là. Je l'ai ramenée chez toi d'ailleurs. J'ai donc pris les animaux, en espérant qu'ils pourraient m'indiquer où tu étais, et ils ont réussi. Sachant que tu avais prévu d'assister aux funérailles, j'ai commencé par là.

— Comment as-tu fait pour que Mugs la trouve ? demanda Arnold.

— Facile, grâce à son flair, répondit Doreen en grattant la tête de Mugs. Merci, mon pote.

Il aboya et étira ses pattes avant, les gros coussinets épais et lourds se posant sur sa cuisse. Elle caressa doucement ses longues oreilles soyeuses, et sourit face à ses énormes yeux couleur chocolat.

— Tu es un sacré bon chien renifleur.

— N'oublie pas non plus Goliath, ajouta Mack, car il a suivi Mugs. Ils nous ont conduits dans l'angle du cimetière, là où tu étais.

— Tu es assez spécial aussi, Goliath, dit-elle.

À ce moment-là, Thaddeus se pencha et roucoula dans son oreille.

— Thaddeus aime Doreen. Thaddeus aime Doreen.

Sentant son cœur se déchirer et sachant qu'elle avait été à deux doigts de le perdre, elle s'approcha doucement de sa tête qu'elle embrassa puis caressa. Ils arrivèrent rapidement devant sa maison. Mack descendit, ouvrit la portière arrière pour laisser sortir Mugs et Goliath, puis aida lentement Doreen à se lever et à sortir. Il remercia Arnold et, après lui avoir parlé par la fenêtre du passager avant de la voiture, il se redressa et la poussa vers la porte d'entrée.

— Je vais bien. Retourne vaquer à tes occupations.

— Je n'ai rien à faire, répondit-il en restant à côté d'elle. J'ai fini mon service à l'heure qu'il est.

— Oh, bien. Doit-il retourner au bureau ? s'enquit-elle en regardant Arnold.

— Bien sûr, mais sa journée est presque terminée de toute façon.

— Alors, est-ce que le crime s'arrête quand vous quittez le travail ?

— Bien sûr que non, comme tu le sais bien.

— Je suis surprise que vous ayez du temps libre.

Cette remarque le fit ricaner.

— Vraiment ? Nous avons besoin de repos. Surtout depuis que tu es arrivée en ville.

— Je ne te visais pas personnellement. C'est juste que je n'avais pas réalisé que la police était moins présente le soir, alors que c'est à ce moment-là que les crimes se multiplient.

— Eh bien, tu serais surprise d'apprendre que tout le monde n'est pas un criminel, et pendant la journée, nous avons bien d'autres choses à faire que de pourchasser lesdits criminels, répliqua-t-il avec une pointe d'humour dans la voix.

Elle secoua la tête.

— Je raconte n'importe quoi ce soir. Je suis désolée.

— En effet, et cela ne fait qu'amplifier mon inquiétude sur le fait que tu as besoin de rentrer et de te reposer.

— À vos ordres, dit-elle, mais même les marches de l'entrée semblaient être trop grandes pour elle.

Elle monta lentement, tout en sachant qu'il attendait, regardait… et s'inquiétait.

— Je vais y arriver.

— Oui, mais tu me montres aussi à quel point tu as besoin de te reposer durant les prochains jours.

— Ce bout de papier me hante, répondit-elle en haussant les épaules.

— Je m'en occupe.

— Encore une fois, tu ne peux pas faire grand-chose sans Thaddeus.

— Si. Je vais jeter un coup d'œil à la zone où Thaddeus a disparu, c'est-à-dire au cimetière. Et il n'a pas disparu si longtemps que ça, et pourtant, bizarrement, il est revenu chez lui, ce qui est la surprise.

Doreen fronça les sourcils.

— Ce n'est pas une si grande surprise. Il a de bons instincts.

Elle essayait de ne pas rendre son ton accusateur, mais c'était difficile quand Thaddeus avait disparu plus tôt dans la journée.

— Je le sais bien, répliqua-t-il, remarquant visiblement le ton de la jeune femme. Crois-moi. Je suis pleinement conscient que je l'ai perdu au cimetière.

Elle se sentit instantanément mal.

— Non, la rassura-t-elle, il fait ce qu'il veut. Et quand il sent quelque chose, il s'en va, que tu le veuilles ou non. Ce n'était pas ta faute.

— C'est gentil. Je suis juste heureux que nous l'ayons retrouvé.

Elle hocha la tête, puis entra dans le salon et s'affala dans un fauteuil.

— Tu ne devrais pas t'arrêter là. Monte te coucher.

Elle regarda les escaliers et dit :

— Je ne peux pas. Il y a trop de marches.

Mack la regarda avec surprise.

— Tu te sens si mal que ça ?

Elle fronça les sourcils. Elle ne voulait pas qu'il compatisse ou qu'il s'inquiète trop, alors elle se leva.

— Non, je ne vais pas si mal. Je suis juste fatiguée. Une fois que je me serai reposée, j'irai mieux.

Reconnaissante qu'il ne l'ait pas suivie dans l'escalier, elle se pencha et annonça une fois arrivée en haut de celui-ci :

— Tu vois ? Je vais bien.

— Je prendrai de tes nouvelles plus tard.

— D'accord. Mais ne me réveille pas.

— Promis.

Puis il fit volte-face et sortit par la porte d'entrée.

Elle utilisa ses dernières forces pour marcher jusqu'à sa chambre, où elle s'affala sur son lit et se couvrit d'une couverture. Elle sourit en sentant tous les corps chauds se blottir autour d'elle, et elle sombra.

Chapitre 7

LORSQUE DOREEN SE réveilla, elle fut surprise d'entendre des oiseaux chanter et de voir une étrange pénombre dans le ciel depuis la fenêtre de sa chambre. Elle se retourna, s'étira et gémit de bonheur. Elle se sentait plutôt bien. Elle entendit renifler à ses côtés et vit Mugs se tourner sur le dos, les pattes en l'air. Elle tendit la main et toucha une de ses oreilles soyeuses.

— Je me sens mieux, donc nous avons dû faire une bonne sieste, et évidemment, l'heure du dîner doit être passée.

Son estomac grogna en signe d'accord.

— Mais est-ce que j'ai de quoi manger ? C'est la question suivante. Nan m'a dit que non.

Elle se redressa lentement, et bougea délicatement, car Goliath était pelotonné contre elle, et elle ne voulait pas le déranger. Elle attrapa son téléphone et le fixa, choquée, puis l'éteignit puis le ralluma.

— Cette fichue chose a dû geler, marmonna-t-elle.

Mais non, quand l'écran s'illumina à nouveau, il indiquait toujours 5 h 20 du matin.

— Wouah, j'ai vraiment dormi depuis hier après-midi ?

Elle sortit lentement du lit et se dirigea vers la salle de bains. Quand elle eut fini, elle sortit et se posta à la fenêtre. Elle pouvait à peine entrevoir les rayons du soleil levant au loin.

Elle se retourna et regarda les animaux ; ils étaient toujours dans le lit, comme s'ils n'avaient pas du tout envie de se lever si tôt. Elle baissa les yeux et se rendit compte qu'elle portait toujours les mêmes vêtements que lorsqu'elle s'était couchée. Elle se déshabilla donc tranquillement, et constata que les jambes de son pantalon étaient encore humides. Elle ne l'avait même pas enlevé.

Elle grommela, puis se recroquevilla dans le lit. Elle resta allongée là un moment, à câliner les animaux. Elle somnola, pas vraiment fatiguée, mais pas vraiment éveillée non plus, dans un demi-sommeil, se remémorant les événements de la veille. Mack avait eu une brillante idée en venant chez elle prendre les animaux pour l'aider à la retrouver. Cela avait fonctionné, et ensuite, Thaddeus avait été enlevé, déplacé ou s'était perdu au cimetière.

Mais il ne faisait aucun doute qu'un message était attaché à sa patte lorsqu'elle l'avait trouvé, et, en y repensant, elle plongea mentalement dans des possibilités sans fin, ne trouvant aucune réponse, alors qu'elle essayait de comprendre pourquoi quelqu'un aurait fait cela. Si il ou elle savait écrire, pourquoi ne pas écrire plus, pour au moins leur donner une idée de l'endroit où cette personne se trouvait ? Mais ce n'était pas le cas, et ce n'était que l'appel à l'aide de quelqu'un, qui ne menait Doreen nulle part. Aucune direction n'avait été donnée. Pas d'adresse. Aucun point de repère. Il ne serait donc pas facile de trouver qui avait écrit la note, et encore moins où le trouver.

Alors qu'elle était allongée, son esprit se tourna immédiatement vers le petit garçon qui avait eu peur de Mack, mais qui était intéressé par ses animaux. Il n'était pas bien habillé et était si maigre, comme s'il mourait de faim, mais les petits garçons pouvaient être potelés ou minces. Et, dans ce cas, il avait l'air de souffrir. Cela la rendit triste.

Elle espérait qu'il n'était pas en danger. Peut-être ne traversait-il pas une mauvaise passe avec sa famille, même si son instinct lui disait le contraire. Et le fait qu'Isaac lui ait donné son prénom, mais pas son nom de famille, n'aidait pas. Elle devait pouvoir faire quelque chose pour lui, mais elle ne savait pas quoi. Elle ne savait pas non plus s'il avait besoin de quoi que ce soit, puisqu'il ne s'agissait que d'un instant de sa vie. Peut-être qu'il avait passé une mauvaise nuit ou venait de perdre quelqu'un de proche ? Elle n'avait aucun moyen de le savoir.

Elle s'étira plusieurs fois, puis se redressa et fit quelques poses de yoga, fière d'elle-même de s'en souvenir. Se sentant mieux, elle se leva et entra dans la douche. Elle en sortit, se sécha puis s'habilla, et l'heure annonçait déjà 6 h 45.

— C'est une heure beaucoup plus appropriée pour se lever, dit-elle à Mugs.

Mais celui-ci ne répondit pas, il ne remua même pas la queue. Elle se baissa et gratta son ventre disponible, puis fit de même avec Goliath, lui arrachant un miaulement bizarre de surprise.

Elle rit, s'approcha de Thaddeus, posé sur son grand perchoir, et dit :

— Tu viens avec moi, Thaddeus ?

Il ouvrit et cligna plusieurs fois des yeux, puis grimpa d'une démarche endormie sur son épaule, où il se blottit dans le creux de son cou. Elle descendit pour préparer le café, puis ouvrit la porte arrière pour profiter de l'air frais et du soleil. Le temps serait clairement différent quand l'automne arriverait et que l'hiver s'installerait. Quelques semaines de soleil en plus ne lui déplairaient pas.

L'été commençait à peine selon le calendrier, mais à Kelowna, la météo lui donnait l'impression d'arriver à la fin. Quand le café eut fini de couler, elle ouvrit la moustiquaire, et se dirigea vers la rivière, une tasse de café à la main et Thaddeus sur l'épaule, car il était le seul à être debout. Elle se sentait mieux, mais toujours fatiguée, et elle savait qu'il lui faudrait quelques jours avant de retrouver sa pleine forme.

Du moins, c'était ce qui s'était passé les dernières fois où elle avait été blessée. En particulier avec des blessures à la tête. Elle n'avait pas ignoré sa blessure pendant sa douche, mais elle ne lui avait assurément pas porté autant de soins et d'attention que nécessaire. Mais là encore, elle avait subi tellement de blessures de ce type qu'elle en était presque blasée. Sauf pour la douleur.

Dehors, elle s'assit au bord de la rivière et sourit face au soleil matinal. La rivière, qui lui avait causé tant d'inconfort la veille, scintillait ce jour en se déversant entre les rochers. Le niveau de l'eau avait également baissé. Elle comprenait qu'il dépendait de la pluie et des montagnes, et qu'il pouvait monter et descendre régulièrement selon un schéma que les météorologues pourraient probablement expliquer, mais, pour Doreen, c'était nouveau et différent chaque jour.

Le courant était beaucoup moins fort aujourd'hui. Elle regarda plusieurs canards qui remontaient la rivière vers elle. Elle sourit de plaisir et, quand ils se rapprochèrent, elle chercha immédiatement Mugs du regard. Sans surprise, il venait de s'engager sur le chemin pour la rejoindre. Lorsqu'elle l'appela, il accéléra la cadence, et se mit à courir vers elle, les oreilles et les bajoues battant au vent. Goliath était assis sur le trottoir, en train de faire sa toilette. Mugs bondit aux côtés de Doreen, et faillit la renverser. Elle rit et l'attira sur ses genoux.

— Quelle marmotte, marmonna-t-elle en le caressant.

Il aboya et se blottit contre elle. Elle le serra dans ses bras, reconnaissante qu'il ait embelli sa vie. Il avait été son sauveur durant son mariage, mais elle se sentait complètement différente aujourd'hui parce qu'elle était une tout autre personne. Pourtant, Mugs était passé de cette ancienne vie à celle-ci en même temps qu'elle. Il faisait partie de son histoire, mais, plus encore, de son avenir.

Quand son téléphone sonna à côté d'elle, elle le regarda et rit quand elle vit que c'était Mack. Elle lui répondit rapidement.

Je vais bien.

Dormi ?

Bien dormi, réveillée tôt. Je prends un café au bord de la rivière.

Super.

Il n'envoya rien de plus, alors elle posa son téléphone à côté d'elle et son chien toujours à moitié sur ses genoux et à moitié sur le sol, elle profita d'être seule pendant quelques minutes. Finalement, Goliath s'approcha et se frotta tout le long de son flanc. Elle gloussa et lui fit un gros câlin aussi. Thaddeus était occupé à trottiner le long de la rivière. Elle prit lentement son café, le finit et dit :

— Qu'est-ce qu'il y a, Thaddeus ?

Celui-ci se retourna, comme s'il avait sursauté en entendant son nom, mais il la fixa.

— Thaddeus. Thaddeus.

— Oui, tu es Thaddeus, dit-elle prudemment, en le regardant. Qu'est-ce qu'il y a ? Tu es contrarié ?

Il hocha la tête de haut en bas, comme s'il lui répondait. Elle n'était pas sûre de ce qui se passait.

— Thaddeus, tu vas bien ?

— Thaddeus contrarié. Thaddeus contrarié.

Elle lui tendit une main et il sauta sur le dos de celle-ci, puis remonta son bras.

— Thaddeus pas content.

Elle ne savait pas s'il savait ce qu'il disait, mais cela lui brisa le cœur.

— Il y a un problème ? chuchota-t-elle, en se blottissant doucement contre sa joue et sa tête.

— Thaddeus contrarié, répéta-t-il sans cesse.

— Qu'est-ce qui ferait que Thaddeus ne soit *pas* contrarié ? demanda-t-elle, mais, bien sûr, il ne put répondre.

Elle gémit.

— Je ne sais pas ce qui ne va pas ! se lamenta-t-elle.

Il lui donna un petit coup de bec.

— Thaddeus contrarié.

— J'ai compris, mais je ne sais pas comment y remédier.

Cela sembla l'apaiser qu'elle comprenne son problème, et il s'installa tranquillement sur son épaule. Peu de temps après, son téléphone sonna et vit que c'était Nan, alors elle décrocha.

— Salut, Nan. Je vais bien.

— C'est vrai ? demanda sa grand-mère avec inquiétude. Je n'aime pas que tu sois encore blessée à la tête.

— Je sais. Et je suis désolée. Je ne sais même pas ce qu'il s'est passé.

— Eh bien, c'est pourquoi je suis en partie tracassée. Tu étais à un enterrement, pour l'amour du ciel, et j'étais là aussi. Mais tu es partie avant moi.

— Je me promenais juste après les funérailles de Rosie. C'était juste… je ne sais pas. C'était bizarre de réaliser tout ce que cette femme a fait.

— Je sais, acquiesça Nan, d'une voix triste. As-tu réussi à dormir la nuit dernière ?

— Après que Mack m'a ramenée, je me suis allongée pour faire une sieste et j'ai fini par dormir toute la nuit.

— Comment ça, après que Mack t'a ramené ? interrogea Nan avec hésitation.

Doreen se tut et se rendit compte que Nan n'était pas au courant de cette dernière partie de l'effervescence.

— Oh mon Dieu. J'ai encore quelque chose à te dire, déclara la jeune femme.

Puis elle expliqua le retour triomphal de Thaddeus et la découverte du message sur sa cheville.

— Oh, mon Dieu, s'écria Nan. C'est un oiseau si intelligent.

— C'est vrai. En ce moment même, il est assis sur mon épaule, et il y a quelques instants, il n'arrêtait pas de dire : « Thaddeus contrarié ». Mais je n'arrive pas à comprendre pourquoi il disait ça.

— Je ne l'ai jamais entendu dire cette phrase avant, indiqua la vieille dame. C'est un peu effrayant.

— Je sais. C'est clairement angoissant, et je ne veux pas qu'il soit contrarié, mais je ne sais pas non plus comment faire pour qu'il se sente mieux.

— Je me demande comment il pourrait nous parler de ce message sur sa cheville.

— Je ne sais pas, marmonna Doreen. Mack va se renseigner, ainsi que sur le petit garçon.

Elle se tut à nouveau, avant de continuer :

— Connais-tu quelqu'un qui a un petit garçon nommé

Isaac ?

— Non, personne, et je connais beaucoup de petits garçons.

— Tu connais sûrement beaucoup de petits garçons qui
ont grandi et qui ont eu leurs propres petits garçons, rappela-
t-elle à Nan. Tu habites ici depuis de nombreuses années.

— En effet, marmonna sa grand-mère, mais sa voix était
distante, comme si elle réfléchissait. Mais je ne pense pas
avoir rencontré un Isaac durant toutes ces années.

— Je dirais que ce petit gars avait environ 5 ans. Il avait
l'air si maigre. Ses vêtements étaient sales, mais c'était
sûrement dû à son activité, comme s'il venait de renverser
son petit déjeuner ou quelque chose comme ça.

— Les enfants âgés de 5 ans font ça régulièrement, consentit Nan, donc c'est parfaitement normal.

— Les autres enfants ne semblaient pas gênés par sa présence.

— Comme la plupart des enfants.

Doreen y réfléchit et se rendit compte que sa grand-mère
avait raison.

— Il y a peu de chances que l'un d'entre eux ait quelque
chose à voir avec la disparition de Thaddeus, tout comme
son retour avec un bout de papier à la patte.

— Et, s'ils l'avaient vu sur la rivière, ou même en train
de voler dans le voisinage, il aurait causé tout un émoi,
renchérit la vieille dame. Il ne ressemble pas vraiment aux
moineaux du coin.

Doreen éclata de rire.

— Oh, c'est tellement vrai, acquiesça celle-ci. Il est tout
sauf ordinaire. Ce sera donc un défi d'autant plus grand de
trouver qui a envoyé ce message.

— Et bien que cela fasse partie du mystère pour le moment, continua Nan, n'oublions pas que quelqu'un t'a attaquée. C'est le vrai mystère que nous devons résoudre. Nous ne pouvons pas laisser quelqu'un errer dans la ville en t'attaquant chaque fois qu'il est en colère ou contrarié, ou qu'il te voit par hasard. Ce n'est pas acceptable.

N'ayant pas l'habitude d'entendre ce genre de propos de la part de sa grand-mère, Doreen fronça les sourcils et dit :

— Nan, je vais bien.

— Pour cette fois, répliqua-t-elle d'une voix irritée. Ça ne veut pas dire que ce sera le cas la prochaine fois.

Sur ce, sa grand-mère raccrocha.

Surprise par la réaction de celle-ci, Doreen posa son téléphone, avant d'entendre quelqu'un s'écrier dans son dos. Mugs bondit sur ses pattes puis se mit à aboyer en direction de la maison, et Doreen comprit. Elle se tourna lentement et vit Mack arriver avec une grande tasse de café à la main.

— Assure-toi d'apporter une deuxième tasse pour moi, lança-t-elle.

Il se figea sur place et fronça les sourcils en la regardant, et elle lui rendit la pareille.

— Ma tasse est vide, indiqua-t-elle, et j'ai besoin d'en boire un autre.

Il disparut à l'intérieur, sans discuter, et elle réalisa que c'était l'un des avantages d'avoir été blessée. Il était indulgent avec elle. Elle sourit en y pensant parce que Mack avait été une énorme bénédiction, qu'elle fût blessée ou non. Elle ne voulait pas pousser cette réflexion trop loin, mais, quand il réapparut avec deux tasses de café, elle sentit la chaleur dans son cœur et réalisa quel grand ami il était devenu.

Pendant qu'il traversait le jardin, Mugs allait et venait en rebondissant entre eux deux. À l'inverse, Goliath était allongé et attendait que Mack arrive. Thaddeus, quant à lui, était recroquevillé dans le cou de Doreen et ne salua même pas le policier.

— Il va bien ? demanda celui-ci en scrutant le perroquet.

— Je n'en sais rien. Il a répété « Thaddeus est contrarié » toute la matinée.

Mack la regarda avec surprise. Elle se contenta de hausser les épaules.

— Il apprend tellement de choses, mais je ne sais jamais vraiment quelle importance nous devons accorder à ses mots et dans quelle mesure il comprend vraiment ce qu'il dit.

— C'est plutôt effrayant qu'il puisse parler comme ça de ses sentiments.

— Je sais, murmura-t-elle, puis elle caressa doucement le volatile de ses doigts. Tout va bien, Thaddeus.

Il se blottit contre elle et répéta une fois de plus :

— Thaddeus est contrarié.

Mack regarda l'oiseau avec surprise.

— Qu'est-ce qu'il y a, mon grand ?

Thaddeus se redressa sur-le-champ et ouvrit ses ailes, puis en battit plusieurs fois avant de dire :

— Mon grand, mon grand.

Doreen gloussa.

— Eh bien, il semble heureux d'entendre ça.

— En effet, et maintenant il n'a plus l'air déprimé du tout.

— Et je ne sais jamais trop quoi en penser, marmonna-t-elle. Est-ce qu'il va bien, ou est-ce qu'il fait juste l'idiot ?

— Je ne pense pas qu'il puisse être *idiot*, mais il se peut qu'il soit aussi fatigué que toi.

— C'est possible. J'ai bien dormi cependant. Je me suis effondrée après ton départ. Je ne me suis même pas changée. Je suis tombée dans le lit et je me suis réveillée ce matin, toujours habillée de mon jean mouillé.

Elle grimaça quand il rit.

— Mais tu t'es changée à présent, alors contente-toi de rester hors de l'eau aujourd'hui.

— C'est le plan. Je n'aime pas vraiment y plonger quand elle est froide comme ça.

— Et pourtant tu continues à le faire.

— Ce n'était pas ma faute hier ! s'exclama-t-elle.

— Peut-être pas, mais qui s'est quand même mouillée ?

Il n'y avait pas vraiment d'argument contre cela ; d'ailleurs, rien de ce qu'elle pourrait dire ne le ferait changer d'avis de toute façon.

— Et toi ? Tu as dormi un peu ?

— Oui, même si j'ai beaucoup pensé à Thaddeus.

— Et à ce message ?

Il hocha la tête.

— J'ai parlé au capitaine quand je suis retourné en ville, pour savoir quelles sont nos options.

— Est-ce que quelqu'un a une idée ?

— Nous avons réuni un petit groupe et en avons discuté. Nous n'apprécions pas l'idée qu'il y ait une personne captive quelque part, qui n'a pas trouvé d'autre moyen de nous faire parvenir un message que par un oiseau, mais pourquoi ne pas avoir été plus explicite ?

— Le temps, répondit Doreen. Je me suis dit qu'il ou elle n'avait pas eu beaucoup de temps pour écrire quoi que ce soit. Et il n'y avait pas de place sur ce minuscule bout de papier. Mais comment allons-nous le trouver ?

— Thaddeus.

— Je ne suis pas sûre qu'il s'agisse forcément d'un adulte. Il pourrait facilement s'agir d'un enfant.

— Mais l'écriture était très précise, lui rappela Mack.

— C'est tout à fait vrai, acquiesça-t-elle avant de hausser les épaules. Je ne sais pas alors. Je ne sais pas quoi dire, mais il me semble que lorsqu'elle a écrit cette partie du message, soit elle n'avait pas le temps d'en écrire plus, soit elle ne savait pas comment en écrire plus.

— Ou… l'interrompit Mack.

Elle le regarda avec surprise, puis elle comprit.

— Ou…

— Elle ne savait pas où elle était ! crièrent-ils à l'unisson.

Mack reprit la parole en premier, d'un ton hésitant.

— Tu as remarqué que nous avons tous les deux dit « *elle* » ?

— Je pense que c'est parce que, dans notre monde, la plupart du temps, les victimes sont des femmes, répondit-elle doucement.

— Nous avons tendance à penser de cette façon, n'est-ce pas ? ajouta-t-il d'un air pensif.

— Donc, si quelqu'un est retenu prisonnier et ne sait pas où il ou elle se trouve, dans quel genre d'endroit pourrait se trouver cette personne ?

Il la regarda avec surprise.

— Qu'est-ce que tu insinues ?

— Eh bien, on peut supposer qu'il ou elle ne voit aucune plaque de rue.

— Aucune garantie qu'il y ait des fenêtres.

Doreen fronça les sourcils, réfléchit et continua :

— Alors comment a-t-elle mis la main sur Thaddeus ?

— Bon point, marmonna-t-il.

Ils restèrent assis là, à échanger leurs idées, tout en sirotant leur café.

— As-tu eu l'occasion de jeter un œil à la carte ? demanda-t-elle.

— Oui, j'ai commencé par le cimetière, mais Thaddeus aurait pu parcourir plusieurs kilomètres à partir de là. J'ai même appelé un biologiste que je connais, pour lui demander quelle distance Thaddeus aurait pu parcourir, étant donné qu'il ne vole pas bien et que ses plumes ne sont pas complètement déployées, bizarrement.

— Thaddeus a une aile en mauvais état, donc, même avec des plumes, il ne va pas si loin.

— Mais il aurait pu aller assez loin. Ou bien, il a pu facilement monter dans un véhicule avec quelqu'un. Quelqu'un aurait pu venir le chercher, ou il aurait pu monter tout seul.

Doreen grimaça à cette idée.

— Surtout si le véhicule ressemblait au tien ou au mien, dit-elle en levant une main pour caresser l'oiseau. Il est monté dans nos deux véhicules assez souvent pour que ce soit tout à fait possible.

— Je n'y avais pas pensé. Peut-être que nous avons été séparés aux funérailles, qu'il est revenu au parking et qu'il a sauté dans ce qu'il pensait être un de nos véhicules. Et il s'est retrouvé sur le lieu de captivité de cette personne complètement par hasard.

— Et, pour ce qu'on en sait, il est le seul être vivant que cette femme ait vu.

— Quelle horrible pensée, n'est-ce pas ?

Il soupira, puis prit son café, et en but plusieurs longues gorgées.

— La cafetière est vide ? demanda-t-elle.

— Non, il reste une tasse pour moi, quand je rentrerai.

Elle le dévisagea avec des soucoupes à la place des yeux. Il sourit.

— Allez. Tu en es à ta deuxième tasse, et je n'en ai bu qu'une seule.

C'était logique, mais elle n'était pas encore prête à renoncer à cette dernière tasse de café.

— Bien sûr, mais c'est moi qui suis blessée, déclara-t-elle.

Le policier leva les yeux au ciel.

— Comment se fait-il que tu n'utilises cette excuse que lorsque tu veux quelque chose ?

Elle sourit à son tour.

— Je te l'accorde. De plus, je suis blessée et je ne devrais pas marcher autant, se pavana-t-elle et il lui lança un regard noir. Tu sais que j'ai raison.

— Que tu aies raison ou pas, je sais que tu vas utiliser ça à ton avantage, rétorqua-t-il.

— Seulement s'il y a du café en jeu.

Elle lui tendit sa tasse vide, et lui fit les yeux doux.

Il leva de nouveau les yeux au ciel, se leva d'un bond et dit :

— J'aurais dû m'en douter.

— Non, pas du tout. Tu es juste un gars vraiment bien.

Cette remarque fit ricaner Mack.

— Et les compliments ne te permettront pas d'obtenir cette tasse de café.

— Je ne peux pas faire la course avec toi jusqu'à la maison, admit-elle. Ce ne serait donc pas très fair-play de ta part de voler ma tasse.

Elle avait dit cela d'une voix si triste qu'il se mit à rire.

— Je sais que je ne pourrai pas arriver avant toi, conclut-elle.

Il secoua la tête et repartit en grommelant.

— Ce que je ne ferais pas pour toi.

— Je sais, et j'apprécie beaucoup, s'écria-t-elle face à son dos qui s'éloignait.

Il leva une main en signe de reconnaissance, mais ne répliqua pas.

Elle rit de plaisir quand il revint avec une tasse dans chaque main, et elle réalisa qu'il avait probablement partagé le reste du café. Elle pouvait difficilement contester cela, puisqu'il était allé le chercher. Quand il lui tendit sa tasse, elle se rendit compte que c'était une moitié généreuse.

— Et, oui, j'en ai pris un peu pour moi. D'ailleurs, une nouvelle tournée sera prête dans quelques minutes.

Elle sourit.

— Tu sais quoi ? J'ai l'impression que c'est une journée où deux cafetières pleines ne seront pas de trop.

— Bon sang, oui. Il y a certains jours comme ça.

— Malheureusement, il semble que beaucoup de nos journées soient comme ça.

— Elles ne seraient pas aussi mauvaises, si tu arrêtais de t'attirer autant d'ennuis où tu finis par te blesser, contra-t-il.

— Je n'ai rien fait, marmonna-t-elle. Je suis allée assister à un enterrement et je me suis arrêtée pour passer quelques minutes à réfléchir à toutes les affaires, les gens, et les folies que nous avons déjà vues.

— C'est exactement ce que je dis.

— Apparemment, je n'ai même pas le droit de me réunir avec Mère Nature, hein ?

— Sans t'attirer des ennuis ? Apparemment non.

— Tu as pris ton petit déjeuner ? lui demanda Doreen après qu'ils eurent vidé leurs tasses.

Il secoua la tête.

— Non. Je me suis levé et je suis venu.

— Tu étais inquiet pour moi ?

Quand il hocha la tête, elle sourit.

— Et pour Thaddeus, ajouta-t-il prestement.

Elle tendit une main vers son perroquet.

— Tu entends ça, mon grand ? Il s'inquiétait pour toi.

— Thaddeus est contrarié. Thaddeus est contrarié.

Elle détestait qu'il répète ça sans cesse. De toutes les phrases qu'il disait, celle-ci l'attristait.

Mack étudia l'oiseau, en fronçant les sourcils.

— Tu vois ce que je veux dire ? C'est assez pénible d'entendre ça.

— C'est vrai. Je suis assez surpris, même si je sais qu'en théorie, il ne comprend pas entièrement tout ce qu'il dit.

— Bien sûr que si ! s'emporta Doreen.

Le policier se contenta de lever les yeux au ciel, ce qui lui valut un regard furieux.

— Ne commence pas à parler comme s'il était stupide.

— Thaddeus n'est pas stupide, dit-il expressément. C'est l'oiseau le plus intelligent que j'ai jamais rencontré. Mais ce n'est qu'un oiseau.

Il lui lança un regard furieux et ajouta :

— Ne commence pas non plus à te disputer avec moi à ce sujet.

— Bien sûr que non, dit-elle en lançant un regard étrange dans sa direction. C'est assurément un oiseau.

Il gémit.

— Certains jours, je sais qu'on ne peut avoir raison sur rien avec toi.

— Bien sûr que non, répéta-t-elle en haussant les épaules. Et pourquoi voudrais-tu avoir raison ?

— Je cherche un peu de normalité, c'est tout.

— Je ne suis pas sûre qu'une telle chose existe encore, répliqua-t-elle doucement.

Mack la regarda d'un air inquiet, et elle haussa les épaules.

— Ce n'est pas grave. Je suis juste un peu sentimentale aujourd'hui.

— Pourquoi ça ? demanda-t-il. On discutait, et tu avais l'air d'aller très bien.

— En effet, et j'avais l'impression d'aller bien, mais je vais moins bien au fur et à mesure que la journée avance. Peut-être que j'ai juste besoin de manger.

— C'est une bonne idée, dit-il en bondissant de sa chaise.

Mugs et Goliath firent de même.

— Que veux-tu manger ?

Doreen le regarda avec surprise.

— Tu vas cuisiner quelque chose ? demanda-t-elle, pleine d'espoir.

— Il est peut-être temps pour toi de me préparer quelque chose.

Elle fronça le nez.

— Je pensais que tu voulais quelque chose de comestible.

Il éclata de rire.

— Bien dit.

Chapitre 8

D OREEN SCRUTA LA cuisine.

— As-tu une idée de ce que l'on pourrait manger ? demande-t-elle. Sinon, j'ai du pain, alors on peut se faire des toasts.

Il la regarda avec un air renfrogné.

— Hé, c'est ce que je mange d'habitude, marmonna-t-elle en haussant les épaules.

— Ce qui est loin d'être suffisant pour garder quelqu'un en vie. Tu as fait d'autres courses ?

— J'ai été acheté quelques extras la dernière fois, répondit-elle prudemment, mais probablement pas assez pour cuisiner quoi que ce soit avec.

— Montre-moi.

Elle le guida vers le garde-manger et montra ses achats.

— Un peu de farine et du sucre.

Il la regarda avec surprise.

— Qu'espérais-tu faire avec ça ?

— Je pensais à des crêpes, des gaufres, des gâteaux… dit-elle avant de lever les mains devant son air sceptique et d'ajouter : d'accord, je n'en sais rien. Ils donnent l'impression que c'est si facile dans les vidéos, mais, pour une néophyte complète, ça reste compliqué.

— Ça ne l'est pas du tout, déclara Mack en attrapant le paquet de farine, puis le sucre. C'est vraiment, vraiment simple. Mais je comprends que, pour toi, c'est probablement ce premier pas qui rend les choses plus difficiles.

Elle le regarda, tandis qu'il se dirigeait vers le comptoir, avant de sortir un grand saladier où il jeta les ingrédients.

— Qu'est-ce que tu fais ? demande-t-elle, fascinée par la farine dans le bol, suivie du sel et du sucre.

Il prit ensuite un verre doseur et y versa le beurre pour le mettre au micro-ondes afin de le faire fondre un peu. Elle le regarda, toujours fascinée, ajouter le beurre fondu à tous les ingrédients dans le bol, ainsi que le lait et les deux œufs. Le tout mélangé formait une pâte gluante. Captivée, elle souleva le fouet pour analyser la texture.

— Qu'est-ce que c'est ?

— C'est de la pâte à pancakes.

Elle le regarda fixement, choquée.

— Comme ça, avec des grumeaux ?

Elle voulait mélanger un peu plus, mais il immobilisa sa main.

— Laisse les grumeaux.

— Oh.

Elle laissa retomber le fouet et ajouta :

— Je ne comprends pas comment ça marche. Ni comment tu peux te dire que ça va marcher ?

— Si tu fouettes trop, cela donne des crêpes fines et liquides, répondit-il. Nous voulons que nos pancakes montent afin qu'ils soient épais et moelleux.

Il vérifia sa poêle, qui chauffait sur la cuisinière, y déposa une pellicule de beurre et dit :

— As-tu quelque chose à verser dessus ?

Doreen dévisageait le beurre qui fondait.

— Euh… du beurre ?

— Du sirop d'érable, de la compote, de la crème fouettée, quelque chose comme ça ?

— Non, répondit-elle en secouant la tête.

— De la confiture ? s'enquit-il avec espoir, mais elle secoua de nouveau la tête.

— Non, j'ai fini le pot et je n'en ai pas racheté.

— Hmm.

Il se dirigea vers le frigo, regarda à l'intérieur, et sourit.

— Oh oh. C'est pour quoi ce sourire ?

— Es-tu prête à essayer quelque chose de différent ?

— Est-ce que c'est comestible ?

— Bien sûr que ça l'est, répondit-il, outré. Tout ce que je prépare est hautement comestible.

— Si tu le fais, je le mangerai, répliqua-t-elle avec un grand sourire.

— D'accord, mais pas de commentaires avant d'avoir goûté.

Elle le regarda sortir des jeunes pousses et des œufs, et fut inquiète.

— OK, maintenant tu m'inquiètes.

Puis il sortit le petit pot de sauce salsa qu'elle avait acheté. Il lui montra et dit :

— Je suis surpris de voir que tu as ça.

— Je l'ai acheté pour les nachos, expliqua-t-elle avant de pincer les lèvres. Mais, une fois à la maison, je ne savais pas comment faire pour que cela ressemble à ce que j'ai vu dans les vidéos.

— Qu'est-ce que tu veux dire par ce que tu as *vu dans les vidéos* ?

— Eh bien, ça sort du four avec du fromage fondu et

toute cette concoction autour, y compris des bols de sauce, répondit-elle. Mais ce bocal ne ressemble pas à ce qu'il y a dans les petits bols.

Il se couvrit les yeux un bref instant, et prit une longue et lente inspiration.

— Bien. Au menu de cette semaine, il y aura des nachos.

— Vraiment ?

Elle le regarda d'un air réjoui, et Mack hocha la tête.

— C'est un des plats les plus simples à préparer.

— C'est seulement maintenant que tu me dis ça ? se révolta Doreen.

— Excuse-moi. Qui aurait cru que Madame et ses grands airs, qui mangeait du homard, aimait les nachos ?

— J'ai toujours aimé les pancakes, mais je n'ai jamais été autorisée à en manger.

— Encore une restriction du mari ?

Elle hocha la tête.

— Alors, comment sais-tu que tu aimes ça ?

— Je ne sais pas, répondit Doreen en haussant les épaules. Mais ils ont l'air bons.

— Tu n'en as jamais mangé, n'est-ce pas ? gronda Mack.

Elle lui lança un regard penaud.

— Non, je crois que non. À moins d'en avoir mangé quand j'étais petite et d'avoir complètement oublié.

— Wouah.

— OK, il y a eu un raté dans ton éducation.

— Peut-être, mais je m'améliore.

— Absolument, acquiesça-t-il avec un grand sourire. De jour en jour.

Il se dirigea vers la cuisinière, et elle le regarda verser des louches pleines de ce mélange grumeleux dans la poêle chaude.

Elle se précipita à ses côtés pour les admirer, tandis qu'ils moussaient dans la poêle.

— Oh mon Dieu, s'exclama-t-elle, ils sentent très bon.

Fascinée, elle scruta le policier qui attendait, puis le vit incliner légèrement le rebord de chaque pancake, comme s'il cherchait un signe magique indiquant qu'il pouvait les retourner, mais il les laissa tels quels. Les yeux de Doreen firent des va-et-vient entre Mack et les pancakes.

— Pourquoi tu les laisses comme ça ? Ou plutôt, pourquoi les as-tu soulevés ?

Ce fut le début d'une longue explication sur les nuances de la cuisson des pancakes. Elle savait que cela la dépassait largement, mais, dès que les bulles commencèrent à éclater, il se concentra dessus.

— On aurait dû les retourner une seconde plus tôt.

Puis il retourna les deux autres juste avant que les bulles n'éclatent. Doreen fut subjuguée de les voir gonfler et se transformer en de grands pancakes bien moelleux, et elle frappa presque des mains de joie lorsque Mack remplit leurs assiettes. Mais il y avait un pancake en trop. Elle le regarda fixement, puis le policier, et encore une fois le pancake en trop.

— Je suis plus grand que toi, donc on devrait le diviser en un tiers, deux tiers.

— Mais je suis affamée, s'offusqua-t-elle, alors je devrais prendre le pancake en trop. En plus, je suis blessée.

Il la fusilla du regard, puis soupira et hocha la tête avant de le lui tendre.

— OK, et si on partageait ?

Elle le coupa rapidement en deux à l'aide d'un couteau, de sorte que le tout soit réparti uniformément dans leurs assiettes, et il gloussa.

— Je peux me passer de cette moitié.

— Moi aussi, mais je n'en ai pas envie.

— Il y a quelque chose de spécial à cuisiner pour quelqu'un qui adore la nourriture, dit-il avec un sourire, alors ça ne me dérange pas du tout.

Elle le regarda mettre du beurre sur les pancakes, puis les recouvrir de sauce salsa. Quand elle vit que le pot était presque vide, elle arbora une expression triste.

— Je ne savais pas que cela représenterait si peu.

— Il faut que tu achètes les gros pots de sauce, lui conseilla-t-il. Ils sont beaucoup moins chers.

Elle le regarda avec surprise.

— Sérieusement, si tu achètes ces petits pots, tu payes principalement le petit contenant, ajouta-t-il. Cela revient beaucoup moins cher aux fabricants alimentaires de préparer en grandes quantités, donc c'est moins cher d'acheter les gros pots. Tout ce que tu as acheté là ne t'aurait coûté que quelques dollars de plus si tu avais choisi les grands formats.

Elle fixa le petit paquet de farine, le sachet de sucre encore plus petit, et le minuscule pot de sauce.

— Mais ce n'est pas juste. Je ne peux me permettre qu'un petit peu.

— Et ils te le font payer. Pour la différence de prix, tu aurais pu avoir un grand pot de sauce.

Mack cassa les œufs dans la poêle, et elle soupira.

— Tu sais quoi ? Je ne connaissais pas ces astuces pour faire les courses avant.

— En effet, il y a des astuces à connaître.

Il prit les jeunes pousses et les divisa en trois, laissant le dernier tiers dans le récipient pour plus tard. Puis il les parsema sur leurs assiettes. Elle regarda avec fascination les œufs cuits par-dessus.

— Je n'ai jamais vu de pancakes avec quelque chose de vert dessus. Ni des œufs.

— Alors tu n'as jamais mangé mes pancakes, dit-il avant de prendre leurs assiettes et d'ajouter : prends les couverts et le café, on va manger dehors.

— J'aimerais bien, mais je n'ai rien pour manger.

Sur ce, il s'arrêta et la regarda tandis qu'elle secouait la tête, les paumes des mains à l'air.

— Qu'est-ce que je suis censée faire ? Créer une table à partir de rien ?

— Nous devrons arranger ça, déclara-t-il, puis il posa les assiettes sur la table de la cuisine. Viens manger.

Elle s'assit à côté de lui et le regarda lentement se servir. Elle enfourna une première bouchée et fut agréablement surprise. À la deuxième bouchée, elle avait passé outre l'étrangeté du plat, et à la troisième, elle en voulait plus. Doreen engloutissait le contenu de son assiette, jusqu'à ce que Mack lui prenne la main et lui dise :

— Ralentis. Tu vas te rendre malade.

Elle regarda son assiette : sa nourriture était à moitié mangée, et elle soupira.

— Je commence à réaliser à quel point j'avais faim.

— Tu m'inquiètes. Il n'y a pas besoin de mourir de faim dans cette ville.

— C'est compliqué quand on n'a pas de rentrée d'argent, marmonna-t-elle.

— Si ta fierté n'était pas un problème aussi important, la banque alimentaire est parfaitement adaptée.

— Tu vois ? J'en ai entendu parler et j'ai fait semblant de comprendre, mais… qu'est-ce que c'est exactement ? demanda-t-elle avec curiosité.

Le policier la dévisagea et gloussa.

— Ce n'est pas le genre de banque auquel on pourrait penser, expliqua-t-il. Là-bas, on ne fait pas de dépôt ou de retrait.

— Alors, qu'est-ce que les gens y font ? Et pourquoi cela nous intéresserait-il ?

Toujours en gloussant, il répondit :

— C'est un endroit où vont les gens qui n'ont pas les moyens de se nourrir et qui peuvent obtenir des aliments gratuits.

— Gratuits ? s'exclama-t-elle, les yeux écarquillés.

— Gratuits, répéta-t-il, mais tu dois faire la queue.

Il se demandait si elle n'allait pas tordre le nez face à ça.

— C'est le désagrément ?

— Je pense que pour beaucoup de gens, c'est une humiliation.

Doreen se tut, le cœur serré, puis elle comprit.

— Bien sûr, parce que tout le monde peut voir que vous faites la queue pour de la nourriture gratuite, n'est-ce pas ?

— Exactement.

— Mais si j'avais vraiment faim…

— Alors, tu pourrais aller y chercher de la nourriture. Je ne sais pas si la banque alimentaire ici est ouverte tous les jours de la semaine ou si elle ne l'est que certains jours. Je ne sais pas vraiment comment ça fonctionne parce que je n'y ai jamais mis les pieds auparavant.

— Et j'espère que tu n'auras jamais à le faire. J'imagine qu'il y a des gens bien plus mal lotis que moi, alors je me sentirais mal d'y aller.

— En effet, mais tu n'es pas obligée de te laisser mourir de faim parce que tu ne veux pas aller chercher quelque chose qu'on te donnerait gratuitement.

— Sais-tu quel genre de nourriture ils donnent ?

— Pas vraiment le genre auquel tu es habitué, répondit Mack d'un ton bourru. Mais de la bonne nourriture saine comme des œufs, du lait, des légumes et du riz.

— Tu ne sais pas à quoi je me suis habituée, répliqua-t-elle. Jusqu'à présent, j'ai surtout mangé des céréales, des toasts et de la salade.

— Et tes pâtes.

Elle lui fit un grand sourire.

— C'est vrai. Je crois que je vis pour ces pâtes.

— Et ce serait bien que tu manges autre chose avec.

— J'essaie, dit-elle en finissant la dernière bouchée de ses pancakes avant de poser sa fourchette. C'était tellement bon.

— Content que tu aies aimé. J'adore ça, mais je ne le sers pas très souvent aux autres.

— J'ai du mal à imaginer les autres personnes faisant partie de ton monde. Pour qui cuisines-tu ?

Elle devait admettre qu'un peu de jalousie se bousculait dans ses tripes en se demandant s'il parlait des femmes. Mais avait-il le temps ? Il passait tellement de temps avec elle ces jours-ci qu'elle ne pouvait pas imaginer qu'il ait de la place pour quelqu'un d'autre.

— Généralement ma mère, et, bien que je n'aie pas de relation en ce moment, j'en ai eu par le passé.

— D'accord. Nous avons tous un passé, n'est-ce pas ?

Elle eut du mal à retenir la mélancolie de son ton.

Il lui donna un gentil coup de coude et déclara :

— Je n'arrive pas à finir ce dernier morceau. Tu le veux ?

Elle regarda son assiette, puis Mack et réalisa qu'il était juste gentil.

— Non, ça va, merci, dit-elle en s'affalant dans sa chaise avant de tapoter son ventre plein avec un grand sourire. Honnêtement, j'ai trop mangé.

— Tu mens, décela-t-il, et il retira immédiatement l'assiette vide de Doreen pour la remplacer par la sienne, qui contenait encore de la nourriture. Mange.

Puis il se leva et fit la vaisselle.

Plutôt que d'argumenter avec lui, elle termina rapidement les pancakes, se leva à son tour et lui apporta ses couverts.

— Merci.

— De rien.

— Je ne meurs pas de faim, tu sais ?

Il lui jeta un regard en coin et elle haussa les épaules.

— C'est juste à cause d'hier.

— Hmm hmm, marmonna-t-il.

— Voilà. Tu vois ? Une tasse remplie de café frais, annonça Doreen après lui avoir servi un café.

— Et je le mérite. Non seulement je t'ai préparé le petit déjeuner, mais je fais aussi la vaisselle.

— Tu n'étais pas obligé, je la ferai plus tard, dit-elle en fronçant le nez.

— Non, le jaune d'œuf est vraiment difficile à nettoyer quand il sèche.

— Oh. Tu vois ? Je ne connais pas cette science non plus.

— Tu dis des trucs inimaginables.

— Je ne le fais pas exprès, maugréa-t-elle. Mais, si tu n'avais jamais fait la vaisselle, comment pourrais-tu savoir que l'œuf séché est difficile à nettoyer ?

— Tu n'as jamais rien fait toi-même, n'est-ce pas ?

— Hé, tu aurais dû voir les vêtements que j'ai ruinés quand j'ai dû les laver moi-même pour la première fois.

Le policier se figea et fixa Doreen.

— Tu n'avais jamais utilisé une machine à laver auparavant ?

— Non. Je ne savais même pas que les laveries automatiques existaient. Nan m'a montré comment cela fonctionnait les deux premières fois que j'y suis allée parce qu'il n'y en avait pas là où je séjournais temporairement. Ce n'était pas très amusant.

Mack se mit à rire, et ses épaules à trembler.

Elle lui lança un regard noir.

— Savais-tu qu'il ne faut pas mettre de vêtement en soie dans une machine à laver ? Surtout pas avec un jean, et que les chaussures ne vont jamais dans une machine à laver ?

Elle lui adressa un sourire éclatant avant de continuer.

— Surtout les talons hauts ? Disons que j'ai vite appris ce qu'il ne faut *pas* faire.

Il était plié de rire.

— Hé, ce n'est pas si drôle, protesta-t-elle.

— Oh, que si, dit-il en se redressant et en essuyant les larmes de ses yeux.

Il la serra dans ses bras et ajouta :

— S'il te plaît, ne change jamais.

— C'est exactement ce que j'essaie de faire : changer.

— OK. Un point pour toi, concéda-t-il, toujours souriant.

Juste à ce moment-là, on sonna chez elle.

Elle regarda la porte d'entrée et soupira.

— Je n'ai vraiment pas envie de voir qui que ce soit aujourd'hui.

— Tu dois d'abord aller voir qui c'est, dit-il, et, prenant un torchon, il s'essuya les mains, tout en se dirigeant vers la porte d'entrée.

— Non. Si on l'ignore, il ou elle partira.

Il lui jeta un regard étrange, et elle haussa les épaules.

— Ce n'est rien de bon.

— Qu'est-ce qui te fait dire ça ? demanda-t-il.

— Eh bien, pour commencer, c'est un étranger. Sinon, il ou elle n'aurait pas sonné à la porte. Deuxièmement, c'est un dimanche. Donc soit c'est pour me vendre quelque chose, soit c'est quelqu'un que je n'ai pas envie de voir.

Il posa ses mains sur ses hanches et la regarda fixement.

— Et si c'était Nan ?

— Ce n'est pas Nan. Elle m'aurait appelée avant de venir. Et elle serait passée par la rivière.

— Et si c'est quelqu'un qui te livre quelque chose ?

— Impossible. Je n'ai rien commandé parce que je n'ai pas d'argent pour commander quoi que ce soit.

Il soupira, ouvrit la porte d'entrée, puis la fusilla du regard.

— Dis bonjour.

Elle regarda l'étranger en face d'elle, et s'exécuta. Puis elle se figea sous le choc.

— Oh non, dit-elle en secouant la tête. Oh, non.

— Voici Nick, annonça Mack, mon frère. Et tu ne peux pas l'éviter.

— Tu vois ? C'est toujours une mauvaise idée d'ouvrir la porte un dimanche.

Sur ce, elle retourna dans la cuisine.

Chapitre 9

D OREEN NE POUVAIT s'empêcher de le fusiller du regard. Finalement, Mack la fit asseoir dans le salon et lui ordonna d'un ton tranchant :

— Sois gentille.

Elle intensifia son regard et leva son menton encore plus haut. Mais le policier secoua la tête et agita son doigt. Elle voulut tendre la main et le repousser.

— Non, je ne t'ai pas piégée. Et, oui, tu dois faire face à ça.

— J'y faisais face ! s'offusqua Doreen.

— Ignorer la situation, ce n'est pas y faire face, tonna-t-il.

Cela la fit taire, mais elle croisa ses bras sur sa poitrine et essaya de lui lancer un regard plus noir, mais elle avait atteint sa limite. Quand elle entendit un bruit étrange, elle détourna son regard. Elle vit le frère de Mack appuyé contre le montant de la porte d'entrée. Il affichait un énorme sourire sur son visage, et ses épaules tremblaient. Elle haleta et se leva d'un bond.

— Vous vous moquez de moi ? s'écrie-t-elle.

Il effaça immédiatement le sourire sur son visage, mais il

ne put le retenir et se remit à rire.

— Non. Je ne me moque absolument pas de vous, répondit-il entre deux rires, mais j'adore vos interactions.

— Quel est le rapport avec tout ça ? demanda Doreen en fronçant les sourcils.

— Tout, admit-il, avec un doux sourire.

Il avança d'un pas dans le salon, puis s'arrêta, et, de la voix la plus douce qu'elle pouvait imaginer de la part d'un homme de sa taille, il demanda :

— Puis-je entrer ?

Elle fronça de nouveau les sourcils, puis hocha la tête à contrecœur.

— Vous êtes déjà là, alors allez-y.

— Oh, mon Dieu, quelle politesse, s'exclama Mack. Tu dois te rappeler que c'est mon frère et que tu lui dois au moins un peu de respect.

Elle croisa de nouveau ses bras sur sa poitrine et répliqua :

— Bien, mais souviens-toi. Je serai fidèle à moi-même et pas à toi.

Il ferma les yeux et se pinça l'arête du nez.

— Mais qu'est-ce que ça veut dire ?

— Cela signifie que je n'écoute plus ce que les hommes comme toi racontent.

Il ouvrit les yeux d'un seul coup, et ce fut à son tour de la fusiller du regard.

— Les hommes comme moi ? répéta-t-il d'une voix sinistre.

Elle posa ses mains sur ses hanches et se mit sur la pointe des pieds, afin de pouvoir le regarder dans les yeux d'un peu plus près. Mais elle échoua lamentablement, car elle ne pouvait même pas atteindre son menton.

— OK, les hommes comme mon ex.

— Tu ne me mets pas dans le même sac que lui ?

— Bien sûr que non, répondit-elle en levant les mains en signe de capitulation, mais on m'a dit quoi faire et comment agir pendant toutes mes années de mariage.

— Être poli envers quelqu'un qui a fait des efforts pour t'aider, c'est simplement être une personne correcte, rétorqua-t-il, s'efforçant visiblement de garder son calme.

Elle soupira, et ses épaules s'affaissèrent.

— D'accord, consentit-elle.

Puis elle regarda Nick et ajouta :

— Vous m'avez apparemment surprise à un mauvais moment. Je m'excuse d'avoir été impolie.

Il éclata de rire.

— Non, je n'aurais manqué ça pour rien au monde.

Elle plissa les yeux quand il leva une main.

— Je ne suis pas Mack, et je ne suis pas votre mari. Je suis simplement quelqu'un qui pourrait être en mesure de vous aider.

— Beaucoup de gens m'ont aidée ces dernières semaines, dit Doreen, essayant clairement d'être plus gracieuse. Ce serait très gentil si vous pouviez aussi m'aider.

— Je vais prendre ça comme un signe de paix, déclara Nick. Mack a dit que vous faisiez du bon café.

Elle regarda Nick, choqué, puis se tourna vers Mack et dit :

— Je fais quoi ?

Il soupira.

— Tu fais du bon café maintenant.

Elle leva les yeux au ciel et se précipita dans la cuisine.

— Tu veux dire, après que tu m'as appris.

— Hé, tout le monde doit apprendre de quelqu'un. Aucune raison de ne pas avoir appris de moi.

Elle gémit, puis retourna dans le salon avec un verre d'eau.

— Vous pouvez venir dans la cuisine, proposa-t-elle.

— Merci, dit Nick de cette même voix douce.

— Comment se fait-il que vous soyez si grand ? se plaignit-elle.

— Nous faisons la paire, répondit Nick, avec deux ans d'écart.

— Êtes-vous plus âgé ou plus jeune que Mack ? interrogea-t-elle avant de lever une main. Non, attendez. Je sais déjà que vous êtes plus jeune.

— Pourquoi tu dis qu'il est plus jeune ? s'enquit Mack avec surprise.

— Tu es bien trop dominateur pour laisser quelqu'un être plus âgé que toi, répondit Doreen avec un regard noir.

Sur ce, elle se retourna et partit dans la cuisine. Leur discussion résonnait comme un bruit de fond et elle savait qu'ils étaient sûrement en train de se moquer d'elle à nouveau. En toute bonne foi, elle n'avait pas de raison d'être si contrariée, mis à part qu'elle avait pensé pouvoir y échapper. Elle savait qu'elle était difficile, mais voir Nick débarquer sans prévenir...

— Tu sais que nous n'avons pas le temps pour ça maintenant, dit-elle en regardant Mack après les avoir rejoints.

Les sourcils de celui-ci s'envolèrent.

— Nous devons trouver du temps pour ça.

Elle se tourna vers Nick.

— Nous avons une affaire assez importante sur laquelle travailler.

Celui-ci la regarda avec ravissement.

— C'est merveilleux, déclara-t-il. De quoi s'agit-il ?

Mack décida d'intervenir.

— Ce serait une discussion sans fin, donc nous n'allons pas nous engager sur cette voie.

Doreen s'évertua à la fusiller du regard.

— Ça me concerne, donc c'est important.

Au même moment, Thaddeus, comme s'il venait de se réveiller, sortit de là où il dormait dans la cuisine, et vola droit vers elle. Quand il vit Nick, il s'arrêta, et atterrit sur le sol. Il leva les yeux vers Mack, puis vers le frère de ce dernier.

— Mon grand, mon grand.

Doreen gloussa, puis se pencha et le prit dans ses bras, le mettant sur son épaule.

— Thaddeus, voici Nick, le frère de Mack.

— Nick, Nick, répéta le volatile avant de tendre une patte, comme pour lui serrer la main.

Absolument ravi, Nick posa doucement son doigt sur la patte de l'oiseau.

— Salut, Thaddeus. Ravi de te rencontrer.

Thaddeus dodelina immédiatement de la tête.

— Ravi de te rencontrer. Ravi de te rencontrer. Ravi de te rencontrer.

— C'est un sacré personnage, déclara Nick entre deux rires.

— En effet. Il a disparu hier pendant quelques heures et est revenu avec un message accroché à sa cheville, qui était un appel à l'aide, continua tranquillement Doreen. Donc nous sommes censés chercher cette personne.

Elle appuya sur cette dernière phrase en se retournant pour lancer un regard noir à Mack.

Presque sur la défensive, celui-ci répliqua :

— Tu te souviens ? Il y a une équipe entière dans mon bureau.

— Mais je parie qu'ils n'ont rien fait à ce sujet, n'est-ce pas ?

— Je ne sais pas, répondit-il, mais nous devons leur faire confiance pour faire leur travail.

— Et si la personne est morte ?

Il leva le menton dans sa direction.

— Si elle est déjà morte, nous ne pouvons rien faire pour l'aider, alors nous avons un peu de temps devant nous.

Doreen leva les yeux au ciel.

— Et si elle est en train de mourir ? Et si elle respirait son dernier souffle, attendant juste que nous venions la sauver ?

— Puisque nous ne savons pas où elle se trouve, cela ne sera guère utile, grogna-t-il.

Elle savait qu'elle se montrait à nouveau désagréable, et ce ne fut que grâce aux bonnes manières qu'on lui avait enseignées dans son enfance qu'elle effaça lentement la raideur de sa réponse en se tournant vers Nick.

— Enfin, nous n'avons pas besoin de laver notre linge sale devant vous.

— Le fait que vous ayez du linge sale est intéressant. Dommage que rien de tout cela ne soit lié à votre mari.

— Je souhaiterais que rien ne soit lié à cet homme, répliqua-t-elle en levant les yeux au ciel. Je ne sais pas ce que Mack vous a raconté, mais ce n'est pas un homme très sympathique.

— J'ai appris pas mal de choses sur lui, admit Nick. Je dois enquêter sur chaque personne avant que nous puissions prendre une décision sur ce que nous devons faire.

— Je n'ai même pas d'argent pour vous payer, donc je n'ai pas à vous parler de ça. Les avocats coûtent cher, et cette conversation doit coûter des centaines de dollars à quelqu'un.

Elle se tut, le regarda, et continua :

— Mais pas moi, c'est ça ?

Nick rit aux éclats.

— Non, pas vous. Je ne vous facture pas cette conversation.

— Oh, bien, parce que sinon la porte est juste là. Je n'ai pas d'argent. Et, si votre frère n'arrête pas de boire tout mon café, je ne pourrai pas en avoir pour moi, et encore moins pour quelqu'un d'autre.

— Oh, pour l'amour de Dieu !

Elle se retourna et dévisagea Mack, qui leva les mains en signe de frustration.

— Oui, je sais que Thaddeus écoute.

— Et tu lui as déjà appris assez de grossièretés, merci.

Nick éclate à nouveau de rire.

— Le café est prêt, annonça-t-elle.

Alors que les hommes la rejoignirent, elle entendit Nick dire quelque chose sur le fait qu'elle était charmante, et Mack répliquer quelque chose sur le fait que Nick n'en avait aucune idée. Doreen était sur le point de prendre cela comme une insulte, mais, quand elle se retourna et vit le regard furieux sur le visage du policier, elle réalisa que ce n'était probablement pas approprié de l'attaquer maintenant. Ce n'étaient que ses doutes qui la rendaient aussi difficile.

— Je sais que Mack a fait appel à votre sens de l'aide aux opprimés, démarra-t-elle, bien que je ne sache pas pourquoi vous avez ressenti le besoin de le faire. Mais je peux vous dire que c'est un cas très ingrat.

— C'est-à-dire ?

— Je ne sais pas comment vous rémunérer pour le travail que vous faites, répondit-elle. Honnêtement, je n'ai pas d'argent.

— Mack a été très clair à ce sujet, et nous, les avocats, ne courons pas tous après l'argent, d'ailleurs.

Elle le dévisagea un moment, puis lui tendit une tasse de café pleine.

— Je peux vous offrir une tasse de café, proposa-t-elle.

— Et je l'accepte avec gratitude, la remercia-t-il, avant de jeter un œil à sa maison et d'ajouter : vous avez manifestement beaucoup désencombré la maison.

— En effet. Mais Mack a construit la nouvelle terrasse, acquiesça-t-elle, avec un demi-sourire. Lui et ses copains.

Puis elle ouvrit la voie vers l'extérieur.

— Il a fait une tonne de choses ici, tout le week-end dernier et le week-end précédent. C'est incroyable.

Nick regarda Mack, qui hocha la tête.

— Beaucoup de collègues sont venus pour aider. Le truc, c'est qu'elle a fait beaucoup pour la communauté, et nous étions heureux d'avoir l'occasion de lui rendre la pareille.

— N'est-ce pas magnifique ? chantonna Doreen en valsant sur la terrasse.

Nick se posta dans l'embrasure de la porte de la cuisine et dit :

— C'est magnifique. Vous avez une belle propriété.

— Je sais. C'est celle de ma grand-mère.

— *C'était* celle de ta grand-mère, corrigea Mack. Elle t'appartient à présent.

— J'oublie toujours, avoua-t-elle. Et c'est seulement parce que Nan est une belle personne que je possède cette maison aujourd'hui.

— Je suis sûr qu'elle est ravie de pouvoir vous aider, dit Nick.

— C'est vrai. Elle a tant fait pour moi. Elle a toujours fait tellement pour beaucoup de gens et de bien des manières.

En regardant le béton coulé jusqu'au chemin près du ruisseau, elle sourit.

— C'est vraiment un bel endroit maintenant.

Nick regarda autour de lui et demanda :

— Avez-vous des chaises pour vous asseoir ?

— Pas pour l'instant, pesta Doreen, puis elle désigna le salon de jardin qu'elle avait déplacé sur le côté. La chaise s'est cassée hier et a failli me faire tomber sur les fesses. J'ai besoin d'un nouvel ensemble, mais, quand j'ai dit que je n'avais pas d'argent, je le pensais. Je n'ai pas d'argent.

Il sourit.

— Et ce n'est pas grave. Vous n'êtes pas obligée de tout faire d'un coup.

— Eh bien, tant mieux parce que je ne peux rien faire de plus que trouver comment survivre avec ce que j'ai pour l'instant.

— Et on dirait que vous vous en sortez très bien, la rassura Nick. Soyez indulgente avec vous-même.

Doreen lui sourit.

— Vous êtes donc un de ces hommes sympathiques, n'est-ce pas ?

Il haussa les sourcils.

— Je l'espère.

— Tant que vous n'êtes pas comme Mack.

Celui-ci se redressa de sa position affalée contre la porte arrière et éclata d'indignation.

— Qu'est-ce qui ne va pas chez moi ?

— Tu ne me laisses pas t'aider, la plupart du temps, répondit-elle. Tu me grondes tout le temps.

Elle se tut, puis continua.

— Tu m'apprends à cuisiner, et tu m'aides en me payant

pour m'occuper du jardin de ta mère.

Elle s'arrêta de nouveau, regarda Nick et lui demanda :

— Comment se fait-il que vous ne vous occupiez pas du jardin de votre mère ?

Il gloussa.

— Je m'occupe de beaucoup de choses pour notre mère, dit-il. Mais vous avez raison. Mack vous paye pour vous occuper du jardin.

— Pour être honnête, je pense qu'il le fait juste pour être gentil, avoua-t-elle. Mais le fait est que j'ai vraiment besoin de cet argent, alors j'essaie de ne pas trop protester.

— Je t'avais dit qu'elle se laissait facilement distraire, déclara Mack à destination de son frère.

— Oh, et qu'est-ce que tu lui as dit d'autre ? le provoqua-t-elle.

Il se contenta de la fusiller du regard.

— Bien, marmonna-t-elle, en s'asseyant sur le bord des marches. Installez-vous sur un bout de la terrasse. C'est tout ce que j'ai à offrir.

Les deux hommes s'assirent immédiatement, de chaque côté de Doreen.

Chapitre 10

— ALORS, AVEZ-VOUS trouvé quelque chose d'utile ? demanda Doreen en regardant Nick.

— J'ai découvert toutes sortes de choses utiles, répondit-il. Cependant, j'ai fait en sorte de ne pas l'alerter pour qu'il ne découvre pas que quelqu'un s'intéressait à ses affaires.

— Il est certainement déjà au courant. Il fait ça lui-même, donc il cherche toujours à savoir qui fouille dans sa vie.

— Je comprends, surtout s'il est impliqué dans quelque chose de criminel.

— Je ne sais pas vraiment où la loi commence et s'arrête avec son entreprise, admit-elle. Quand on y pense, peut-être qu'il fait partie d'une activité commerciale peu catholique, mais il est possible qu'il n'y ait rien d'illégal.

— Eh bien, j'ai examiné certaines de ces questions, mais je n'ai pas fait une enquête complète sur les activités criminelles dans lesquelles il est impliqué.

— Vous pouvez faire ça ?

— Eh bien, si j'ai un motif, je pourrai faire intervenir la police.

— Ah, donc vous feriez intervenir Mack alors ?

— Non, je ferais venir quelqu'un de la région de votre mari.

— Mais alors, comment savoir si vous ne travaillez pas avec un des flics qu'il a dans sa poche ?

Il la regarda avec curiosité.

— Vous pensez vraiment que c'est le cas ?

— Je les ai vus, assura Doreen.

— Vu qui ?

— J'ai vu les flics chez lui.

— Mais ça ne veut pas dire qu'ils faisaient quelque chose d'illégal.

— Eh bien, je pense que si. Une fois, ils ont amené un type pour lui parler, et le type ne voulait pas être là. Une autre fois, je l'ai vu remettre une liasse de billets à l'un d'entre eux. Je ne sais pas pour quoi c'était, il payait peut-être une amende ou quelque chose comme ça.

Nick et Mack se regardèrent puis se retournèrent vers Doreen.

— Voilà, dit-elle d'un ton volontairement ignorant. C'était à peu près toute ma vie.

— Que vous aurait dit votre mari si vous en aviez parlé ?

— Eh bien, j'ai abordé le sujet plusieurs fois et j'ai eu le même type de réponse. La première fois, on m'a dit de m'occuper de mes affaires. La deuxième fois, il m'a dit de m'occuper de mes affaires ou autres choses. La troisième fois, j'ai reçu une gifle, dit-elle à voix basse.

Nick et Mack hochèrent lentement la tête.

— Tu ne m'as jamais parlé de ça, dit Mack doucement.

— Je ne te l'aurais jamais dit, si tu n'avais pas mêlé ton frère à tout ça, grogna-t-elle.

— J'ai fait venir mon frère pour *t'aider*.

— Il en sortira blessé. As-tu seulement pensé à ça ?

— Tu penses sérieusement qu'il est en danger ?

Elle fronça les sourcils puis secoua la tête.

— Je ne sais pas quoi penser. Mon ex n'est pas quelqu'un de gentil.

— Non, en effet. Je l'ai découvert grâce aux diverses recherches auxquelles j'ai participé, intervint Nick. Mais je m'intéresse aussi à son avocate.

— Ah, *elle*, pouffa Doreen. C'est avec elle qu'il m'a trompée, et apparemment maintenant elle vit avec lui.

— Je n'en suis pas si sûr. Un camion de déménagement a été vu devant votre maison.

Doreen le regarda avec surprise.

— Eh bien, peut-être que cette relation leur a déjà explosé à la figure. Je ne sais pas.

— Qu'est-ce qui pourrait la faire exploser ?

— Premièrement, il se débarrasserait d'elle pour infidélité, répondit-elle. Par exemple, si elle couchait avec quelqu'un d'autre, si elle disait quelque chose qu'elle n'était pas censée dire. Ou même si elle ne faisait pas ce qu'il voulait qu'elle fasse.

— La fidélité est tout pour lui, n'est-ce pas ?

— Absolument. Je n'ai réalisé à quel point j'étais impliquée qu'après mon départ, et j'ai pris un peu de distance, déclara Doreen avant d'ajouter d'un ton triste : j'étais vraiment très naïve, et je suppose que c'est l'une des raisons pour lesquelles je n'aime pas en parler.

— Parce que tu te sens coupable ?

— Parce que je me sens stupide, cingla-t-elle. Je me suis rendu compte qu'à bien des égards, j'étais une épouse maltraitée, et je suis restée, même si je savais qu'il était impliqué dans quelque chose de peu exemplaire. Mais je ne sais pas si c'est criminel. Je ne sais pas s'il a réellement enfreint la loi ou s'il était simplement un de ces charlatans qui en contournait les limites.

— À la seconde où il vous a frappée, il a enfreint la loi, dit Mack.

— Oui, mais on ne s'en rend pas compte quand on est impliqué, répliqua-t-elle, et ensuite, il m'emmenait toujours en vacances ou m'offrait quelque chose, alors je n'en faisais pas tout un plat.

— En avez-vous déjà parlé à quelqu'un ? interrogea Nick.

— J'en ai parlé une fois à une amie de l'époque, mais elle m'a dit de me taire, d'accepter les cadeaux et d'essayer de me taire la prochaine fois.

Les deux hommes fixèrent Doreen du regard.

— C'est comme ça que le monde marche. Je n'ai juste pas appris très vite.

— Alors c'est ce que vous avez fait après ?

— La plupart du temps, oui, répondit-elle, mais j'ai quand même été surprise quand il a demandé le divorce.

— Mais était-ce une bonne ou une mauvaise surprise ? demanda Nick.

— J'étais conditionnée à penser que c'était une mauvaise surprise. À l'époque, je n'ai pas réalisé à quel point je serais reconnaissante d'être sortie de là. Mais, une fois que j'ai réussi à arriver ici avec Nan, et que j'ai vu ce que ma vie était devenue dans cette cage dorée, j'ai été très heureuse de voir mon nouveau monde. Mais on ne trouve pas la gratitude facilement, sans que quelque chose d'autre ne vienne souligner à quel point votre vie est différente maintenant.

— Mais ce fut ton cas ? s'enquit Mack.

Elle entendit une pointe d'hésitation dans la voix du policier. Elle se retourna, le regarda avec un sourire et dit :

— Oui, et je vais bien maintenant. Tu le sais, n'est-ce pas ?

— C'est vrai.

— Et je suppose que je n'étais pas si bien que ça quand je suis arrivée. C'était le désordre dans ma vie, et je sais que j'ai probablement passé pour une folle aux yeux des habitants de la ville. Mais vous ne réalisez pas vraiment à quel point votre monde est différent. Et je n'étais pas ici pendant les six premiers mois de ma séparation, en plus.

— Qu'avez-vous fait pendant ce temps ?

— Mon mari m'a payé une location, mais c'était cher et de courte durée. Je suis donc restée un peu chez quelques amis communs, mais lorsqu'ils ont compris que notre relation allait vraiment se terminer par un divorce et que je ne fréquenterais plus les mêmes cercles, leur soutien a disparu. Quelqu'un m'a permis d'habiter sa remise transformée en appartement pendant un certain temps, et une autre amie m'a autorisée à séjourner dans son chalet d'été pendant quelque temps. Après ça, j'ai fini par loger dans des endroits de moins en moins agréables. Les choses ont dégénéré lorsqu'il ne m'a plus rien donné pour vivre, et que mes économies et le peu d'argent que j'ai obtenu en vendant ce que j'avais réussi à emporter avec moi se sont envolés, confessa-t-elle. Finalement, j'ai contacté Nan pour savoir si je pouvais venir lui rendre visite. Aujourd'hui, j'ai une maison dont je lui suis très reconnaissante, même si certains diraient qu'elle ne ressemble en rien à la maison dans laquelle je vivais auparavant. Mais je ne l'échangerais pour rien au monde.

Elle conclut sa déclaration par un sourire heureux.

— Au moins celle-là est réelle, dit Mack.

Elle tendit une main, serra ses doigts et sourit de nouveau.

— C'est très réel ici, tout comme les gens qui ont croisé mon chemin depuis que je suis arrivée. Mais ça va devenir très moche si nous prenons cette voie, dit-elle en se tournant vers Nick. C'est pourquoi je suis si hésitante.

Le téléphone de Mack sonna.

— Excusez-moi un instant, s'il vous plaît.

Il prit son téléphone, et se dirigea vers le chemin.

— Vous semblez bien vous entendre avec mon frère, lança Nick.

— Quand il n'est pas difficile.

Il éclata de rire, et Doreen lui sourit.

— Vous semblez être un homme bien, Nick. Pourquoi vouliez-vous être avocat ?

Il rit encore plus fort.

— Les avocats offrent des services de qualité et utiles à leurs clients.

— Eh bien, ce n'était pas le cas de mon avocate. Elle m'a trompée sur la paperasse, puis elle a pris mon mari et s'est installée dans mon lit, dit-elle en secouant la tête. Grâce à ça, je suis reconnaissante pour beaucoup de choses à présent. Mais la trahison…

— Plus que la trahison personnelle, c'est la trahison financière qui est en cause.

— Nous avons un accord de séparation.

— Qui est nul et non avenu en raison de sa représentation dans cette affaire.

— Oh, donc il n'y a pas d'accord de séparation ?

— Non, pas un statut légal.

— Alors, qu'est-ce que ça veut dire ?

— Ça veut dire que vous pourriez retourner dans votre ancienne maison, si vous le souhaitiez.

Doreen le dévisagea, choquée.

— Ça va commencer à faire beaucoup de monde dans ma chambre, vous ne croyez pas ? marmonna-t-elle.

Nick éclata une nouvelle fois de rire.

— Évidemment, ce n'est pas ce dont vous avez envie, mais vous avez tous les droits sur cette maison, tout comme lui, parce qu'il n'y a plus d'accord pour le moment.

— Que dit l'autre avocate ? En plus, vous dites que nous n'avons pas d'accord, mais mon ex vous contredirait.

Nick secoua la tête.

— Ça n'a pas d'importance. J'ai déposé plusieurs plaintes documentées sur le comportement de l'avocate de votre divorce, et elle va faire l'objet d'une plainte auprès du barreau pour un autre problème. Mis à part ça, j'ai intenté un procès contre elle en votre nom.

Elle le regarda avec surprise.

— Mais ça va coûter cher. Mon ex en parlait tout le temps.

— Parlait de quoi ?

— De poursuivre les gens en justice et de dire qu'il les détruirait.

— Absolument. En même temps, nous avons un dossier très solide contre elle.

— Quelle est la base de votre dossier contre elle ?

— Il s'agit du fait qu'elle n'a pas rempli ses obligations légales et qu'elle a fait preuve d'une négligence criminelle en déposant les documents qu'elle a choisi de déposer.

— Oh mon Dieu. Alors peut-être qu'elle n'aura pas le droit de vivre dans cette maison non plus ?

— Je vais demander à ce qu'elle aille en prison et qu'elle soit radiée du barreau.

— Et ensuite elle ne pourra plus gagner sa vie ?

— Pas sur le dos de ses clients peu méfiants en tout cas.

— N'est-ce pas un peu extrême ?

Il secoua la tête.

— Non. L'imposture est à prendre au sérieux, et elle vous a escroqué de plusieurs centaines de milliers de dollars, peut-être plus.

En entendant ce chiffre, la mâchoire de Doreen se décrocha, et ses yeux s'arrondirent.

— Quoi ?

— Vous n'avez vraiment aucune idée de la valeur de sa fortune, n'est-ce pas ?

Elle secoua la tête.

— Non, vraiment pas, mais c'était dans le cadre des affaires.

— Cette maison vaut à elle seule quatre millions.

— Oui, mais il ne m'aurait jamais laissé avoir la maison, dit-elle, non pas que j'en veuille.

— Et c'est très bien. Il peut racheter votre part.

— Vous voulez dire qu'il me donnerait de l'argent pour ma part de la maison ?

— Oui, c'est probablement pour cela qu'il a pris cette voie.

— C'est *absolument* pour ça qu'il a suivi cette voie. Il me disait souvent que je pouvais partir quand je voulais, mais que je n'obtiendrais jamais rien de lui.

— Et il a fait tout son possible pour que ça arrive. Mais ils ont tous les deux dépassé les bornes en vous privant de tout. S'il vous avait proposé un accord décent ou raisonnable, nous n'en serions pas là.

— Non, je n'aurais même pas pensé que c'était un problème. Quel serait un accord raisonnable ? demande-t-elle prudemment.

— Au moins plusieurs millions, répondit-il avec un sourire.

Doreen haleta.

— Ce serait carrément incroyable.

— C'est parce que vous ne réalisez pas tout ce à quoi vous avez droit.

— Il faudra quand même lui prendre, et il ne le donnera pas facilement.

— En effet, ce qui est l'une des raisons de faire appel à votre avocate pour le divorce. Pour s'assurer que c'était encore plus compliqué.

— Et j'ai renoncé à mes droits.

— Mais ce document n'a pas de valeur légale en tant que tel, car elle est également poursuivie pour ses problèmes.

— Intéressant, marmonna-t-elle. Donc mon avocate spécialisée dans les divorces a réellement commis une imposture en faisant cela ?

— Tout à fait. Elle ne vous représentait pas. Elle vous jetait aux loups.

— J'y ai cru à l'époque, mais, à ce moment-là, je ne cherchais que la liberté. Je ne voyais pas vraiment la meute de loups qui m'attendait dehors.

— Non, et c'est pourquoi c'est arrivé.

— Que pouvons-nous faire maintenant ?

— J'ai beaucoup de documents à vous faire signer.

— Mais êtes-vous meilleur qu'elle ?

Nick regarda fixement Doreen et répondit :

— Si seulement vous aviez posé certaines de ces questions quand vous étiez sa cliente.

Chapitre 11

D OREEN GRIMAÇA ET hocha la tête.

— C'est vrai, mais je la connaissais depuis long-temps, et je pensais pouvoir lui faire confiance. Mais je pense que c'est elle qui lui a dit quand j'envisageais de partir. Alors, il a immédiatement pris ses dispositions. Au lieu que mes bijoux soient dans le coffre, où ils étaient censés être, ils ont été déplacés ailleurs, et mon argent de poche ce mois-là a disparu. Quand je lui ai demandé, il a dit que j'avais dû le dépenser. C'était une série de petites choses qui se sont toutes produites au cours des derniers jours où j'ai vécu avec lui.

— Vous avez raison. Je suis sûr qu'elle lui faisait avaler toutes sortes de bêtises. Mais l'essentiel est qu'elle vous représentait. Vous l'aviez engagée en votre nom, et au lieu de cela elle vous a utilisée pour l'atteindre.

— Correct, acquiesça-t-elle tristement. Parce que les gens sont comme ça.

— *Tout le monde* n'est pas comme ça, la corrigea-t-il gentiment.

— Vous êtes en train de me dire que vous êtes différent, le taquina-t-elle en souriant.

— Je suis très différent, et les gens comme elle sont ceux

que j'aime attaquer.

— Très bien, tant qu'ils ne sont pas vraiment au courant.

— Ils vont forcément le découvrir quand je commencerai à remplir les papiers, mais ce n'est pas votre problème.

— C'est vous qui le dites. Mais s'ils me trouvent ici ?

— Vous ne vous sentez pas en sécurité ici ? Ou vous avez vraiment l'impression qu'il va s'en prendre à vous ?

— Je pensais que ça ne le perturberait pas, mais il tient vraiment à son argent, ainsi qu'à cette maison.

— Intéressant, songea Nick. Eh bien, une fois que la paperasse est déposée, on ne peut plus la cacher.

— Non, et ça va me causer des problèmes supplémentaires, marmonna-t-elle.

— Vous avez de la sécurité ici ?

— Ce n'est pas vraiment le problème, parce que je sors tout le temps. Je ne vais pas me barricader. Je ne vivrai pas comme ça. C'est lui qui avait l'habitude de me dire quand je pouvais sortir, ce que j'avais le droit de faire, et quand je pouvais le faire. Je ne veux plus jamais vivre comme ça.

— Et ce ne sera plus jamais le cas.

— Si vous le dites, marmonna-t-elle, puis elle baissa les yeux sur sa tasse de café vide et proposa : voulez-vous une deuxième tasse ?

— Avec plaisir, accepta-t-il avec un sourire. Et peut-être qu'ensuite nous pourrons nous asseoir et faire un peu de paperasse.

En soupirant, elle prit leurs tasses et se dirigea vers la cafetière. Quand elle revint, Mack était de retour, et ils discutaient.

— Tu as accepté de signer la paperasse ?

— Tu penses que ton frère est digne de confiance ?

— Oui, absolument, acquiesça le policier en souriant.

— D'accord.

Doreen s'assit à la table de la cuisine, et ils commencèrent à remplir les papiers, et, une fois arrivés à la troisième page, elle avait déjà perdu tout intérêt et signa machinalement.

— Pour ce que j'en sais, je viens de tout vous donner, dit-elle en lui rendant le document.

— Vous venez de m'autoriser à la poursuivre, elle et votre mari, sans frais pour vous.

— Alors, comment nourrissez-vous votre famille ? s'enquit Doreen.

— Je n'ai ni femme ni enfants, si c'est ce que vous demandez, répondit-il en souriant. Ce que je vais faire, c'est m'assurer qu'ils couvrent tous les frais quand ils perdront au tribunal.

— Y compris vos honoraires ? demanda-t-elle, ravie.

— C'est comme ça que ça marche. Ils doivent payer les frais de justice ainsi que mes honoraires.

— Bien. Alors, quand il aura perdu, et qu'on en sera arrivés là, assurez-vous de lui envoyer une facture salée.

Il éclate de rire.

— Malgré un démarrage difficile, je suis vraiment heureux de vous avoir rencontrée, déclara Nick en se levant.

Il lui tendit la main, et Doreen la serra avec surprise.

— Je n'aurais pas dû être si méchante, s'excusa-t-elle, et vous avez raison, j'ai repoussé notre rencontre.

Elle jeta un regard en coin à Mack avant de continuer.

— Surtout parce que c'est une période de ma vie à laquelle je n'aime pas repenser.

— Je comprends, mais parfois, on ne peut pas laisser les gens agir illégalement et les laisser s'en sortir par la suite.

Mack m'a dit à quel point vous êtes douée pour faire en sorte que les affaires non résolues ne le soient plus et que des personnes soient traduites en justice après un long moment. Ne laissons pas ce genre d'affaires durer si longtemps que nous ne puissions rien faire.

— OK. Je comprends, consentit-elle en souriant.

À ce moment-là, Thaddeus se réveilla de sa sieste sur son épaule et leva les yeux.

— Mon grand, mon grand.

Il regarda Mack et dit :

— Mon grand, mon grand.

Les deux hommes rirent. Doreen leva une main pour lui caresser doucement la tête.

— Si seulement tu pouvais me dire qui a accroché ce message à ta patte.

— Message ? Message ? Message ?

Alors qu'il semblait ne pas comprendre ce mot, il continuait à secouer la patte à laquelle avait été attaché le message.

— Thaddeus, sais-tu qui a accroché ce message sur toi ?

— Thaddeus aime Doreen, répondit celui-ci en frottant sa tête contre elle.

— Et je t'aime aussi, oui, mais tu es sacrément frustrant. J'aimerais savoir qui a mis ce truc sur ta patte.

— C'est un premier mystère, intervint Mack, mais il y a aussi la personne en liberté qui t'a frappée à la tête.

À ce moment-là, Nick la regarda avec inquiétude.

— Vous avez une idée de qui ça peut être ?

Elle haussa les épaules.

— Non, pas du tout. Mais, comme Mack vous le dirait probablement, je me suis fait quelques ennemis en ville.

— Mais ceux-là n'ont-ils pas été emprisonnés ? s'enquit-il en regardant son frère.

Mack haussa les épaules.

— Si, mais elle a aussi divisé certaines familles à cause de ça.

— D'accord, dit Nick, dubitatif. Mais ça fait beaucoup de haine si quelqu'un s'en prend à vous personnellement.

— Parfois les gens font des choses juste sous le coup de l'émotion, répliqua Doreen. Ils me voient, et toute cette colère et cette douleur reviennent à la charge, et ils attaquent sans aucune autre raison.

— C'est possible, concéda Nick.

— Quelqu'un sait-il que vous êtes ici ?

— Mon bureau et quelques autres personnes savaient que je venais rendre visite à Mack.

— Je ne pense pas que cela ait un rapport avec mon divorce de toute façon. Même si votre présence apporte certainement de nouveaux suspects.

— Vous pensez encore à votre ex ? demanda-t-il en la regardant d'un air surpris.

— Si je n'étais plus là, qu'arriverait-il à tout cet argent ?

— Bien vu, acquiesça-t-il après une pause, puis il se tourna vers Mack. Est-ce que tu gardes un œil sur elle ?

— C'est loin d'être suffisant, marmonna le policier. Elle s'attire des ennuis plus vite que n'importe qui d'autre que je connais.

— Ce n'est pas juste, s'exclama-t-elle. Et puis, ça fait partie de notre travail.

— De *mon* travail, la corrigea Mack, en lui lançant un regard noir.

Doreen secoua la tête et soupira bruyamment.

— D'accord, donc je n'ai aidé à résoudre aucune de ces anciennes affaires non résolues ?

— Cette affaire concernant le message que Thaddeus a

rapporté à la maison n'est pas nécessairement une affaire. Si ça se trouve, c'est une farce d'un gamin. Je suis plus inquiet de savoir qui t'a attaquée au cimetière.

— Mais tu ne crois pas à ce que tu dis et moi non plus.

Il fronça les sourcils, baissa le regard et rétorqua :

— Mais il nous faut un peu plus que cette note pour retracer le parcours de Thaddeus, quand nous l'avons perdu.

— Y a-t-il un moyen de savoir où il est allé ? demanda Nick.

— Non, pas vraiment, maugréa Doreen. Nous sommes retournés dans cette zone et nous avons trouvé un petit garçon nommé Isaac. Tu as trouvé d'autres Isaac dans la région ?

— Les gars sont dessus, répondit Mack en sortant son téléphone avant d'appeler quelqu'un. Salut, Chester. Tu as réussi à retrouver Isaac ?

Mack secoua la tête et regarda Doreen.

— Chester n'a rien trouvé non plus.

Elle fronça les sourcils.

— Si quelqu'un a un enfant chez lui, et qu'il ne remplit pas les papiers pour lui, alors il n'y a pas de trace de sa naissance, n'est-ce pas ?

Le policier la fixa avec surprise et répondit :

— Non, pas s'ils essayaient de garder cette naissance secrète ou s'ils ne l'ont pas enregistrée pour une raison quelconque.

— Et si Isaac n'est enregistré nulle part ?

— Pourquoi un parent ferait-il ça ? demanda Mack. Nous ne pouvons pas simplement supposer que c'est ce qui s'est passé ici.

— Non, bien sûr que non. Mais, si quelqu'un est captif quelque part par ici – et tu sais très bien qu'il y a toutes sortes de scénarios désagréables qui pourraient donner lieu à une telle chose – alors que faire si la naissance d'Isaac n'a tout simplement jamais été enregistrée ?

— Alors personne ne le saurait, répondit Mack.

— Vous savez quel âge il a ? intervint Nick.

— Je dirais 4 à 5 ans, répondit Doreen. Il est tout à fait possible qu'il soit trop jeune pour aller à l'école. Et, si personne n'est au courant de son existence, personne non plus ne l'attendrait à l'école de toute façon.

— C'est tout à fait vrai, consentit Mack pensivement.

— On pourrait y retourner et faire une visite officielle, proposa-t-elle. Pour au moins découvrir qui est la famille d'Isaac.

— Je vais peut-être demander à un des gars de le faire, concéda le policier.

— Bonne idée.

Alors qu'il s'éloignait un peu plus et passait son coup de fil, elle gloussa.

— Il s'éloigne parce qu'il pense qu'il peut garder la conversation hors de ma portée, expliqua Doreen.

— Est-ce que ça marche ?

— Non, parce que j'ai une bonne idée de ce qu'il prépare.

— Mais n'essaie-t-il pas de vous protéger ?

— Non, il essaie de me tenir à l'écart de ses affaires, dit-elle, avec un grand sourire. Et ça ne marche pas.

Chapitre 12

MACK REVINT QUELQUES minutes plus tard avec un air surpris.

Doreen le dévisagea, sachant qu'il se passait quelque chose.

— Quoi ? Qu'est-ce qu'il y a ?

— Le cimetière est équipé de caméras de sécurité. Les gars ont parcouru les images, et ils ne reconnaissent pas tous les visages, expliqua le policier. La plupart des visiteurs étaient des locaux, mais nous ne pouvons pas en identifier certains, et ils souhaiteraient que tu y jettes un coup d'œil.

Elle eut l'air surprise à son tour, puis bondit de sa chaise.

— Parfait. On peut le faire maintenant, même si c'est dimanche ?

— À vrai dire, ça nous arrangerait, puisque c'est un peu plus calme.

— Maintenant ? répéta-t-elle en souriant.

— D'accord, dit-il en regardant son frère. Tu viens dîner ce soir chez maman ?

Nick acquiesça.

— Bien sûr, et, en attendant, j'ai de la paperasse à passer en revue.

Sur ce, il les salua d'un signe de la main et disparut par la porte d'entrée.

Doreen se retourna et s'adressa à Mack.

— Malgré toi, je l'aime bien.

Il rit avant de répondre :

— Nick est vraiment un chic type.

— Je suis juste un peu méfiante, dit-elle, mais avec un sourire soulagé. Toute cette histoire est effrayante, honnête-ment. Je préférerais passer le reste de ma vie à ne plus jamais revoir mon ex.

— Personne n'a dit que tu devais le voir.

— Vraiment ?

— Oui, acquiesça Mack en hochant la tête. Demande à Nick, mais fréquemment, tout peut être fait sans que tu aies à l'affronter.

— Oh, dans ce cas, je me sens beaucoup mieux.

— Bien. Allons au poste.

— D'accord. Et les animaux ?

— Emmenons-les avec nous. J'essaie toujours de percer le mystère des pensées de Thaddeus, pour qu'on puisse comprendre ce qui se passe vraiment.

— Ce serait génial, n'est-ce pas ?

Alors qu'ils allaient sortir pour monter dans le véhicule du policier, Doreen attrapa son sac à main.

— Tu as besoin de faire quelques courses ? demanda-t-il. Au fait, j'ai vérifié tes pompes de puisard tout à l'heure, et les deux fonctionnent bien.

— Oh, quel soulagement, s'exclama-t-elle avec honnête-té, car elle avait complètement oublié ce sujet. Et, comme tu l'as vu, le frigo est un peu vide.

Mack ricana.

— Il est plus qu'un peu vide, corrigea-t-il en ouvrant la

portière passager avant de soulever Mugs pour qu'il puisse s'asseoir aux pieds de Doreen.

Goliath sauta tout seul, et Thaddeus ne quitta pas l'épaule de celle-ci. Une fois Doreen et tous ses animaux installés en toute sécurité, il ferma la portière et se dirigea du côté conducteur.

— Comment va ta tête ? interrogea-t-il en montant.

— Aujourd'hui, beaucoup mieux. Maintenant, je n'arrête pas de penser à Thaddeus qui part tout seul et qui revient avec un mot.

— C'est tout toi. Tu ne peux pas t'empêcher de penser à l'aventure solo de Thaddeus, mais se faire attaquer et frapper à la tête est une tout autre histoire.

— C'est vrai. L'idée que quelqu'un soit retenu prisonnier me dérange tout simplement.

— As-tu pensé à ta propre captivité pendant ton mariage ?

— C'est injuste pour tout le monde, dit-elle en haussant les épaules, et, si cela concerne ce petit garçon, c'est encore pire.

— Mais nous n'avons aucun moyen de le relier à lui. Rappelle-toi mes avertissements sur les suppositions.

— Je le sais. Tu ne me lâches pas sur ce sujet, alors comment pourrais-je oublier ?

— Je suis bien obligé. Et nous devons faire les choses légalement.

— Je sais bien. Cela entrave vraiment les choses, n'est-ce pas ?

Il gloussa.

— D'une certaine manière, oui, mais ça permet à tout le monde de suivre la loi, afin que l'on n'agisse pas tels des hérétiques, comme ton ex.

— Bien dit, consentit Doreen avant de lâcher un profond soupir. C'est exactement ce qu'il a fait. Il a toujours voulu faire les choses à sa façon et n'a jamais eu la patience de suivre la loi. Il disait souvent qu'elle était trop lente, trop tatillonne, et qu'il pouvait faire les choses beaucoup plus rapidement sans elle.

— C'est ce qu'il a fait, apparemment, mais les gens finissent toujours pas payer, et le moment est peut-être venu.

— Peut-être bien. Mais il est assez roublard, donc j'en doute fortement.

— J'espère que mon frère lui donnera juste ce qu'il faut de corde pour qu'il se pende.

Doreen eut l'air surprise, et il secoua prestement la tête.

— Je ne veux pas dire ça littéralement, ajouta-t-il. C'est juste une expression.

— D'où viennent ces expressions ? se demanda-t-elle. Pourquoi quelqu'un se pendrait-il ? Ça n'a pas de sens.

— Ne t'inquiète pas pour ça, soupira-t-il.

— Pas du tout. J'ai bien compris que tu ne savais pas d'où cela venait.

Le policier éclata de rire.

— À vrai dire, je le sais, mais je ne m'engagerai pas sur ce terrain. D'ailleurs, nous sommes déjà arrivés au poste.

— Avec une communauté comme celle-ci, tout est si proche, et il y a toujours du monde.

— Exactement, acquiesça-t-il avant de sortir, puis il fit le tour et continua. Viens. Descendons les animaux. J'adore le fait qu'ils soient les bienvenus au poste. Ils devraient avoir leur propre insigne. Ils ont tant fait pour la ville.

— C'est adorable que vous pensiez ça, se réjouit Doreen. Cela me facilite la vie.

— En effet, mais l'essentiel est qu'ils ont fait plus de bien que de mal, donc nous sommes prêts à leur donner…

— Assez de place pour se pendre ?

Riant aux éclats face à sa vivacité d'esprit, il secoua la tête et répliqua :

— Non, nous ne voulons évidemment pas qu'ils se pendent.

— Bien, c'est une expression stupide de toute façon.

Il se contenta de lever les yeux au ciel, puis poussa la porte d'entrée du commissariat, et ils entrèrent, tous les animaux avançant à grands pas. Quand Mugs vit Chester, il se précipita pour le saluer vivement. Goliath, fidèle à lui-même, s'était d'abord faufilé entre les jambes de Chester, puis était parti se promener pour voir qui d'autre était là.

— C'est assez triste, mais les animaux sont vraiment très à l'aise ici, annonça Doreen.

— Pourquoi est-ce triste ? demanda Chester.

— Ça donne l'impression qu'ils sont sur une mauvaise pente, en se sentant à ce point chez eux au commissariat, marmonna-t-elle. Ce sont vraiment de bons animaux, vous savez ?

Il la regarda avec surprise, et Mack intervint :

— Ne t'inquiète pas pour ça. Elle passe un week-end difficile.

Chester la regarda avec sympathie.

— Comment va la tête ?

— Très bien, répondit-elle, en lui souriant. Et merci de demander. Tout le monde ne prend pas cette peine.

Puis elle se retourna pour jeter un regard noir à Mack, qui lui répondit en l'imitant.

— Je t'ai posé la question.

— Bien sûr, tout en me volant mon café.

— Oh, pour l'amour du ciel !

Il secoua la tête, se dirigea à l'arrière et cria :

— Chester, où sont les photos pour qu'elle les regarde ?

— J'arrive, dit-il avant de souffler et de suivre la même direction que Mack. Elles sont là.

Avant de disparaître à l'arrière, il s'adressa à Doreen.

— Vous pouvez venir.

Elle poussa les animaux devant elle, et ils entrèrent dans la petite pièce, où Chester avait disposé un tas de photos.

— Elles ne sont pas très nettes, râla Doreen.

— Désolé, elles proviennent des caméras du cimetière, s'excusa Chester. Donc ce n'est pas la meilleure des qualités.

— Personne n'a vraiment d'équipement de sécurité de haute qualité par ici, n'est-ce pas ?

— Eh bien, les gens s'en équipent de plus en plus. Malheureusement, cela semble être la façon dont le monde fonctionne.

— N'est-ce pas triste ?

Elle s'assit, regarda la première photo et l'étudia pendant un long moment, puis haussa les épaules.

— Je ne pense pas avoir déjà vu ce type auparavant.

— Tu ne *penses* pas ? attaqua Mack.

— Non, je ne pense pas, dit-elle après avoir de nouveau regardé la photo.

— Mais ? l'incita-t-il à continuer.

— Pas de *mais*, répondit-elle, puis elle haussa les épaules. Enfin… il y a peut-être un mais.

Chester et Mack la dévisagèrent, tandis qu'elle posait la photo sur le côté.

— Il y a quelque chose de légèrement familier chez lui, mais ça ne me dit pas qui il est et où je l'ai peut-être vu.

— D'accord, dit Mack. Nous allons garder celle-là à portée de main et voir ce que nous pouvons trouver sur les autres photos.

Ils passèrent le reste en revue, et malheureusement elle n'identifia personne. Une autre lui semblait familière, ce qui suffit à mettre leurs nerfs à vif, car elle ne pouvait pas leur donner plus d'informations que cela. La toute dernière photo, elle la regarda un long moment, puis sursauta.

— Qu'y a-t-il ? demanda Mack.

— Je crois que ce type travaillait pour mon ex.

— Sérieusement ? s'enquit-il, choqué.

Elle hocha lentement la tête.

— Cela signifie que Nick est en danger en travaillant pour moi, chuchota-t-elle, sentant la peur s'immiscer dans son cœur. Tu dois l'arrêter.

— On ne peut pas l'arrêter. Si ce type se trouvait en ville, ça a déjà commencé.

— Attendez une minute, intervint Chester. J'ai besoin de plus d'explications.

Doreen secoua rapidement la tête, et ses cheveux volèrent tout autour de son visage.

— Non, Chester. Je ne veux pas que vous soyez blessé. Moins vous en savez, mieux c'est.

Il la regarda d'un air perplexe, et Mack soupira.

— N'essaie même pas de comprendre cette logique. Il semble que son état empire.

— Mon état ne s'aggrave pas du tout, rétorqua-t-elle. Je ne veux juste pas que mes amis soient blessés. Chester est un ami, et je ne veux pas qu'il soit impliqué.

— C'est un flic avant tout, répliqua Mack, exaspéré. Peu importe ce que tu souhaites, c'est notre travail.

— Mais s'il se retrouve blessé à cause de ça ? Alors je me sentirai responsable, et ce n'est pas possible.

— Et pourquoi ce n'est pas possible ? s'enquit Chester,

fasciné.

— Parce que je me sentirai coupable, répondit-elle en guise d'explication. Je n'ai pas besoin ni envie de ressentir plus de culpabilité dans ma vie. Je travaille vraiment dur pour éviter tout stress.

L'agent les regarda Mack et elle, comme s'il essayait de comprendre, et Mack secoua la tête.

— Je te l'ai dit. C'est à n'y rien comprendre.

— Qu'est-ce qu'il y a à comprendre ? s'écria-t-elle. C'est un ami, et je ne veux mettre personne en danger.

Mack se pencha au-dessus la table, les veines de ses avant-bras palpitant de tension tandis qu'il la fixait.

— Nous sommes des flics. C'est ce que nous faisons.

— D'accord, mais si Chester est blessé, ce sera de ta faute.

Chester se rangea immédiatement du côté de Doreen et répéta avec un grand sourire :

— Ouais, si je suis blessé, ce sera de ta faute. Alors maintenant, que vas-tu faire ?

Mack le fusilla du regard.

— Je vais te mettre au travail, voilà ce que je vais faire. Essaie de trouver qui est ce type et où il se trouve, ordonna-t-il avant de se tourner vers Doreen. Tu sais comment il s'appelle ?

— Snoz, répondit-elle en haussant les épaules.

Les deux hommes la regardèrent fixement.

— Snoz ? réitéra Chester, surpris.

— Eh bien, je ne connais pas son vrai nom, mais c'est ainsi que je l'appelais.

— Pourquoi l'appeliez-vous Snoz ?

— Mon Dieu, regardez la taille de son nez, s'offusqua-t-elle. Ça ne se voit pas ? Il est énorme.

— Génial, dit Mack. Et son vrai nom ?

— Je ne le connais pas, répondit-elle joyeusement. Donc Chester ne peut pas le retrouver, donc il ne sera pas blessé après tout.

— Oh malheur… marmonna Mack. Chester va le retrouver, et il ne sera pas blessé.

— D'accord, mais je n'ai vraiment pas envie que quelqu'un d'autre soit blessé.

— Quelqu'un d'autre ? s'enquit Chester. Quelqu'un d'autre a été blessé ?

— Oui, moi, se défendit-elle, surprise.

— Je le sais, répliqua Chester en rougissant. Je pensais que vous parliez de quelqu'un d'autre.

— Non, personne d'autre. Juste moi.

Puis elle le regarda de travers.

— Ce n'est pas suffisant ?

Chester chercha immédiatement de l'aide auprès de Mack qui conclut :

— C'est suffisant.

— Très bien, acquiesça Doreen. Nous perdons du temps. Vous devez retrouver Snoz.

Elle fronça les sourcils.

— Qu'est-ce qu'il y a maintenant ? interrogea Mack.

— Tu sais quoi ? Je ne suis pas certaine, mais il se peut qu'il s'appelle Bill.

Le caporal se pinça l'arête du nez, puis la regarda calmement.

— Est-ce que tu as un nom de famille ?

— Non, mais il travaille ou travaillait pour mon ex.

— Bien, on va peut-être pouvoir en sortir quelque chose.

Puis il se tut, et observa Doreen avec le sourire aux lèvres.

— Maintenant, nous avons une raison de contacter ton ex.

Celle-ci le regarda avec horreur.

— Oh, non. Non, non, non, tu ne peux pas faire ça.

— Pourquoi pas ? demanda-t-il.

— Parce qu'il va se mettre très en colère, répondit-elle, visiblement inquiète.

— Donc je suppose que maintenant tu as peur que je sois blessé.

— À vrai dire, non. J'ai peur que Chester soit blessé.

Mack leva les mains.

— Je ne comprends pas. Pourquoi ne t'inquiètes-tu pas que je sois blessé ?

— Parce que tu as la tête dure, et tu es trop têtu, alors que Chester est beaucoup plus petit, et il pourrait vraiment être blessé.

L'agent de police opina du chef.

— Elle a raison. Je pourrais vraiment être blessé.

Mais même lui ne put se retenir de rire.

Mack le fusilla du regard.

— Ne commence pas. Contacte son ex et vois si cette personne travaille pour lui.

— Il travaillait pour lui, intervint Doreen. Durant notre dernière année de mariage, je ne l'ai pas beaucoup vu.

— L'as-tu vu ne serait-ce qu'une fois ?

Elle fronça les sourcils et répondit :

— Il bossait pour lui à l'extérieur, donc je ne sais pas ce qu'il faisait, mais je ne l'ai pas beaucoup vu.

— Sais-tu de quel genre de travail il s'agissait ?

— Non, et il m'a dit que je ne comprendrais pas.

— C'est possible. Qui sait dans quoi il était impliqué. Et, si tu n'en savais rien, tu ne pouvais répondre à aucune question.

— Peut-être bien. Au final, poser trop de questions à mon ex s'est avéré problématique pour moi plus d'une fois, alors j'ai arrêté.

— Ce qui est intelligent, dit-il d'un air compréhensif. Ce Snoz pourrait en fait être un homme de main, qui attaque des gens par exemple.

Doreen écarquilla les yeux.

— Ce ne serait pas très amusant, déclara-t-elle. Je déteste l'idée que mon ex-mari soit impliqué dans tout ça, mais les preuves semblent être assez accablantes.

— L'essentiel est que nous devons découvrir qui est ce type, et peut-être aussi l'autre, afin de comprendre ce qu'ils faisaient au cimetière, indiqua Mack.

Elle se concentra de nouveau sur la première personne et tapota la photo.

— Il me semble toujours familier, mais je ne me souviens pas où je l'ai vu.

— C'est un début. Nous allons faire circuler ces photos en ville et voir ce que nous pouvons trouver d'autre.

Elle sourit.

— Bien. Comme ça nous pouvons enquêter sur ce petit garçon.

— Qu'est-ce que vous voulez dire par enquêter sur ce petit garçon ? interrogea Chester.

— Thaddeus a été kidnappé, et ce petit garçon m'a semblé… Je ne peux pas dire *suspect*, mais il y avait quelque chose de bizarre chez lui.

— J'ai entendu parler de ça. Arnold s'est occupé de retrouver les personnes concernées. Nous n'avons pas du tout de problèmes dans ce quartier, même si les habitants sont connus pour avoir de faibles revenus.

— Intéressant, marmonna-t-elle. Vous savez pourquoi ?

— Ça n'a pas d'importance, nous sommes juste reconnaissants.

Elle devait admettre qu'il avait raison. Parce qu'un quartier sans problème profitait à tout le monde.

— Je vais y retourner, déclara Doreen. Avec les animaux.

— Et comment vas-tu t'y rendre ? lui demanda Mack avec curiosité.

Elle fronça les sourcils en se rendant compte qu'elle n'était pas venue avec sa propre voiture.

— Tu peux me déposer, s'il te plaît ? demanda-t-elle avec un sourire.

— Vu qu'elle a été récemment blessée, pourquoi ne pas la ramener chez elle ? proposa Chester face à un Mack hésitant.

— Parce que Mack sait que je ressortirai dès qu'il m'aura déposée, répondit-elle, avec un sourire éclatant. Je ne cesse de penser à ce petit garçon, et je m'inquiète pour lui.

— Eh bien, je suppose qu'on peut toujours essayer de trouver sa famille, capitula Mack.

— Bien, s'exclama-t-elle en se levant d'un bond. Chester et Arnold peuvent faire circuler ces photos en ville.

— En effet. Imprime-moi une copie de ces photos, et on va les prendre avec nous.

Chester hocha la tête et partit faire les copies.

— Tu vois, Mack ? C'est une très bonne idée.

— Oui, ça l'est. Nous ne sommes pas idiots, tu sais ?

— Non, vous ne l'êtes pas. Mais vous ratez des choses.

— Malheureusement, on rate beaucoup trop de choses, marmonna-t-il. Tu commences à faire passer tout le service pour des idiots.

— Vous n'êtes pas des idiots, mais parfois il faut un regard neuf pour voir ce qui était vraiment sous votre nez depuis le début.

— Nous ne voulons pas entendre parler de ça, répliqua-t-il en riant. Nous ne voulons pas que les gens pensent que nous avons négligé toutes ces choses.

Quand Chester revint avec les copies, Mack se leva et annonça :

— Allons jeter un coup d'œil.

Chapitre 13

Une fois en voiture, ils parcoururent la rue, ainsi que plusieurs rues voisines, mais ne virent aucun signe du petit garçon.

— Tu sais quoi ? Je pense que je vais me promener ici toute seule, déclara Doreen en fronçant les sourcils. Je pense que voir circuler ce gros pick-up qu'ils ne reconnaissent pas est ce qui nous bloque.

— Mais cela impliquerait que quelqu'un surveille et suive en permanence ce qui se passe ici pour s'assurer d'être informé de tout, répliqua Mack.

— Ce n'est pas improbable non plus.

Il la regarda avec surprise, puis étudia la zone autour d'eux.

— Chester avait raison, dit-il. Je ne suis presque jamais venu dans ce quartier. Nous n'avons aucun problème ici.

— Cela ne te semble-t-il pas inhabituel ?

— Si, mais pas criminellement inhabituel.

— Bien sûr, mais, s'ils le font bien, il n'y a pas de caractère criminel.

— C'est-à-dire ?

— Je ne sais pas, c'est juste bizarre.

— Eh bien, j'ai appris à faire confiance à ton instinct à bien des égards, alors continue et dis-moi ce qui est bizarre.

— Tout le monde s'attend à ce qu'il se passe quelque chose ici. C'est manifestement un quartier à faibles revenus, et les gens ici sont propres, mais mal habillés. Ils ont l'air de travailler dur, et peut-être qu'ils ont formé un groupe de vigilance pour s'assurer que le quartier reste sûr.

— Ils n'aiment pas non plus les flics, donc ils pourraient abriter un élément criminel, ou ils sont juste dégoûtés par l'autorité.

— Ce qui n'est pas surprenant. En théorie, on devrait aussi pouvoir frapper à une porte pour savoir où vit Isaac.

— Mais pas si personne n'est prêt à partager cette information. Et la question qui se pose alors est : *pourquoi ?* Pourquoi ne veulent-ils pas partager cette information ?

Il tapota le volant et hocha la tête.

— Tu vois ? C'est facile.

— Pas si facile, réfuta-t-il. Et il se fait tard.

— C'est vrai. Alors personne ne répondra aux portes.

— Il n'est pas si tard, mais nous sommes dimanche après-midi, indiqua-t-il. Donc en théorie…

— D'accord. En théorie, nous devrions probablement rentrer.

Mais Doreen était réticente.

— Pourquoi ne rentres-tu pas chez toi et qu'au lieu de rester assise ici à t'agiter sur tout, tu pourrais prendre le thé avec Nan ?

Elle le regarda avec ravissement.

— Quelle merveilleuse idée ! J'aurais dû l'appeler plus tôt.

Elle sortit son téléphone sur-le-champ et appela sa grand-mère, pendant que Mack roulait.

— Bonjour, Nan.

— Enfin ! s'écria sa grand-mère, soulagée. Je m'attendais à avoir de tes nouvelles, mais je ne voulais pas appeler et te réveiller.

— Je suis désolée, s'excusa-t-elle, détestant avoir fait attendre la vieille femme. Je suis en voiture avec Mack.

— Charmant.

— Je pensais venir te rendre visite.

— Pourquoi ne viens-tu pas prendre le thé maintenant ? proposa Nan.

Doreen regarda sa montre et dit :

— Non, je ne veux pas perturber ton dîner.

— Chut. Nous avons déjeuné copieusement ce midi. C'était une grande célébration pour l'anniversaire d'un de nos aînés. J'ai beaucoup trop mangé et je n'avais pas l'intention de descendre pour le dîner de toute façon.

— Tu peux nous déposer là-bas ? demanda Doreen au policier sur un coup de tête.

— Bonne idée, répondit-il.

— Ça te convient, Nan ?

— Si ça me convient ? gazouilla-t-elle. J'en suis ravie.

Sur ce, Doreen rangea son téléphone et regarda Mack changer de direction. Quelques minutes plus tard, la résidence de Nan était en vue. Alors qu'ils approchaient de Rosemoor, Mugs et Goliath furent tout excités. Mack les regarda avec surprise.

— Wouah, ils reconnaissent bien l'endroit ?

Doreen rigola.

— Tout le monde adore Nan, même ces petits gars.

— À juste titre, lui accorda Mack avec un sourire. C'est une personne extraordinaire. Tu as de la chance de l'avoir.

— Tellement de chance.

Doreen détesta les larmes qui lui montèrent automatiquement aux yeux.

— Hé, ne sois pas bouleversée. Elle a encore beaucoup d'années devant elle.

— Je l'espère, murmura-t-elle. Ce serait terrible de la perdre maintenant. Je sais que je ne suis pas là depuis très longtemps, mais j'ai l'impression que nous sommes enfin arrivés à construire une relation qui vaut la peine d'être entretenue.

— Garde ça à l'esprit, dit-il en se garant. Maintenant, va profiter d'une heure ou deux avec ta grand-mère.

— J'y vais ! s'exclama Doreen avec un sourire éclatant.

Elle resta cependant assise, le regarda et ajouta :

— Garde un œil sur ton frère maintenant.

— Pourquoi ? s'enquit-il avec surprise.

— Parce qu'il est venu en ville pour m'aider, et cette personne qui travaille pour mon mari est également en ville. Donc je suis un peu inquiète que tout soit lié. Il n'y a pas d'autre raison pour que Snoz soit ici, et, si tu penses que je suis en danger, il est très probable que ton frère le soit également.

Le policier fronça les sourcils en étudiant la jeune femme.

— C'est possible, mais nous n'y pensions pas.

— Non, mais si quelqu'un peut empêcher Nick de remplir ces documents, alors ils ne seront jamais envoyés, n'est-ce pas ?

— Je vais lui passer un coup de fil.

— Et assure-toi qu'il comprenne qu'il doit rester en sécurité.

— Tu ne peux pas protéger le monde entier, tu sais ? dit Mack en souriant.

— Non, je ne peux pas. Mais je peux certainement m'efforcer de protéger le monde qui m'est proche.

Et sur ce, elle ouvrit sa portière et sortit. Mugs sauta au sol, en aboyant avec excitation, et même Goliath bondit avec alacrité et regarda le monde autour de lui avec joie.

— Ils aiment vraiment venir ici.

— Est-ce que Nan leur donne des friandises ? demanda-t-il.

— Absolument, répondit-elle en riant. Je pense que c'est en partie pour ça qu'ils sont heureux de la voir.

— Ils étaient ses animaux, n'est-ce pas ?

— Pas Mugs. Et, si quelqu'un demande, il domine Goliath, dit-elle en levant les yeux au ciel.

Quelqu'un héla dans l'angle, et elle vit Nan au bord de son petit patio, qui lui faisait signe.

— Nan est là, s'extasia-t-elle, puis elle se retourna vers Mack. Fais attention à toi.

Il voulut lui dire quelque chose, mais elle claqua la portière et fit volte-face pour partir.

Il ouvrit la fenêtre de son côté et cria :

— Toi aussi !

— Tout ira bien, comme toujours, répliqua-t-elle, le sourire aux lèvres.

— Dit la femme qui a été attaquée hier, non ?

Elle lui fit un sourire en coin.

— Tu devrais peut-être trouver qui a fait ça, dit-elle en levant les sourcils. Ce n'est pas comme si tu avais autre chose à faire.

— Non, m'occuper de toi est mon travail à plein temps ces jours-ci, marmonna-t-il.

— Ça me va. Jusqu'à présent, tu me gardes en vie, et c'est déjà beaucoup.

— Oui, mais pour combien de temps encore ?

Doreen continua à marcher en direction de sa grand-mère en l'ignorant.

Chapitre 14

C'ÉTAIT ABSOLUMENT CHARMANT de revoir Nan. Et, comme celle-ci s'était un peu calmée depuis le dernier accident de Doreen, la visite était chaleureuse et pleine de camaraderie, comme elles l'appréciaient toutes les deux. Tandis que les animaux recevaient le double de friandises, les deux femmes s'assirent pour discuter autour d'une théière chaude et d'une assiette de cookies aux pépites de chocolat juste sortis du four. Quand Doreen expliqua ses théories sur la disparition de Thaddeus, puis son retour avec ce message, sa grand-mère tapa dans ses mains avec plaisir.

— Un autre mystère, dit-elle. Tu as vraiment beaucoup de chance.

— J'ai déjà beaucoup de mystères qui attendent à la maison.

Face aux sourcils froncés de Nan, Doreen s'expliqua :

— Tu te souviens de tous ces dossiers de Solomon ? Je pourrais choisir n'importe lequel d'entre eux, et Mack aurait une affaire classée correspondante, qui n'attendrait que moi pour la résoudre.

Nan hocha la tête, en lui tapotant la main.

— Tu as vraiment un don avec les cadavres.

Doreen haussa les épaules.

— En parlant de cadavres, il y a cette histoire de Bob Small, tous ces articles sur les meurtres qu'il est censé avoir commis.

— Eh bien, quand les choses se calmeront, tu pourras toujours jeter un œil à tes boîtes, répliqua la vieille dame avec sagesse. Mais, pour l'instant, que vas-tu faire du message accroché à Thaddeus ?

— Mack est en train de vérifier certaines choses. J'espère juste que nous pourrons trouver celui qui a écrit cet appel à l'aide, murmura Doreen, en détournant le regard sur son thé. Connais-tu des petits garçons nommés Isaac ?

Nan la regarda et secoua la tête.

— Non, je ne connais personne qui porte ce nom. Je te l'ai déjà dit.

Elle inclina la tête sur le côté.

— Tu te sens bien après cette blessure à la tête ?

Doreen leva les yeux au ciel.

— J'ai juste pensé que si je te le demandais à nouveau, quelque chose de différent te viendrait à l'esprit.

Nan gloussa.

— Toutes sortes de choses me trottent dans la tête, mais aucune concernant un petit garçon nommé Isaac.

— Et les autres résidents ? Pourrais-tu leur demander ?

— Bien sûr, je peux faire ça, acquiesça Nan, avec un sourire radieux. Je ferais tout pour t'aider dans une de tes dernières escapades.

— Eh bien, espérons que ce n'est pas une escapade, la corrigea Doreen. Espérons que ce n'est rien.

— Mais tu veux en savoir plus sur ce petit garçon, non ?

— Je veux savoir qu'il va bien, au moins, répondit la jeune femme. Je déteste penser que quelqu'un comme lui souffre.

Nan opina du chef.

— Et tu es si gentille d'être si inquiète.

Doreen haussa les épaules.

— Je n'en sais rien, mais étrangement, il a touché une corde sensible dans mon cœur.

— Exactement, et c'est ce que font les gens. Et une fois que tu commences à te faire du souci pour eux, il est difficile de ne plus s'en faire.

Doreen se pencha en avant et dit :

— C'est précisément la raison pour laquelle je ne me fais pas très souvent du souci. Beaucoup de douleur peut s'en suivre.

— Eh bien, tu sais tout cela grâce à ton mariage.

Doreen grimaça, mais le sujet lui rappela quelque chose, alors elle se lança dans le récit de ce qui s'était passé avec le frère de Mack.

Nan écoutait, fascinée.

— Wouah, alors il pense vraiment qu'il peut faire quelque chose ?

— J'ai quand même quelques doutes.

— Ne t'en fais pas. Tu as peut-être trouvé quelqu'un qui va pouvoir t'aider.

— Peut-être, et je dois faire confiance à Mack. Il ne m'a pas encore laissé tomber.

— Tu es très chanceuse d'avoir cet ami, murmura Nan. Il a été si gentil avec toi.

— Il a été très gentil avec moi, même s'il me rend folle.

Nan sourit malicieusement.

— C'est le jeu quand on a ce genre de relation.

— Pas ce genre de relation, prévint-elle sa grand-mère.

— Si tu le dis, ma chérie, concéda Nan, mais elle avait ce

sourire secret dans la voix qui incita Doreen à la regarder de travers. Ne t'en fais pas. Si ça doit arriver, ça arrivera tout seul.

— Je ne suis pas prête, et je ne le serai peut-être jamais.

— Je sais, et je suis désolée de ne pas avoir réalisé que ton mariage et ton mari t'avaient fait tant de mal.

— Seulement parce que je déteste en parler. C'était très difficile de discuter, même un peu, avec Nick, surtout en présence de Mack. Je ne veux pas aller au tribunal, où je devrais tenir tête à mon ex et me battre contre quelqu'un comme mon ancienne avocate ou simplement répondre publiquement à des questions sur mon mariage raté.

— Non. Personne n'a envie de faire ça. Espérons ne pas en arriver là.

— Espérons-le, marmonna Doreen, avant de se lever peu de temps après et d'annoncer : il est temps pour moi de rentrer à la maison. Je dois m'assurer de me coucher tôt ce soir. Ce satané mal de tête commence à revenir.

Sa grand-mère s'inquiéta aussitôt.

— Rentre, ma chérie, dit-elle en emballant quelques cookies dans un sac. Tiens. Prends ça pour le petit déjeuner.

Doreen la regarda et sourit.

— Quand je pense à manger des cookies au petit déjeuner, je me sens libre. D'un point de vue raisonné, je sais que je ne devrais pas manger ça, mais mon cœur en a envie.

— Un petit cookie ou deux ne font de mal à personne, dit Nan en agitant un doigt. N'oublie pas de profiter des joies de la vie. Et les cookies font partie de ces joies.

Doreen jeta un regard horrifié à sa grand-mère.

— Ils ont intérêt, s'exclama-t-elle. Ils ont toujours été très importants dans mon monde.

Puis elle éclata de rire, se pencha vers Nan qu'elle serra

dans ses bras avant de lui dire :

— À demain. Au moins au téléphone.

Elle appela les animaux et Mugs, qui ne la lâchait pas d'une semelle ces derniers temps, se précipita vers Doreen. Goliath arrive à son rythme, mais Thaddeus s'assit sur la table et se contenta de la regarder.

— Qu'est-ce qu'il y a, petit bébé ? demanda Doreen. Tu es fatigué ?

Elle l'entoura de ses bras, et il sauta sur l'un d'eux assez volontiers, mais elle sentit que quelque chose n'allait pas.

— Il a l'air absent, n'est-ce pas ? déclara Nan doucement.

— Oui, acquiesça Doreen. Je suis un peu inquiète pour lui.

— Bien sûr que tu l'es. Tu te souviens de ce que j'ai dit sur les relations et l'amour ?

— Je sais que ce sera très dur quand il sera temps pour ces gars de partir.

— C'est dur pour n'importe qui, et ça arrive aux meilleurs d'entre nous.

Devant le regard étrange de Nan, Doreen se rassit lourdement.

— Nan, es-tu en bonne santé ? demanda-t-elle.

Celle-ci la regarda avec surprise.

— Oh là là, oui, ma chère. Je suis en parfaite santé. Ne t'inquiète pas pour moi.

— Bien sûr que je m'inquiète pour toi, s'exaspéra-t-elle. Tu es tout ce que j'ai.

— C'est vrai, mais je pensais à tous les gens ici à Rosemoor. Nous venons de perdre Rosie et plusieurs autres résidents. Il y en a eu tellement.

— Je sais, et je suis vraiment désolée du rôle que j'ai joué dans cette affaire.

— Tu ne les as pas tués, ma chérie, et, dans la plupart des cas, elles se sont suicidées ou ont été emportées par la maladie.

— Eh bien, pas celles qui ont été assassinées.

— Oui, mais tu ne les as pas tués, ma chère. Donc encore une fois, ce n'est pas ta faute.

— Mais parfois, tu sais, j'ai l'impression que si.

— Ce n'est pas une façon de voir les choses, répliqua Nan, l'air préoccupé.

— Peut-être pas, mais j'ai besoin de faire une pause pour y réfléchir et me demander comment se sont déroulés les événements.

— C'est vrai, mais ce n'est pas ta faute quand même, et tu dois t'en souvenir.

Doreen sourit, posa Thaddeus sur son épaule et annonça :

— Je vais essayer. Je t'aime, Nan. Allez, les gars. Nous devons faire le long chemin à pied.

Et elle se dirigea vers un pâté de maisons, car la rivière était juste assez haute et elle ne voulait pas finir trempée à nouveau. D'ailleurs, un de ces jours, elle serait emportée jusqu'au lac, et ce serait un sacré boulot de rentrer chez elle. Elle marcha lentement, sentant la fatigue s'installer à présent, en direction de sa maison. Au moment où elle arriva, elle avait mal partout et était épuisée. Alors qu'elle commençait à remonter l'allée, Richard ouvrit sa porte et l'appela.

— Vous allez bien ?

Elle regarda son voisin avec surprise.

— Bien sûr, je vais bien, répondit-elle. Pourquoi demandez-vous ça ?

Il fronça les sourcils.

— J'ai entendu dire que vous avez été blessée.

— Oh, c'est vrai, acquiesça Doreen avec un sourire. J'ai été attaquée au cimetière.

Il secoua la tête.

— Alors maintenant, même les morts sont en colère contre vous.

— Pas du tout, répliqua-t-elle avec un regard noir.

— Eh bien, s'ils vous ont attaquée, ils le sont.

Elle lui lança un regard furieux.

— Ils ne m'ont pas attaquée. C'est le fait de quelqu'un d'autre.

Il se contenta de la dévisager avec incrédulité.

— Un fantôme n'a pas sauté d'une tombe pour m'attraper, dit-elle avec exaspération. Quelqu'un est arrivé par-derrière et m'a frappée à la tête.

— Heureusement que vous avez la tête dure.

— N'est-ce pas ? dit-elle en remontant péniblement l'allée.

— Eh bien, prenez soin de vous. Je me suis habitué à votre présence.

— C'est la chose la plus gentille que vous m'ayez dite jusqu'à présent.

— Mais vous êtes sacrément bruyante. J'espère que vous avez fini les travaux à présent.

Sur ce, il rentra et claqua la porte.

Chapitre 15

Lundi, en milieu de matinée…

L E LENDEMAIN MATIN, Doreen se réveilla endolorie et groggy. Alors que la matinée précédente avait été géniale, celle-ci commençait bien plus mal. Elle se retourna, s'assit lentement, puis réalisa qu'il était déjà 9 heures passées. Cela n'aurait pas dû être important, mais ça l'était, quand elle se réveillait et que la majeure partie de la matinée était déjà passée. Elle se leva, s'habilla, et remarqua que même les animaux étaient lents. Alors qu'elle descendait les escaliers, elle se retourna et vit Thaddeus qui trainait les plumes de sa queue sur le sol. Elle se pencha immédiatement, le prit dans ses bras et lui demanda :

— Qu'est-ce qui se passe, mon bébé ?

Il la regarda et chuchota :

— Mon grand, mon grand.

Elle s'assit sur une marche et le regarda sur ses genoux.

— Est-ce qu'un grand est impliqué dans tout ça ?

Il hocha la tête de haut en bas.

Elle voulait croire qu'il savait de quoi elle parlait.

— Tu pourrais le reconnaître ?

Puis elle se rendit compte à quel point il était stupide de

"

lui poser la question.

— Je suis désolée de ne pas parler le *langage de Thaddeus*, s'excusa-t-elle dans son oreille en le serrant contre elle.

Le perroquet se pencha un peu plus vers elle et chuchota :

— Thaddeus aime Doreen.

— Thaddeus aime Doreen, et Doreen aime Thaddeus, murmura celle-ci, le cœur serré.

Il cancanna doucement contre elle. Elle détestait le voir déprimé comme ça. Elle n'avait jamais rien vu de tel auparavant. Elle tenait tellement à ce petit bout.

— J'aimerais pouvoir t'aider, Thaddeus. J'aimerais savoir quoi faire. Après le café, on va aller se promener, puis on verra si on peut trouver le grand monsieur.

Il battit immédiatement des ailes.

— Grand gaillard, grand gaillard, grand gaillard.

Elle soupira.

— Bientôt. Je ne sais juste pas quel grand gaillard nous cherchons. Ni pourquoi on va le chercher.

Mais Doreen savait qu'il y avait quelque chose derrière tout ça. Instinctivement, elle voulait aussi aller voir Isaac. Il n'y avait aucune garantie que celui-ci soit lié à cette histoire, mais quelque chose se tramait avec ce petit gars. Et, si elle pouvait l'aider lui aussi, ce serait bien. Il se pouvait qu'il n'ait pas d'amis ou qu'il ait peur des gens.

Peut-être qu'il sortait d'une situation familiale abusive. Elle ne voulait pas non plus le pousser à bout et l'énerver encore plus. Triste, et incertaine, mais ayant promis une promenade à l'oiseau, elle se dirigea vers la cuisine et fit du café. Elle ouvrit la porte arrière en bois de la cuisine, la tirant vers l'intérieur. Quand elle essaya de pousser la moustiquaire vers l'extérieur, celle-ci ne bougea pas. Doreen fronça les sourcils en essayant à nouveau, mais quelque chose la bloquait.

Elle appela les animaux à elle, puis sortit par la porte d'entrée et contourna la clôture jusqu'à ce qu'elle arrive dans le jardin, où elle vit une grosse pierre contre la moustiquaire, l'empêchant de l'ouvrir. Elle fronça de nouveau les sourcils, car, encore une fois, cela lui fit penser à toutes sortes de choses désagréables sur la raison pour laquelle quelqu'un faisait cela. Mais quand elle arriva devant la porte, elle réalisa que quelque chose était écrit sur le rocher.

Quitte la ville.

Elle lut le message à haute voix une deuxième, puis une troisième fois et regarda autour d'elle. Elle cria au voisinage :

— Ce n'est pas très original. Et je ne partirai pas !

Elle fixa le gros caillou et se demanda pourquoi quelqu'un avait pu penser à faire ça. Elle sortit immédiatement son téléphone, prit la pierre en photo et l'envoya à Mack. Quand son téléphone sonna quelques minutes plus tard, elle savait qui c'était.

— D'où ça vient ? demanda-t-il, d'un ton autoritaire.

— C'était devant la moustiquaire de la cuisine, répondit-elle. Ça m'empêchait de l'ouvrir.

— Tu ne l'as pas ouverte ?

— Je doute de pouvoir la soulever. Ou peut-être que je pourrais, mais ça demanderait beaucoup d'efforts. Je pense que la pierre vient de mon jardin.

— Intéressant, dit-il. J'arrive.

— Ne te dérange pas. Je suis sur le point de partir me promener.

— Non. Attends, ordonna-t-il. J'arrive tout de suite.

Elle jeta un regard noir à son téléphone, puis elle tourna les yeux vers Thaddeus et dit :

— Nous sommes dans le pétrin. Maintenant nous devons l'attendre à nouveau.

Elle n'eut pas à attendre longtemps et n'avait même pas fini sa première tasse de café qu'il se garait déjà devant chez elle. Le policier se dirigea directement vers le rocher.

Il le fixa un long moment, puis étudia le jardin et vit l'endroit où il avait été ramassé.

— Il n'est pas si gros.

— Peut-être pas pour toi, mais pour moi, si.

— C'est vrai, marmonna-t-il.

Il prit plusieurs photos et continua :

— Je doute qu'il y ait des empreintes digitales.

— Probablement pas, mais prends-le si tu veux.

Il fronça les sourcils, puis passa un coup de fil.

— Écoute. Avant que tous ces trucs médico-légaux ne commencent, je vais aller me promener. Je veux juste m'éloigner un peu.

Mack ouvrit la bouche pour protester, mais elle secoua la tête.

— Non. J'ai promis à Thaddeus que nous sortirions. Il est assez déprimé aussi. Regarde-le.

Le caporal étudia le volatile, qui était assis sur l'épaule de Doreen, les ailes baissées, et réalisa que l'oiseau ne l'avait même pas salué.

— Tu as raison, consentit-il, l'air surpris. Il a l'air assez contrarié.

— Je pense que ça a un rapport avec la personne qu'il a vue samedi, expliqua-t-elle, alors je fais ça pour lui.

Mack jeta un regard de travers à Doreen, et celle-ci haussa les épaules.

— OK, je veux y retourner pour voir Isaac.

— Et tu sais qu'il n'a peut-être rien à voir avec ce message sur la pierre. Ni avec le papier que Thaddeus a ramené chez toi.

— Je le sais. Avez-vous trouvé quelque chose d'étrange dans le quartier d'Isaac ?

— Ils ont répertorié toutes les familles qu'ils connaissent habitant plusieurs pâtés de maisons proches du cimetière, qui se trouve dans la même zone que celle où nous avons vu Isaac, déclara-t-il. Il y a quelques dossiers, dont un pédophile fiché qui vit là.

Elle le regarda fixement, choquée. Il secoua la tête.

— Ce n'est pas parce qu'ils sont sortis de prison qu'ils sont coupables de nouveau.

— Non, mais c'est un point de départ.

— C'est vrai, mais tu ne commenceras pas par là, marmonna-t-il. Nous lui parlerons nous-mêmes.

— D'accord, concéda-t-elle. Je compte sur toi.

Mack leva les yeux au ciel. Puis elle hocha la tête et ajouta :

— Je dois veiller sur Thaddeus. Si ça le contrarie, tu sais que je dois arranger ça.

— Parce que ça contrarie l'oiseau ? s'enquit-il.

— Ça et d'autres raisons. Mais c'est suffisant pour le moment. Quand vous aurez fini, fermez la porte, d'accord ?

Et, sur ce, elle tapota l'épaule de Thaddeus.

— Allez, les gars.

— Tu ne veux pas remonter la rivière, n'est-ce pas ?

Elle s'arrêta et contempla l'eau.

— Le niveau a encore augmenté cette nuit, n'est-ce pas ?

— En effet. Mieux vaut prendre la rue.

Doreen acquiesça.

— Je pense que je peux faire ça.

Accompagnés de Mugs et Goliath, ils firent le tour de la

maison, remontèrent le cul-de-sac et se dirigèrent vers le pont. Ils passèrent de l'autre côté et descendirent la rue.

— C'est tellement plus facile quand le chemin de la rivière est praticable. Beaucoup plus rapide aussi, dit-elle à destination de Thaddeus.

Il n'eut pas l'air de se revigorer. Ils continuèrent à marcher, jusqu'à ce qu'ils ne leur restent qu'un pâté de maisons avant d'arriver là où elle avait vu le petit garçon. Elle s'arrêta, puis regarda Thaddeus.

— Tu me dis où aller maintenant. Où est le grand gaillard, grand gaillard ?

Thaddeus tourna vivement la tête, battit des ailes, et s'exclama :

— Grand gaillard, grand gaillard.

— Quelle direction ? demanda-t-elle.

Elle désigna une direction et fit un pas, mais Thaddeus recula immédiatement. Elle pointa dans une autre direction et n'obtint aucune réaction. Puis elle fit un pas dans la direction d'Isaac, et aussitôt Thaddeus se pencha en avant, comme s'il lui montrait le chemin. Ou du moins, il eut l'air plus intéressé par cette direction.

— D'accord, je prends ça pour un oui, dit-elle en souriant, et elle partit d'un pas allègre.

Chapitre 16

DOREEN MARCHAIT TRANQUILLEMENT, comme s'ils se promenaient, laissant Mugs inspecter les buissons, Goliath se précipiter en avant, puis s'arrêter et se jeter sur le trottoir pour l'attendre. Elle rit, se pencha vers lui et lui caressa le ventre, puis se remit en marche. Ils dépassèrent la zone où les enfants jouaient quelques jours plus tôt et se dirigèrent vers l'endroit où elle avait vu Isaac près de la petite maison. Elle remonta le pâté de maisons et le contourna, car il avait pris la fuite dans cette direction, et elle pensait que peut-être il était allé dans une autre zone par l'arrière. En faisant le tour du pâté de maisons, elle réalisa que c'était un cul-de-sac et qu'il y avait un lotissement.

Tout en marchant, elle murmura :

— Du nouveau sur le grand gaillard ?

Thaddeus se pencha en avant et regarda avidement devant lui. Mais Doreen ne vit aucune réaction différente. Elle soupira.

— J'ai besoin d'un peu plus.

Mais il ne lui donnait pas beaucoup d'éléments pour avancer. Pourtant, elle continua. Elle remonta le cul-de-sac, jusqu'à l'angle de la rue. Elle souriait quand même, semblant profiter de ce beau lundi matin. Il ne semblait pas y avoir d'animation à l'extérieur, ce qui lui semblait normal, car les enfants étaient sûrement à l'école. Mais l'étaient-ils en ce moment ? Doreen secoua la tête. Il était difficile de dire ce qui se passait, mais il n'y avait rien d'anormal ici.

Elle fit le trajet en sens inverse, puis aperçut le chemin sur lequel Isaac avait disparu. Elle l'arpenta avec les animaux. Il y avait plusieurs ramifications, ce qui rendait le chemin confus, mais signifiait simplement que les enfants du quartier avaient créé leurs propres itinéraires jusque chez eux. Elle en suivit quelques-uns qui menaient à des impasses. Quand Doreen revint sur le chemin principal, un grand homme s'y trouvait.

— Oh, désolée, s'excusa-t-elle, car elle avait failli lui rentrer dedans.

Il lui lança un regard noir.

— Qu'est-ce que vous faites ici ?

— Nous sommes sortis nous promener, répondit-elle avec un sourire radieux et joyeux.

Il étudia le chien et le chat.

— Personne ne promène son chat.

— Eh bien, le mien aime se promener, se défendit-elle.

Il ricana. Puis il regarda l'oiseau, et haussa les sourcils.

— Et l'oiseau ?

— Il aime aussi se promener, répliqua-t-elle avec défi, n'aimant pas du tout l'attitude de ce monsieur.

— Bien sûr, répondit-il d'une voix lente et trainante. Évidemment.

— C'est vrai, n'est-ce pas, mon pote ?

Thaddeus se contenta de fixer le grand homme en face de lui, et ses globes oculaires tournèrent un peu follement.

— Qu'est-ce qui ne va pas chez lui ? demanda l'homme

imposant.

— Je ne sais pas, avoua-t-elle, en étudiant Thaddeus.

Elle le posa sur son avant-bras.

— Tu vas bien, Thaddeus ?

Elle le caressa doucement et sentit un petit frisson parcourir son corps.

— Eh bien, il est visiblement contrarié par quelque chose, dit-elle en étudiant l'homme attentivement.

Il posa ses mains sur ses hanches et les surplomba tous.

— Il n'est probablement pas habitué aux grands hommes.

— Peut-être, et il y a des gens qu'il aime et d'autres qu'il n'aime pas, admit Doreen avant d'ajouter courageusement. En particulier les gens qui abusent des autres.

Il se figea et la dévisagea.

— Je ne dis pas que c'est votre cas, continua Doreen en haussant les épaules.

Il avança son visage, et dit :

— Madame, fichez le camp d'ici.

— Et pourquoi cela ? demanda-t-elle, visant une bravade qu'elle n'avait pas.

— Parce que les curieux comme vous peuvent avoir des problèmes quand ils ouvrent la bouche au mauvais moment.

Elle sourit.

— Comme c'est marrant. Vous n'êtes pas la première personne à me dire ça.

— Mince, quelle surprise. Maintenant, fichez le camp d'ici. Ce n'est pas chez vous.

— Ce n'est pas chez vous non plus. C'est un lieu public.

— Mais mon appartement y est adossé, et vous m'embêtez.

— Appelez les flics alors, répliqua-t-elle d'un ton enjoué.

Parce que j'ai le droit d'être ici, tout autant que vous.

Il fit un pas en avant, et elle refusa de bouger. Immédiatement, Mugs recula et se mit à lui aboyer dessus.

— Faites taire le chien, ou je le frappe.

— Frappez-le, et vous aurez des ennuis avec nous tous, cingla-t-elle. Et, quand les flics viendront, vous pouvez être sûr que j'aurai quelque chose à dire sur un homme qui m'a menacée alors que j'étais dans un lieu public.

— Dégagez de là ! Nous n'avons pas besoin de fauteurs de troubles par ici.

— Oui, et *nous, c'*est qui ? demanda-t-elle en regardant autour d'elle. Il me semble qu'il n'y a pas de *nous* du tout ici. Il n'y a que vous. Alors, prenez votre mauvaise attitude et rentrez chez vous, là où est votre place.

Il la fixa avec étonnement.

— Vous me donnez des ordres maintenant ?

— Pourquoi pas ? C'est ce que vous venez de faire.

— Ça me fait une belle jambe, grogna-t-il.

— Oui, vous avez raison. Mais, si vous restez poli, je partirai. Dans le cas contraire, je reviendrai. J'aime bien le petit Isaac.

Il se figea immédiatement et son visage se crispa.

— Que savez-vous d'Isaac ?

— C'est un beau petit garçon, répondit-elle, avec un sourire éclatant. Je reviendrai souvent lui rendre visite.

— Laissez ce petit garçon tranquille. Il a assez souffert.

— Eh bien, je n'avais pas l'intention de lui faire du mal, répliqua-t-elle prudemment, en essayant de comprendre sa réaction.

Son ton semblait protecteur, mais pas le reste. Si c'était le cas, pourquoi ?

— Je vous ai dit de ne pas vous approcher de lui, dit-il

en avançant à nouveau son visage. Si vous revenez ici, j'appelle les flics.

— Appelez-les maintenant, alors. Je vais même vous donner le numéro.

Elle récita le numéro de Mack, et il secoua la tête.

— Je ne sais pas ce qui ne va pas chez vous. Soit vous êtes idiote, soit vous êtes folle, mais dans tous les cas, fichez le camp d'ici.

Pour conclure sa menace, il poussa Doreen. Mugs lui sauta dessus illico et le mordit violemment à la cuisse. Alors, tout dégénéra.

Chapitre 17

L'HOMME IMPOSANT GLAPISSAIT et bondissait en arrière tandis que Mugs aboyait et lui sautait dessus, et que Goliath lui griffait les jambes.

— Rappelez-les, rappelez-les ! cria-t-il.

Doreen lui lança un regard noir.

— Ils ne font que me protéger.

Il recula de quelques pas supplémentaires et repoussa Mugs avec force sur le côté.

Le chien glapit en tombant au sol, et Doreen se jeta immédiatement sur son chien pour l'attraper.

— Hé, ne le touchez pas.

Il la fusilla du regard.

— Vous êtes folle, madame.

— On me l'a déjà dit une fois ou deux.

Elle éloigna Mugs de l'étranger de quelques mètres, pour le calmer et s'assurer qu'il n'avait rien.

— Maintenant, attrapez aussi ce satané chat, ordonna-t-il, en essayant de donner un coup de pied à Goliath.

— Si vous n'arrêtez pas de donner des coups de pied à mon chat, je laisserai Mugs s'en prendre à vous encore une fois, grogna-t-elle.

Il s'arrêta et la fixa.

— Vous êtes tous fous.

— Peut-être un peu cinglés, mais nous sommes des gens normaux et gentils. Nous ne menaçons pas les autres sur la propriété publique, et nous ne gardons pas de petits garçons cachés comme s'ils étaient des captifs.

À ce moment-là, il se figea et la regarda avec étonnement, puis une expression horrible apparut dans ses yeux.

— Ne vous approchez pas d'Isaac, dit-il, d'une voix basse. Ou je découvrirai où vous habitez et je ferai en sorte que vous ne reveniez plus jamais ici.

Sur ce, il partit en courant dans les bois.

Tremblante, elle s'immobilisa et le regarda fixement. Elle savait qu'il y aurait des conséquences lorsque Mack découvrirait ce qu'elle venait de faire. Non seulement elle s'était engagée dans une confrontation qu'elle était déterminée à éviter, mais elle avait aussi agacé quelqu'un, et sa menace était réelle. Mais elle ne savait pas si la menace lui était vraiment destinée, ou bien si elle servait à protéger le petit Isaac.

Elle ne savait pas ce qui se passait ici, mais elle était plus certaine que jamais que quelque chose se passait. Elle tremblait comme une feuille alors qu'elle retournait lentement sur le chemin qu'elle avait emprunté. Elle sentait les regards tout autour d'elle, les gens qui l'observaient depuis les buissons ainsi que derrière leurs rideaux et leurs portes. Mais personne ne sortait et ne disait quoi que ce soit. Elle ne savait pas si cet homme causait des problèmes à tout le monde ou s'il était leur protecteur. Il y avait ici un étrange sentiment d'unité.

Ce n'était pas un très grand lotissement, mais plutôt une enclave envahie de plusieurs maisons et ce chemin reliait les impasses les unes aux autres. Alors qu'elle arrivait enfin dans un cul-de-sac plus ouvert, elle tendit le bras et constata ses tremblements. Elle enroula ses bras autour de sa poitrine, et s'éloigna rapidement.

— Viens, Mugs, cria-t-elle.

Il s'élança vers elle, plus qu'heureux de cette rencontre qui l'avait ébranlée, son incroyable bravade ayant disparu. Elle se demandait d'où elle venait et ne voulait pas que ce soit à cause des animaux qui la défendaient. Ils ne devraient pas être obligés de le faire. Ils auraient pu être blessés. Elle ne savait pas comment elle se retrouvait toujours dans ces situations. Elle était juste allée se promener, pour l'amour du ciel !

Elle se demandait pourquoi l'homme était si protecteur envers cette zone. Elle n'en avait aucune idée, mais c'était une question à laquelle elle pensait devoir répondre. Alors qu'elle se dirigeait vers l'angle du cul-de-sac, une voiture de police arriva à toute allure au coin de la rue. Elle jeta un coup d'œil et accéléra la cadence. Elle ne savait pas qui avait appelé la police, mais, si l'un des voisins avait téléphoné à cause de sa confrontation, elle ne voulait pas être celle qui aurait à tout expliquer. Pas si les flics n'arrêtaient pas le type mena-çant aussi.

Elle tourna à l'angle, puis contourna un autre pâté de maisons, afin d'éviter de se retrouver sur la route principale.

Troublée, elle se rendit compte qu'elle s'était écartée de son chemin de promenade habituel et ne savait pas comment rentrer chez elle, là où elle voulait être. Elle était un peu trop loin pour être à l'aise, ce qui était une autre préoccupation.

Lorsqu'elle arriva enfin en terrain connu et qu'elle rentra chez elle, elle était un peu plus stressée qu'elle ne le pensait. Elle se dirigea directement dans la cuisine, prépara du café et, dès que ce fut fait, elle sortit sur la terrasse et s'assit sur les marches, appuyée contre l'une des rampes. Elle avait chaud, elle était fatiguée et elle tremblait encore à l'intérieur. Son téléphone sonna plusieurs fois, mais elle l'ignora.

Alors qu'elle était assise, essayant d'évacuer le stress et de se calmer, elle réalisa que *ne pas* répondre lui causerait potentiellement plus de problèmes, selon qui appelait. Elle sortit son téléphone de sa poche, au moment où il sonnait à nouveau. C'était Mack.

— Salut, Mack, dit-elle, en essayant de garder un ton jovial.

— Où étais-tu ? la questionna-t-il.

— En promenade, répondit Doreen. Je t'ai dit que je partais me promener.

— Où ? aboya-t-il.

— Là où Isaac se trouvait.

— Bon sang de bonsoir, Doreen, s'exclama Mack. As-tu été impliquée dans une altercation il y a peu de temps ?

Elle grimaça en admirant son petit ruisseau qui s'était transformé en une rivière ondulante au bout de sa propriété. Bien sûr, quelqu'un avait mouchardé.

— Je ne sais pas si on peut parler d'une altercation, se défendit-elle prudemment. Comment en as-tu entendu parler ?

— Les flics ont été appelés.

— Et pourquoi tout te revient aux oreilles ? demanda-t-elle. Ce n'est pas comme si tout le monde dans le service devait te rendre des comptes.

— Je préférerais que ce ne soit pas le cas, mais dès qu'il s'agit d'une femme curieuse avec tout un tas d'animaux, tout le monde vient me trouver, s'exaspéra-t-il.

— Ah, je suppose que je suis un peu trop visible maintenant, hein ?

— Tu crois ? Tu évites la question.

— OK, oui, c'était moi, avoua-t-elle.

— Alors, que s'est-il passé ?

Elle soupira, puis démarra tranquillement son récit, puis conclut :

— Quand il est parti, je suis juste rentrée à la maison.

— Ce n'est pas une menace que nous sommes prêts à ignorer.

— Non, dit-elle doucement, sachant que Mack était sincèrement inquiet et bouleversé. Le fait est que je ne sais pas s'il me menaçait autant qu'il protégeait son quartier.

— Et c'est tout à fait possible, dit-il, la voix dure. Mais il ne devrait pas errer en ordonnant aux gens de quitter un lieu public, et il ne peut pas te menacer, pas avec tes animaux.

— Eh bien, je pense qu'il est au courant maintenant, répliqua-t-elle en riant, puis, sortant de nulle part, elle étouffa un sanglot.

La voix du policier s'adoucit immédiatement.

— Tu vas bien ?

— Oui, ça va, répondit-elle, détestant cette faiblesse qui la fit frissonner à nouveau. C'est juste frustrant.

— Frustrant, pourquoi ?

— Parce que je n'ai pas eu l'impression que c'était un méchant. Il essayait plutôt d'être protecteur, et je ne sais pas ce qui se passe dans ce quartier.

— Eh bien, nous devrons le découvrir. Et cela n'a toujours aucun rapport avec le message que Thaddeus a ramené chez toi ou avec celui qui t'a attaqué, et c'est frustrant pour moi, parce que, une fois de plus, nous avons beaucoup trop de choses qui se passent en même temps.

— C'est justement ça. Puisqu'il se passe tant de choses et

qu'il n'y a apparemment aucun lien, cela pourrait très bien être lié. Il doit y avoir un lien quelque part. Il n'y a pas tant de personnes qui me détestent.

Mack ricana.

— Si tu continues à énerver les gens à un rythme aussi alarmant, c'est plausible.

— Ce n'est pas juste ! s'écria-t-elle. J'essaie juste d'aider les gens.

— Mais tout le monde n'apprécie pas ce genre d'aide. Je n'arrête pas de te dire que tu dois faire attention parce que tout le monde n'est pas gentil.

— Personne apparemment, marmonna-t-elle. Pas dernièrement en tout cas.

Elle prit une profonde inspiration.

— Donc, je suis assise sur la terrasse en train de boire un café, continua-t-elle, presque de façon provocante.

— Pas surpris. Tu te sens bien après la visite de mon frère ?

Doreen hésita à ce moment-là.

— Oui, mais…

— Mais quoi ?

— Je ne sais pas. J'ai juste l'impression qu'on ouvre une nouvelle boîte de Pandore. Ça n'annonce rien de bon.

— Évidemment, mais c'était déjà le cas avant même qu'on l'ouvre. Elle existait et ce n'était pas bon, mais c'est toi qui en portais le fardeau, car elle suppurait en toi. Maintenant que tu as enfin parlé de ton ex, nous allons en retirer tout le pus et l'infection.

Elle éclata de rire.

— C'est dégoûtant. Je vois maintenant mon ex comme un gros bouton brillant qui a besoin d'être éclaté, dit-elle.

— Bien. Continue à penser à lui de cette façon. Cela

rendra les choses un peu plus faciles à mesure que nous avancerons.

— Je n'ai vraiment pas envie d'aller au tribunal et de me défendre contre lui, s'inquiéta-t-elle à voix haute.

— Rappelle-toi que le tribunal de grande instance est très différent de la cour pénale.

— J'ai quand même l'impression que c'est moi qui vais être jugée, pas lui.

— Oublie toute cette histoire de procès. Ce n'est pas du tout le problème. Je peux te promettre que le dernier endroit où il veut être, c'est au tribunal. Laisse Nick travailler pendant un moment. Tu verras.

— C'est toi qui le dis, maugréa-t-elle.

Elle tendit son bras libre, et vérifia ses tremblements.

— J'ai juste besoin de quelques jours pour me remettre de la dernière attaque.

— De laquelle parles-tu ? Celle d'aujourd'hui ou celle de samedi ? demanda-t-il, avec une note d'humour dans la voix.

— Les deux, admit Doreen. Peut-être que je vais rester à la maison lcs deux prochains jours.

— Bonne idée. Pourquoi n'essaies-tu pas de te faire des amis en ville ? Et pas ceux que tu finis par faire arrêter, ajouta Mack à la volée.

— Il y avait des gens qui voulaient former un club de détectives amateurs.

Le policier émit un son digne d'un grognement.

— Super. Un fan-club de Doreen. Encore plus de gens pour se mêler de mes affaires.

Il soupira bruyamment avant d'ajouter :

— Je veux dire de vrais amis, des gens avec lesquels tu peux prendre le thé, comme ça tu pourras rendre visite à d'autres personnes que Nan.

— Je n'en ai pas encore eu l'occasion, répliqua-t-elle en scrutant son jardin. J'ai des voisins, mais le seul qui me parle, c'est Richard, et il n'est pas très gentil en général.

Elle lui expliqua ce qu'il avait dit plus tôt dans la journée.

— Je suis sûr que tous ces travaux dans ton jardin l'ont contrarié, déclara Mack. Mais il devrait aussi comprendre que ce n'est que temporaire.

— Non, beaucoup de gens sont aussi venus pour les antiquités.

— As-tu eu des nouvelles à ce propos ?

— Non. J'ai envoyé un email à Scott il y a quelques jours, alors je devrais vérifier s'il m'a répondu.

— Oui, tu devrais. Et tu ne devais pas récolter un peu d'argent grâce au dépôt-vente ?

— Je pense qu'il est encore un peu tôt pour cela.

— Oh, c'est vrai. C'était censé être au bout de trois mois, n'est-ce pas ? Donc pas encore tout à fait. Mais tu t'en sors bien financièrement, n'est-ce pas ? Tu en as besoin ? Je sais que tu as dit – même avant d'être blessée – que tu n'avais pas besoin de faire beaucoup de travail dans le jardin de ma mère cette semaine et que nous devrions le reporter à la semaine prochaine, mais tu es la bienvenue pour travailler cette semaine et la suivante.

— J'ai encore un peu de l'argent de Nan dans le bol. J'ai dû piocher dedans pour acheter de la pizza pour les gars.

— Donc, tu en as encore, non ?

— Je ne meurs pas de faim, marmonna-t-elle.

— Eh bien, je suis heureux d'entendre ça, parce que la dernière chose dont j'ai envie, c'est que tu te prives de faire les courses parce que tu n'as pas assez d'argent.

— C'est une inquiétude justifiée.

— Est-ce que je dois venir cuisiner quelque chose ?

— Non, non. C'est bon.

Elle se l'imaginait en train de froncer les sourcils.

— Je te le jure, marmonna-t-elle. Je vais bien. Et hier soir, Nan m'a renvoyée chez moi avec des cookies.

— Des cookies ? répéta-t-il, incrédule.

— Oui. C'est tout ce que j'ai envie de manger ces jours-ci de toute façon.

— On ne peut pas vivre de sucre, répliqua Mack, horrifié.

Elle ricana.

— C'est de la nourriture, non ?

— Ce n'est pas assez sain pour être mangé régulière-ment. Est-ce que tu essaies juste de me choquer pour détourner mon attention de ta promenade matinale ?

Doreen éclata de rire.

— Eh bien, peut-être. Peu importe, je vais bien. J'ai en-core des provisions.

— Quand je suis venu préparer les pancakes, tu n'avais plus rien. Je fouillais dans les placards et le frigo pour trouver quoi cuisiner avec les pancakes.

— Et tu as réussi, donc ça n'est pas si terrible.

Il soupira.

— Si je faisais tes courses, tu cuisinerais ?

— Tu peux acheter des aliments que je suis capable de cuisiner ? rétorqua-t-elle.

— Eh bien, que sais-tu cuisiner ? As-tu appris à préparer d'autres plats ?

— Des pâtes, et des omelettes.

— Exact. Nous étions censés t'enseigner quelques re-cettes de base avec lesquelles tu es à l'aise, et les nachos en faisaient partie, n'est-ce pas ?

— Oui, mais ensuite tu as mangé ma sauce salsa, dit-elle d'un ton accusateur.

— Ce tout petit pot ? Et on l'a mangé tous les deux, si je me souviens bien.

Elle fronça les sourcils.

— Mais tu as mangé plus que moi.

Il gémit.

— Je ne m'engagerai pas à nouveau dans cette discussion, rétorqua le policier. De plus, je suis presque sûr que nous avons fait moitié-moitié.

Elle y réfléchit, puis céda à contrecœur.

— Oui, tu as probablement raison. Et, non, je n'ai pas besoin de courses pour l'instant. Je n'ai pas vraiment faim.

À vrai dire, son estomac était encore quelque peu malmené par le stress.

— Est-ce que tu vas bien après cette dernière agression ? interrogea-t-il, d'une voix tranchante.

— Je t'ai dit que ça allait.

— Oui, mais ensuite tu as dit que tu n'avais pas faim.

— Wouah ! Va-t-il se passer un jour sans que tu ne passes ma vie au peigne fin ?

— Oh-oh. Il est temps pour toi de prendre une tasse de thé et de te détendre. Tu deviens grincheuse.

— Je le suis. Bref, on se parle plus tard.

Doreen lui raccrocha au nez, puis s'assit en souriant, tout en pensant à la satisfaction d'avoir pu faire ça. Et peut-être qu'il se sentirait mieux qu'elle l'ait fait. C'était un peu plus dans son caractère.

Chapitre 18

DOREEN NE SAVAIT pas pourquoi elle était si déstabilisée, mais toute cette histoire avec Isaac la secouait. Et sa frustration grandissait, car elle n'avait pas de quoi prouver que quelque chose n'allait pas. Rien ni personne ne se manifestait pour changer cela. Elle se leva et se servit une nouvelle tasse de café, puis ressortit.

Au moment où elle s'assit, Nan appela. Doreen sourit de plaisir quand elle vit son numéro.

— Bonjour, Nan, marmonna-t-elle.

— Tu vas bien ? lui demanda sa grand-mère.

— Bien sûr que je vais bien. Tout va bien.

— Tu as l'air un peu secouée.

— Oui, ce n'est rien. Je viens d'avoir une longue conversation au téléphone avec Mack, et maintenant je suis assise dehors avec une tasse de café.

— C'est peut-être le café. Peut-être que tu en bois trop.

Doreen resta muette et fixa le téléphone.

— S'il te plaît, n'essaie pas de me dissuader de boire du café, dit-elle. C'est la seule vraie joie de ma journée.

Nan soupira.

— Tu sais combien c'est triste d'entendre une femme de

ton âge dire ça ?

La jeune femme grimaça.

— Ne parlons pas de ça. Ni de relations.

— Pas besoin de parler de relations. Parlons juste des hommes.

— Ne faisons pas ça, l'exhorta Doreen, pleinement consciente que sa grand-mère avait vécu une vie bien plus amusante et riche que la sienne actuellement.

— Tu as mangé ?

— Pas depuis un moment, mais ça va. Je n'ai pas vraiment faim aujourd'hui.

— Oh là là, peut-être que cette blessure à la tête a fait plus de dégâts que nous le pensions.

Doreen grimaça à nouveau.

— Mack et toi semblez penser que, si je n'ai pas faim, je suis malade.

— Ma chérie, tu as toujours mangé tout ce qui se trouvait sous ton nez parce que tu es presque toujours affamée.

— Peut-être que je suis enfin rassasiée, dit Doreen. As-tu découvert quelque chose sur Isaac ?

Elle espérait distraire Nan et changer de sujet.

— En effet, répondit celle-ci, et la réponse est que personne ne sait rien de lui.

Doreen se figea.

— Personne de toute la résidence ?

— Non. Personne. J'ai parlé à tout le monde ici, et ils disent tous que ce n'est pas un nom qu'ils connaissent.

— C'est bizarre.

— C'est plus que bizarre, confirma la vieille femme, qui baissa ensuite d'un ton. Donc, nous avons lancé des paris.

— Des paris sur quoi ? interrogea Doreen avec surprise.

— Qui il est, et combien de temps il te faudra pour le

découvrir, bien sûr. Donc tu dois me tenir au courant, au cas où j'aurais besoin d'informations privilégiées.

— Vous ne pouvez pas parier sur mon succès ou mon échec dans cette affaire, protesta-t-elle.

— Pourquoi pas ? demanda Nan, surprise à son tour. J'ai parié sur toi à chaque fois. Enfin, je sais qu'à un moment donné, tu vas probablement échouer sur quelque chose, mais si tu as à cœur de découvrir qui est cet Isaac, je suis sûre que tu trouveras. Et je serai juste là pour encaisser.

Doreen fixa le téléphone, détestant cette pression, mais réalisant que Nan ne changerait jamais.

— Eh bien, je suis contente que tu gagnes de l'argent grâce à mes actions. C'est dommage que je ne puisse pas être payée pour aider tous ces gens.

— Tu sais quoi ? C'est dommage, acquiesça sa grand-mère pensivement. Quand on y pense, tu fais beaucoup pour tous les autres.

— Je ne veux pas de remerciements, et beaucoup de personnes se sont impliquées pour construire cette belle terrasse, donc je ne vais certainement pas demander plus d'aide à qui que ce soit.

— Ils se sont bien occupés de toi. Ça, c'est sûr.

— En effet. Je me demande si je trouverai un jour une chaise et une table d'occasion pour m'asseoir ici.

— Je vais me renseigner, proposa Nan. Si ça se trouve, on pourrait trouver quelques articles d'occasion dans le coin.

— Si tu déniches ça ici à Rosemoor, gardez-le pour vous. Quelques meubles d'extérieur en plus ne seraient pas de trop dans cette résidence.

— C'est pourquoi j'aime tant ma petite terrasse, dit Nan. Ce petit ensemble bistro est charmant, et j'ai le canapé ici pour m'asseoir.

— Et c'est pour ça que je suis assise sur les marches, plaisanta Doreen. Parce que j'ai cette magnifique terrasse et cette magnifique cour et ce jardin sur lesquels je dois encore travailler, mais je n'ai rien pour m'asseoir.

— C'est vrai. Tu as dit que la chaise était cassée, n'est-ce pas ? Et tu n'as pas encore de barbecue non plus, c'est ça ?

— C'est exact, et je sais que Mack adorerait en installer un, et il me montrerait comment l'utiliser, mais je pense qu'une table et des chaises sont la priorité.

— Eh bien, si tu t'ennuies, tu peux toujours te rendre dans des magasins d'occasion et voir ce que tu trouves. C'est une bonne façon de passer un après-midi.

Puis la vieille dame se tut avant d'ajouter :

— Tu sais quoi ? Il nous reste encore deux heures avant la fermeture, si tu veux y aller aujourd'hui.

Doreen vérifia son téléphone.

— Il n'est que 15 heures, donc on a largement le temps.

— Ouaip, il y en a deux sur Springfield Road, et deux dans le quartier de Rutland.

— Je ne sais même pas où ça se trouve.

— Moi, si. Alors pourquoi ne viens-tu pas me chercher en voiture, et on y va ? proposa Nan en tapant dans ses mains avec plaisir.

— Je pense que c'est une excellente idée.

— Moi aussi. J'adorerais sortir un peu… Sauf si tu ne veux pas passer de temps avec moi.

— Bien sûr que j'ai envie de passer du temps avec toi, Nan. Ne sois pas bête, la rassura sa petite-fille, qui baissa les yeux sur son café. Laisse-moi finir ma tasse.

— Prends ton temps. Nous ne sommes pas aux pièces.

— Jusqu'à quelle heure sont-ils ouverts ?

— Je n'en suis pas sûre. Tu as ton téléphone ? Tu peux

vérifier et ensuite me rappeler pour me dire quand tu veux y aller.

Sur ce, Nan raccrocha.

Doreen regarda le téléphone avec perplexité.

— Ce n'est pas tout à fait la même chose quand quelqu'un vous raccroche au nez, marmonna-t-elle. Mais au moins, Nan le fait surtout parce qu'elle n'a plus rien à dire.

La jeune femme se versa une deuxième tasse de café, puis constata qu'il ne restait que du café pour une tasse supplémentaire. Elle sortit de nouveau pour s'asseoir. Elle adorerait avoir une table, et une ou deux chaises seraient encore mieux. Elle pourrait vraiment s'asseoir, pas seulement sur le bois dur.

Elle rappela Nan impulsivement.

— Je finis ma deuxième tasse de café. Je passerai te prendre dans un quart d'heure.

— Parfait, acquiesça sa grand-mère. Je suis vraiment excitée.

— Moi aussi, dit Doreen en riant. On va bien s'amuser.

Après avoir raccroché, elle se leva et a envisagea de laisser les animaux à la maison, mais ça ne lui paraissait pas très logique. Elle rappela Nan.

— Tu crois qu'on peut emmener les animaux ?

— Oh, je suis sûre que oui. Nous ne voulons absolument pas les laisser tout seuls à la maison.

Doreen fronça les sourcils devant ce qui aurait pu être un soupçon de sarcasme et dit :

— Eh bien, je ne sais pas. Peut-être que ce n'est pas une bonne idée.

— Je pense que c'est une idée parfaite, lui assura Nan. Et, si les employés ne veulent pas de nous, je suis sûre que nous pourrons aller dans d'autres magasins.

Doreen décida donc de les emmener. Surtout si peu de temps après avoir perdu Thaddeus, la dernière chose qu'elle voulait était de les perdre ou de les laisser seuls. Elle termina son café, déposa sa tasse dans l'évier, puis attrapa son sac à main. Après avoir fait grimper les animaux dans sa voiture, elle sortit lentement de son garage et alla chercher Nan. Elle espérait que c'était une bonne idée et appréciait l'idée de dénicher une table. Si celle-ci était bon marché. Quelques billets du bol de Nan se trouvaient dans son portefeuille, juste au cas où.

En s'approchant, elle vit Nan qui l'attendait impatiemment dehors. Celle-ci sourit quand elle vit sa petite-fille arriver et sauta rapidement dans la voiture.

— Ça va être amusant, s'enthousiasma la vieille dame.

— Je n'ai jamais été dans un magasin de seconde main, déclara Doreen, bien que Mack et moi soyons allés à un vide-grenier une fois.

— C'est très différent, dit Nan, et elle expliqua rapidement comment se rendre à destination.

Elles mirent environ quinze minutes pour arriver.

— C'est le plus éloigné ?

— Oui, c'est pour ça qu'on commence ici. Ensuite, nous reviendrons progressivement vers la maison.

Elles entrèrent dans le magasin avec les animaux, et personne ne leur fit de remarque. Se sentant beaucoup plus calme à propos du concept, Doreen parcourut les allées, mais n'apprécia pas vraiment ce qui s'y trouvait.

Nan n'arrêtait pas de secouer la tête, alors qu'elle regardait différents articles.

— Il y a toujours la possibilité de trouver toutes sortes de bonnes choses ici, mais malheureusement pas aujourd'hui. Mais ne t'inquiète pas, il y en a d'autres à quelques pas d'ici.

Elles sortirent, et Nan la guida de l'autre côté de la rue, où elles visitèrent deux autres magasins, en vain.

— Il y en a un autre au coin de la rue. Essayons là-bas.

À ce stade, Doreen avait compris quel genre d'articles on pouvait trouver dans ces magasins. Certains étaient hors de prix, et d'autres étaient corrects. Elle avait lorgné quelques vestes, mais, jusqu'à présent, elle n'en avait pas vraiment besoin et n'avait pas encore déterminé ce dont elle pourrait avoir besoin pour les hivers ici, donc elle ne voulait pas dépenser de l'argent inutilement. Bien que les vestes semblaient être à un prix tout à fait raisonnable, chaque fois qu'elle regardait quelque chose, Nan venait en vérifier la qualité, puis la faisait se sentir mal, pensant qu'elle perdait son temps. Finalement, à l'arrêt suivant, Nan dit :

— Tu cherches autre chose ?

Doreen haussa les épaules.

— Je ne sais pas si j'ai besoin d'un manteau ou non, répondit-elle, alors je vais continuer à les regarder, mais je n'ai pas vraiment envie d'acheter quelque chose pour le moment.

— Tu en as à la maison ?

— Oui, deux qui t'appartenaient, mais c'est bizarre de les porter avant l'hiver, donc je ne sais pas encore si je les aimerai ou pas, tu comprends ?

— Oui, mais quand même, si on trouve quelque chose de parfait, il n'y a aucune raison de ne pas l'acheter, si c'est assez bon marché.

— Eh bien, certains de ces trucs sont bon marché, dit Doreen, mais d'autres ne le sont pas.

— Et c'est l'astuce pour acheter dans un magasin de seconde main. C'est comme les vide-greniers. Tu peux faire de très bonnes affaires, mais tu peux aussi te faire avoir.

— Je n'ai pas assez d'argent pour ça, répliqua Doreen

avec un sourire.

Quand elles entrèrent dans le magasin suivant, elle repéra une belle chaise à bascule dans un coin, mais elle n'était pas prévue pour l'extérieur. Elle la regarda et soupira.

— N'est-ce pas charmant ?

Nan l'examina et hocha la tête.

— En effet, mais je ne vois pas trop où tu pourrais la mettre.

— Dans le salon, suggéra Doreen, avant de s'asseoir dessus un instant. Mais je ne sais pas quoi y mettre d'autre, alors je ne pense pas qu'acheter une seule pièce soit une bonne idée.

— Tu as déjà quelques fauteuils simples, donc, non, ce n'est pas une bonne idée. Il vaut mieux qu'on te trouve quelque chose qui tranche pour la terrasse. Tu as encore plusieurs mois pour profiter du beau temps à l'extérieur, et ensuite nous pourrons chercher des meubles pour l'intérieur.

Elles déambulèrent dans le magasin et, au fond, trouvèrent une petite table bistro.

— Elle ressemble à la tienne, marmonna Doreen.

— C'est vrai, acquiesça Nan, en la regardant d'un œil critique. Et elle pourrait te convenir quand tu es seule. Ce n'est pas assez grand pour y prendre un repas, mais c'est quelque chose sur lequel poser son café.

— C'est une table sympa, mais rien ne va avec, plaisanta-t-elle.

— Je me demande s'ils en ont d'autres, sinon on va continuer à chercher un petit ensemble, murmura Nan en déplaçant certains articles.

Visiblement habituée à la façon dont le système fonctionnait, Nan creusa de plus en plus profondément dans les piles de meubles.

— C'est comme ça que tu as trouvé beaucoup de tes antiquités ?

— Nous en avons trouvé quelques-unes comme ça, répondit-elle, mais les ventes aux enchères sont les meilleures pour ça.

— J'imagine, mais je ne sais pas ce qui est une antiquité et ce qui ne l'est pas.

— Non, et ce n'est pas quelque chose qui s'acquiert nécessairement du jour au lendemain, avec toutes les imitations qui existent. Ah ah ! s'exclama la vieille dame en tirant une chaise.

De l'extérieur, elle n'avait rien de spécial, avec un support bizarre sur le devant et les côtés. Nan la fit tourner, puis dit à Doreen de s'asseoir, avec précaution, au cas où elle ne supporterait pas son poids. La jeune femme s'exécuta et poussa une exclamation de surprise en voyant qu'elle se balançait, mais pas de façon normale.

— C'est comme un fauteuil à bascule. Et celui-là est fait pour l'extérieur. Si seulement il y avait le repose-pied.

Nan se tut et se remit à fouiller dans la réserve empilée derrière elle.

Doreen s'assit et se berça doucement dans le fauteuil. Mugs s'assit à ses côtés, remuant joyeusement sa queue, et Goliath sauta sur ses genoux pour s'y installer confortablement.

— Je suppose que vous approuvez tous les deux, dit-elle avec un sourire.

Juste à ce moment-là, quelqu'un s'approcha des deux femmes.

— Je peux vous faire un prix sur ce siège, annonça-t-il. Nous avons tellement de stock, nous devons en faire partir un peu.

— Eh bien, je suppose que cela dépend de la remise que vous pouvez faire, répliqua prudemment Doreen.

Elle appréciait vraiment le fauteuil et était réticente à l'idée de se lever. Mais elle était assise au milieu d'un magasin, ce qui n'était pas très normal non plus.

À ce moment-là, Nan surgit de l'arrière, portant quelque chose qui ressemblait à un repose-pied, mais pas tout à fait. Elle le posa devant Doreen.

— Voilà. Mets tes pieds là-dessus.

Et la jeune femme réalisa qu'il se balançait également. Elle admira les deux pièces.

— Ce serait parfait sur la terrasse.

Ils étaient faits d'un matériau tissé, mais elle ne savait pas si c'était du plastique ou un rotin bizarre.

— Le matériau est conçu pour toutes les conditions météorologiques, déclara le propriétaire du magasin, comme s'il comprenait qu'il allait faire une vente.

— Mais ils sont assez usés, ont besoin d'être nettoyés, et certains tissus sont bons à être changés.

À ce moment-là, le propriétaire du magasin et Nan se mirent à marchander avec force.

Doreen n'avait toujours pas vu l'étiquette de prix et elle n'était pas non plus certaine que cela rentrerait dans sa voiture. Mais, avec Goliath lové sur ses genoux, et maintenant Mugs sur le repose-pieds qui se balançait doucement, elle voyait là un moyen parfait de s'asseoir dehors et de savourer son café du matin.

Finalement, Nan se retourna pour la regarder et, d'une voix triomphante, s'exclama :

— Vendu !

Chapitre 19

Lundi en fin d'après-midi...

NAN INSISTA POUR rentrer directement chez Doreen. Avec l'aide du propriétaire du magasin, ils avaient réussi à coincer la moitié du fauteuil dans le coffre. Alors qu'elles montaient la dernière côte avant la maison de la jeune femme, celle-ci voyait le hayon se balancer doucement.

— Je ne suis pas sûre que ce soit prudent de conduire comme ça, marmonna-t-elle.

— Pff, ce n'est pas bien grave, répliqua sa grand-mère.

Doreen leva les yeux au ciel, mais une fois dans le garage, elle sortit, puis fit descendre les animaux avant de se diriger à l'arrière de la voiture. Ensemble, Nan et elle sortirent le repose-pieds et plongèrent dans le coffre pour attraper le fauteuil, quand des bras puissants apparurent entre elles et dégagèrent le meuble. Surprise et effrayée, Doreen se retourna pour faire face à Mack, le visage sombre, alors qu'il déposait le siège.

— Oh mon Dieu ! Timing parfait, s'exclama-t-elle.

— Je ne sais pas si c'est parfait, mais je suis là.

— Qu'est-ce qu'il y a ? s'enquit Doreen en fronçant les sourcils.

Il haussa les épaules, puis s'arrêta et prit du recul, en regardant le fauteuil.

— C'est pas mal. Où avez-vous trouvé cette pépite ?

Cette dernière question était pour Nan.

— Le magasin d'occasion de Max à Rutland, répondit-elle.

Le policier fronça les sourcils et secoua la tête.

— Non, celui-là a fermé il y a environ un an.

— Eh bien, celui qui a ouvert à la place alors, déclara la vieille femme en haussant les épaules. Il a toutes sortes de choses à l'arrière, empilées les unes sur les autres. J'ai dû fouiner pour trouver ça. Bref, on a fait une sacrée affaire.

— Combien l'as-tu payé ? demanda-t-il à Doreen, qui rougit.

Puis elle regarda Nan et répondit :

— Nan n'a pas voulu me laisser le payer.

— Ce serait d'une tristesse si je n'étais pas en mesure de payer un fauteuil à ma petite-fille afin qu'elle en profite sur sa nouvelle terrasse. D'ailleurs, c'est mon unique contribution, et celle-ci n'a que trop tardé.

— Je suis sûr que vous avez contribué beaucoup plus que vous ne le pensez, dit Mack avec humour.

Doreen hocha la tête.

— Une partie de l'argent que j'ai trouvé dans la maison a permis de payer les pizzas et les bières pour l'équipe, acquiesça-t-elle en souriant.

— Oh, bien, s'enthousiasma Nan. Je suis heureuse d'avoir pu faire quelque chose pour aider.

Elle regarda Mack, puis tapota son gros biceps et ajouta :

— Veux-tu être un amour et porter ce fauteuil à l'arrière pour elle ?

— Avec plaisir.

Il attrapa le siège d'une main et le repose-pieds de l'autre, puis les sortit facilement du garage. Nan poussa un soupir de joie.

— Ça me fait du bien de voir un grand homme fort et en bonne santé comme ça.

Doreen décida de rester silencieuse, ne voulant pas risquer que Nan se lance dans une nouvelle tirade sur la triste vie amoureuse de sa petite-fille. Nan avait bien assez de souvenirs à se remémorer. Doreen ferma la porte du garage, puis alla dans la cuisine, où elle mit la bouilloire à chauffer. En sortant sur la terrasse, elle s'arrêta pour admirer le fauteuil et le repose-pieds.

— Nous aurions dû acheter cette petite table, dit-elle, en regardant ses nouveaux meubles.

— Je sais, acquiesça Nan en fronçant les sourcils. Je pensais la même chose à l'instant.

— Du même magasin ? demanda Mack.

— Oui. C'était juste une petite table bistro. Je n'arrivais pas à me projeter avec tout à l'heure, mais maintenant, c'est exactement ce qu'il faut.

— Si tu as juste besoin d'une petite table, il se peut qu'il y en ait une chez ma mère.

— Oh, je ne peux pas prendre celle de Millicent, réfuta Doreen. Elle en aura besoin.

— Je crois qu'elle en a deux. Je vais lui demander.

Il sortit son téléphone et s'éloigna sur le côté.

Elle l'entendit saluer sa mère, mais le reste de sa conversation devint inaudible alors qu'il marchait vers la rivière. Elle s'assit sur le fauteuil à bascule et sourit.

— C'est magnifique, Nan, déclara-t-elle avant de se relever. Essaie-le.

Sa grand-mère prit sa place sur-le-champ et sourit elle

aussi.

— C'est charmant. On devrait essayer de t'en trouver un deuxième.

— Oh, mon Dieu. Un autre comme celui-ci serait parfait, s'exclama la jeune femme en riant. Imagine-nous toutes les deux assises ici, comme deux petites vieilles dames.

— Eh bien, je suis une vieille dame, consentit Nan, en arquant un sourcil. Toi, tu te comportes juste comme telle.

Elle conclut en jetant un regard appuyé à Mack.

Instantanément, Doreen sentit la chaleur lui monter aux joues.

— Ne commence pas.

Le rire de Nan retentit dans le jardin.

— Je n'ai rien dit. Je dois juste lui faire confiance pour qu'il prenne les mesures nécessaires.

La mâchoire de Doreen se décrocha lorsque sa grand-mère se leva et continua :

— Je vais aller préparer le thé.

La jeune femme la regarda retourner dans la cuisine, se demandant si elle le pensait vraiment. Mack ne ferait sûrement pas ça, si ? Elle l'étudia pendant un long moment, admirant ses hanches robustes, ses larges épaules et les muscles d'un homme fort dans la force de l'âge. Il se comportait avec grâce et détermination, comme quelqu'un qui savait ce qu'il voulait et était heureux de faire tout ce qui était nécessaire pour l'obtenir. Elle ne pouvait qu'admirer cela.

Alors qu'elle se contentait de vivoter entre les phases de la vie. À ce moment-là, il raccrocha, se retourna et se dirigea vers elle.

— Où est Nan ?

— Elle est rentrée pour se servir une tasse de thé, répondit-elle. Tu veux quelque chose ?

— Du thé ? dit-il, d'un ton hésitant.

Doreen éclata de rire.

— Le thé n'est pas létal, tu sais ?

— Ça ne veut pas dire que ça me fera du bien non plus, répliqua-t-il en souriant. Ma mère a dit qu'elle doit avoir un ensemble, mais qu'elle voulait d'abord y réfléchir.

— Oh bien, dit-elle avec un sourire éclatant. Si ce n'est pas le cas, ce n'est pas grave. Je finirai par trouver quelque chose. Et tu n'as pas le droit de changer de sujet. Un thé te ferait du bien. Je pourrais même t'en préparer un bon aux herbes.

— Ou nous pourrions simplement préparer du café, rétorqua-t-il en fronçant le nez.

— Tu sais que je ne serai jamais contre une tasse de café.

Sur ce, elle retourna à l'intérieur et Nan secoua la tête en voyant ce que Doreen était en train de faire.

— Tu bois beaucoup trop de café, gronda-t-elle.

— Pas du tout. De plus, je ne sais jamais comment préparer la moitié des thés qu'il y a ici.

— Eh bien, il y a des vertus pour chacun d'entre eux, murmura-t-elle en sortant plusieurs boîtes. La camomille t'aidera à dormir. Ça, ce sont des feuilles de framboisiers pour… tu sais… cette fameuse période dans le mois…

Sa grand-mère agita ses sourcils avant de continuer.

— Tu n'es pas si vieille que ça.

— J'aimerais l'être, soupira Doreen.

— Dommage pour toi. J'espère toujours avoir un arrière-petit-enfant.

Doreen se mit à rire.

— Je ne pense pas que ça arrive de sitôt.

— Eh bien, tu n'en sais rien. Laisse du temps au temps.

En préparant le café, Doreen regarda dehors et vit Mack assis dans son nouveau fauteuil. Elle donna un léger coup de coude à sa grand-mère.

— Je pense qu'il approuve.

Nan éclata de rire, en sortant.

— Je ne pensais pas que tu logerais dedans.

— La preuve, répliqua Mack d'une voix bizarre.

Goliath était lové dans ses bras et Thaddeus sur son épaule.

Doreen haleta quand elle sortit pour les rejoindre.

— Je crois que tu as complètement amadoué ma famille à poils et à plumes pour qu'ils ne veuillent plus de moi.

— Non, mais ils sont heureux de me voir, dit le policier en souriant. Et je dois admettre que c'est agréable d'avoir ce genre d'accueil.

— Qu'avez-vous fait pour retrouver Isaac ? intervint Nan.

Il la regarda et fronça les sourcils. La vieille dame secoua la tête.

— Ne me regarde pas comme ça, jeune homme. Je sais très bien ce qui se passe avec Isaac.

Il se pencha en avant et demanda :

— Que savez-vous d'Isaac ?

— Rien du tout. J'ai demandé à tout le monde à la maison de retraite, et personne ne sait rien de lui.

Mack fronça de nouveau les sourcils, puis se tourna vers Doreen.

— Oui, je lui ai demandé parce que, si quelqu'un sait tout sur tout le monde, c'est Nan, et, si elle ne sait pas, alors généralement quelqu'un là-bas a des informations.

— Je pourrais en parler à Richie, proposa Mack distraitement, en étudiant la pelouse autour d'eux.

— Déjà fait, contra Nan. Il ne connaît pas ce prénom non plus. Tout le monde est en train de réfléchir maintenant.

Elle jeta un coup d'œil à Doreen avant d'ajouter :

— Et puis, il y a un pari à faire sur ce coup-là.

Mack soupira.

— Nan, vous n'êtes plus censée parier.

— Oh, c'est juste pour le plaisir.

— De l'argent ? demanda-t-il.

— Des cookies, répondit-elle prestement.

Le ton de sa voix avait quelque chose d'ironique et Doreen la regarda d'un air sceptique, mais sa grand-mère lui adressa simplement un sourire radieux et joyeux, alors elle ne savait pas si Nan plaisantait ou non.

— Quelqu'un doit forcément savoir quelque chose sur Isaac, dit Doreen. Il doit bien y avoir un certificat de naissance quelque part.

— Ou pas ? s'enquit Nan. À l'époque où je suis née, les certificats de naissance n'étaient délivrés que si vous aviez besoin d'un passeport ou d'un permis de conduire. La plupart des gens s'en fichaient, et, encore moins à l'époque de ma mère et de ma grand-mère. Tout le monde avait des bébés et personne ne se souciait de la paperasse.

— Ça pourrait être le cas ici, déclara Mack, mais cela signifierait qu'Isaac n'est pas né dans un hôpital.

— Beaucoup de bébés ne naissent pas à l'hôpital. Ce n'est pas nouveau. Si l'on considère l'ensemble de ma vie, c'est le fait de naître dans un hôpital qui est nouveau, marmonna la vieille dame. Au moins au cours des soixante ou soixante-dix dernières années.

— Eh bien, c'est certainement plus courant maintenant que les accouchements à domicile ont le vent en poupe, dit le policier.

— Je n'ai jamais compris ça, intervint Doreen. Tout le monde veut le meilleur soutien médical possible.

— Bien sûr, mais il y a aussi le stress et la pression dus à tous les bruits et nuisances liés à l'hôpital, dit-il. Donc, si tu peux accoucher, détendue, chez toi, avec de bons soins médicaux sur place, en faisant appel à une sage-femme ou à des infirmières, alors c'est parfait.

Doreen hocha la tête.

— Je n'y ai jamais vraiment réfléchi.

Lorsqu'elle entendit la cafetière sonner, elle rentra, puis servit deux tasses et ressortit. Mack et Nan discutaient d'un sujet différent quand elle revint.

— Oh oh.

Elle fronça les sourcils parce que Nan lui lançait un regard noir.

— Tu ne m'as pas dit qu'il t'avait attaquée, cria Nan, horrifiée.

Elle tendit son café à Mack.

— Quelle importance, répliqua la jeune femme. Il ne m'a pas vraiment attaquée, il m'a juste poussée et menacée de faire pire, et en plus, Mugs m'a encore défendue. Goliath aussi.

Nan s'accroupit immédiatement à côté de Mugs et le câlina, bien que le chien fut dans l'incompréhension totale, mais ne semblait pas s'en soucier. Il roula joyeusement sur le dos et lança ses pattes, acceptant les caresses qui lui étaient destinées.

— Mais tu sais qui c'est ? lui demanda Mack.

— Il était grand, répondit Doreen, plus grand que toi.

Il la regarda avec surprise.

— Peu d'hommes en ville font cette taille. Je pourrais

citer la plupart d'entre eux sur une seule main.

— Eh bien, dans ce cas, tu dois le connaître. Il avait une cicatrice le long de la mâchoire, ici.

— Randy ? interrogea Mack en la dévisageant.

— Je ne sais pas. Il était grand et il avait une coupe en brosse. Plus dans la fleur de l'âge, un ancien mordu de fitness ou dans l'armée, mais avec un léger embonpoint.

— Ça correspond également à Randy, déclara-t-il en la regardant avec étonnement.

— C'est une bonne ou une mauvaise nouvelle ?

— Je dirais que Randy est un bon gars, marmonna-t-il. Je vais devoir y réfléchir.

— Eh bien, si tu le connais, tu peux aller lui parler.

— Ou quelqu'un l'a déjà signalé, et ça remontera jusqu'à moi de toute façon.

— Tu as dit que tu en avais déjà entendu parler. C'est pour ça que tu es venu me voir.

— Je suppose que tu serais fâchée si je me levais et partais maintenant, n'est-ce pas ?

Doreen hocha lentement la tête.

— Surtout si tu ne me dis pas pourquoi.

— Non. Je ne te dirai rien.

— Et la pierre ? interrogea-t-elle soudainement.

— Il n'y a rien dessus, répondit le policier en secouant la tête.

— D'accord. Évidemment qu'il n'y a rien.

— La pierre ? intervient Nan avec curiosité. De quoi parlez-vous ?

Mack regarda Doreen et demanda :

— Quoi ? Tu ne lui en as pas parlé non plus ?

— Je ne voulais pas l'inquiéter.

— Quoi donc, jeune fille ? l'interrogea Nan avec un regard noir.

— Quelqu'un veut juste que je quitte la ville. Et cette personne a placé une grosse pierre du jardin contre la moustiquaire de la cuisine, pour que je ne puisse pas sortir.

— Wouah ! haleta Nan. Les gens te visent vraiment, n'est-ce pas ?

— Eh bien, j'espérais que non, marmonna sa petite-fille.

— Et après tout ce que tu as fait pour cette ville, continua la vieille dame.

— Réfléchis-y, Nan. Beaucoup de gens, comme peut-être un proche de Steve, sont contrariés parce que je l'ai mis derrière les barreaux.

— C'est possible, et le quartier n'est pas très loin d'ici non plus, consentit-elle en tournant son regard vers la rivière. Il n'y a qu'un ou deux pâtés de maisons.

— Un peu plus, la corrigea Doreen, mais peut-être que quelqu'un est simplement contrarié et fait du grabuge. Si ça se trouve, c'est l'œuvre de Richard, qui espérait que je mette fin à tout ce bruit et cette agitation dans le quartier.

Nan se mit à rire.

— C'est beaucoup trop d'efforts pour Richard, s'amusa-t-elle. Mais je comprends ton point de vue. Tu as remué les choses.

— En effet, mais ce n'était pas mal intentionné.

— Si tu finissais en prison, ou quelqu'un de ton entourage, tu percevrais ça comme quelque chose de mal intentionné, déclara Nan.

— Peut-être, mais j'essaie juste d'être utile aux familles de toutes ces personnes qui ont disparu, se défendit Doreen. Qu'est-ce que je suis censée faire, ignorer les indices ?

— Non, pas nécessairement. Avec cette grande foire aux jardins, j'ai réfléchi au cimetière et à l'affaire des kiwis. Je suis surprise qu'ils ne t'aient pas demandé de participer.

Mack sourit.

— Je ne pense pas qu'ils veuillent d'elle à la foire. Qui sait ce qu'elle pourrait encore déterrer.

— Oh, c'était vraiment terrible, n'est-ce pas ? murmura Doreen. Toutes ces femmes, mortes… En y réfléchissant, je vais me passer de jardinage un moment.

— Bien, conclut Mack avant de boire le reste de son café, de poser sa tasse et de dire. J'y vais, maintenant.

— Oh, attends ! s'exclama Doreen en bondissant. Tu dois me parler de ce Randy.

— Non, dit-il, avec un grand sourire. Tu restes ici et tu ne t'attires pas d'ennuis… et je le pense vraiment. Et ne t'avise pas de repartir à la recherche d'Isaac.

Doreen fronça brièvement les sourcils, mais le policier secoua la tête.

— Non, je suis sérieux. Laisse-moi aller leur parler et voir ce qu'il se passe.

— Tant que tu t'y tiens, dit-elle en agitant un doigt dans sa direction.

Il attrapa immédiatement son doigt et ajouta :

— Ne secoue pas cette chose vers moi.

Sur ce, il disparut rapidement.

Elle regarda ses ongles, puis Nan.

— Sais-tu de quand date ma dernière manucure ?

Nan ne pouvait s'arrêter de rire.

— C'est un monde différent pour toi, ma chérie, dit-elle après s'être calmée. Tu as des mains de travailleuse à présent, mais ce n'est pas une mauvaise chose, si tu veux mon avis.

— Avant, je ne crois pas avoir travaillé un jour de ma vie. J'en suis certaine, en fait. Je sais que je n'ai jamais travaillé.

— Non, ce n'est pas vrai, la rassura Nan. Tu dois comprendre que ton travail à l'époque était très différent, et que tu essayais de rester calme, tu t'assurais que tout était parfait, et que tu étais irréprochable toi-même. C'était un travail important en soi. Combien de fois par jour devais-tu retoucher ton maquillage ?

Doreen grimaça.

— Constamment, répondit-elle. Il me regardait d'une certaine façon, et je savais que quelque chose n'allait pas, alors je devais aller me rafraîchir.

— Et pourtant, ce n'est pas que quelque chose n'allait pas. C'était sa façon de te critiquer constamment.

— Je t'ai déjà parlé de tout ça ? demanda sa petite-fille, perplexe.

— Non, bien sûr que non. Je l'avais constaté par moi-même lors d'une visite.

— Ce n'est pas un homme très gentil.

Ce fut alors que son téléphone sonna. Elle le sortit et annonça :

— Oh, c'est Nick.

— Le frère de Mack ? interrogea Nan, en se penchant en avant.

— Oui. Allô ?

— Bonjour, c'est Nick, le frère de Mack.

— Oui, j'ai vu le numéro sur mon téléphone, dit Doreen avec humour. Qu'est-ce que je peux faire pour vous ?

— Eh bien, vous n'avez pas raccroché, donc c'est déjà bien.

Elle rigola.

— Non, mais honnêtement, j'ai oublié tout ce que nous étions censés faire.

— Je voulais juste vous dire que j'ai envoyé la paperasse

aujourd'hui.

— Wouah, nous sommes lundi soir, après votre journée de travail.

— Tout est rempli en ligne, donc ce n'est pas vraiment un problème.

— D'accord, est-ce que je dois commencer à m'inquiéter que le croque-mitaine ne me saute dessus à partir de maintenant ?

— D'après ce que Mack m'a raconté, le problème s'est déjà présenté.

— Ça, ce n'est pas juste, se défendit-elle, mais vous avez peut-être raison. J'ai clairement des problèmes avec certains habitants.

— Maintenant vous devez garder à l'œil ceux qui n'habitent pas la ville.

— Je sais. Mack essayait de retrouver deux types, dont un qui a peut-être déjà travaillé pour mon ex.

— Ah bon ?

— Avez-vous parlé à votre frère aujourd'hui ? demanda-t-elle d'un ton sec.

— À vrai dire, non.

— Vous devriez, alors. Surtout maintenant que vous avez rempli la paperasse.

Peu de temps après, Nan s'excusa et retourna à Rosemoor.

Plus tard dans la soirée, Doreen monta à l'étage, s'assit sur son lit et regarda par la fenêtre. Il n'y avait toujours qu'un matelas sur le sol, et elle espérait que le jeu des enchères en vaudrait la chandelle. Elle vérifia sur son ordinateur, mais ne trouva aucun mail de la part des personnes chargées des enchères. Triste, et se demandant combien de temps elle pourrait continuer ainsi, elle vérifia le calendrier du dépôt-vente, mais une fois encore, le moment de recevoir un chèque de leur part n'était pas venu. Mais l'échéance n'était pas *si* loin, alors elle envoya un mail bref, se demandant quand elle pourrait recevoir un chèque. Elle ne s'attendait pas à recevoir une réponse tout de suite, mais Wendy était apparemment en train de faire ses comptes ou quelque chose comme ça, car elle répondit immédiatement.

Dans environ deux semaines. Vous pouvez tenir jusque-là ?

Doreen répondit par une réponse affirmative. Elle avait encore 670 dollars dans le bol, ce qui la rendait heureuse. Si elle était prudente, cela pourrait durer facilement deux semaines. Mais elle avait aussi des factures à payer. L'une d'entre elles était une facture d'impôt qu'elle avait posée là et qu'elle n'avait même pas ouverte. Elle ne savait pas quoi en faire, mais elle savait qu'elle serait importante. D'une manière ou d'une autre, elle était censée la payer, et elle fronça les sourcils à ce rappel. Depuis que la maison lui appartenait, elle avait appris qu'avoir un toit sur la tête n'était pas suffisant. Il y avait l'entretien, les choses que l'on voulait changer, et les choses qui devaient être changées.

Chapitre 20

LORSQUE DOREEN SE réveilla le lendemain matin, Thaddeus était recroquevillé sur son épaule, mais les plumes de sa queue semblaient molles, et sa tête n'était certainement pas aussi guillerette et heureuse que d'habitude.

— Oh là là, s'exclama-t-elle, qu'est-ce que je vais faire de toi ?

Elle s'habilla aussitôt et, le tenant sur son épaule, elle lui demanda :

— C'est encore à propos du grand gaillard ?

Il s'appuya contre elle et répondit :

— Grand gaillard, grand gaillard.

— Et pour Isaac ? Tu t'inquiètes pour Isaac ?

Un son bizarre sortit de sa gorge, mais il n'articula rien de plus.

— Oh, mon pauvre, nous devons résoudre ce problème.

Elle ne savait pas quoi faire. Ils devraient peut-être lui attacher une petite caméra ou un traceur à la cheville. Doreen sourit à moitié en y pensant. Pouvait-on vraiment suivre un oiseau de nos jours ? Bien sûr que oui, mais c'était pour les migrations, les espèces en danger, et d'autres choses de ce type. Selon elle, cela ne s'appliquait pas aux animaux de compagnie, mais elle pouvait se tromper. Le café en train de couler dans la cafetière, elle regarda sur Internet, quelque peu surprise de découvrir qu'il était possible d'acheter un collier pour chat avec un système de localisation GPS.

Elle baissa les yeux vers Goliath.

— Quelque chose me dit que ça ne te plairait pas du tout.

Mais elle savait aussi que, si quelqu'un essayait de le voler, elle ferait tout son possible pour s'en procurer un sur-le-champ. Ses animaux lui étaient bien trop précieux pour qu'elle laisse quelqu'un les chaparder. Après cela, les pensées ne quittèrent pas son esprit. Ces GPS pour animaux n'étaient pas si chers, mais sans revenus, toute dépense était importante.

Doreen et les animaux se dirigèrent au rez-de-chaussée, où elle ouvrit la moustiquaire de la cuisine… ou du moins, essaya. Celle-ci ne bougeant pas, son cœur se serra, et Doreen regarda Thaddeus.

— On a encore un problème, Thaddeus ?

Il se contenta de la regarder puis il jeta un coup d'œil aux fenêtres.

— Je pense que nous avons un autre problème, dit-elle.

Cette fois-ci encore, elle ne put voir clairement, même depuis les fenêtres de la cuisine. Elle traversa la maison et sortit par la porte d'entrée, puis fit le tour de la maison, avec Thaddeus sur son épaule, et Mugs sautillant à ses côtés. Goliath n'avait même pas encore pris la peine de sortir du lit.

À la porte de la cuisine, elle aperçut une nouvelle pierre volumineuse de son jardin. Elle constata facilement des traces de pas à côté de la pile de cailloux. Elle alla dans le jardin, y regarda de plus près et se rendit compte que les empreintes de pas étaient colossales. Sûrement un grand homme adulte, et d'après leur profondeur, il pesait lourd. Elle plaça son propre pied dans l'une d'elles, puis l'autre juste à côté, comme si elle marchait, mais elle ne s'enfonça pas autant.

— Grand et lourd, déclara-t-elle.

Elle s'empressa de prendre une photo de l'empreinte et l'envoya à Mack, puis elle retourna à la porte de la cuisine et prit une autre photo de la pierre. Elle ajouta du texte à ses photos. **Pour la deuxième nuit d'affilée.**

Mack ne répondit pas sur-le-champ, mais elle décida de bouger la pierre. Avec précaution, à l'aide d'une serviette en papier et de son pied, elle l'éloigna de la porte et ouvrit cette dernière, pour qu'ils puissent au moins prendre leur café dehors. Elle se glissa dans le nouveau fauteuil, avec Mugs installé à côté d'elle, et Goliath, qui avait finalement décidé de se lever, sur ses genoux. Thaddeus était assis sur son épaule, et elle lui jeta un coup d'œil.

— Je ne sais pas quoi faire pour toi, Thaddeus.

Il s'affala sur son épaule, et Doreen s'inquiéta de son comportement.

— Peut-être que je devrais t'emmener chez un vétérinaire.

Après avoir dit cela, elle grimaça, car si quelque chose pouvait la mettre dans le rouge financièrement parlant, ce serait les factures de vétérinaire. Mais quand même, Thaddeus valait tout pour elle. Elle aurait même demandé de l'aide à Nan, si elle avait dû le faire. Elle savait que sa grand-mère l'aiderait financièrement sans hésiter pour quelque chose comme ça, juste parce que Thaddeus avait été son oiseau.

En pensant à ça, elle prit son téléphone et appela Nan. Quand sa grand-mère répondit, elle dit :

— Nan, as-tu déjà vu Thaddeus vraiment déprimé ? Il se comporte très bizarrement ces derniers jours, depuis qu'il a disparu et qu'il est revenu avec ce message.

— Très peu, sauf quand quelqu'un qu'il aimait vraiment ne venait plus à la maison, répondit-elle. J'avais un ami qui s'appelait Larry, mais il est mort. Thaddeus a été très déprimé cette fois-là.

— Intéressant, marmonna Doreen. Je me disais que c'était peut-être à cause de la personne qui avait mis le message sur sa patte, mais je ne sais pas comment l'aider.

— Nous allons devoir découvrir qui il a vu.

— Et comment ? demanda Doreen.

— Je dirais grâce à Isaac, mais nous ne sommes même pas sûrs qu'il soit impliqué.

— En effet, mais on devrait peut-être publier une annonce dans le journal, suggéra soudainement Doreen.

— Oh, c'est une excellente idée, acquiesça Nan. Mais qu'est-ce que tu écrirais ?

Doreen grimaça.

— Je sais. Ça paraît idiot. *Hé, les amis, mon oiseau est malade. Quelqu'un sait pourquoi ?*

Nan gloussa.

— Et si tu mettais quelque chose au cimetière ? Nous n'avons pas découvert ce qui s'est passé là-bas non plus, si ?

— Non plus. À plus tard, Nan.

Avec ces pensées en tête, elle annonça :

— Hé, Mugs, pourquoi ne pas retourner au cimetière et voir où Thaddeus et toi êtes allés.

Avec Thaddeus sur son épaule, Doreen mangea rapidement quelques toasts, se servit du café dans sa tasse de voyage, puis se rendit au cimetière avec tous les animaux. Elle marcha jusqu'à la zone où elle avait été attaquée, et gémit en voyant les lys et toutes les traces de pas.

— Ce n'est pas vraiment un bon souvenir ici, n'est-ce pas, les gars ?

Mugs aboya et sauta partout, puis se dirigea d'une pierre tombale à l'autre en reniflant sous les plantes. Goliath resta allongé au milieu des lys, telle une diva. Doreen sourit, puis prit une photo et l'envoya à Mack. Il l'apprécierait, du moins c'était ce qu'elle espérait. Thaddeus ayant l'air légèrement ragaillardi, elle le posa sur l'herbe.

— Alors, montre-moi où tu es allé, Thaddeus. Montre-moi où tu es allé.

Le perroquet la regarda, hocha la tête et s'éloigna.

Elle n'avait aucune idée de la direction qu'il prenait, mais elle était prête à le suivre. Elle savait aussi que quiconque l'écouterait en ce moment penserait qu'elle était complètement folle, mais elle reconnaissait à Thaddeus le mérite d'avoir beaucoup plus de matière grise que la plupart des gens. Et pour de bonnes raisons. Il avait été d'une grande aide pour résoudre toutes sortes de problèmes, et elle ne lui en voudrait pas s'il avait besoin d'un peu d'aide pour celui-ci.

Il s'arrêta et se laissa distraire par certaines choses, puis il continua finalement à errer. C'était plus un vagabondage sans but qu'un pas dirigé, et cela l'inquiétait. Elle continua tout de même à le surveiller et resta en arrière, en sirotant son café. C'était un mardi, tout le monde était au travail, donc c'était plus ou moins vide. Les visites familiales occasionnelles et les funérailles avaient généralement lieu le week-end.

Elle ne voyait personne aux alentours, sauf au loin, quelqu'un qui tondait la pelouse. Elle l'ignora et continua à suivre Thaddeus. Quand il arriva à l'intersection, elle s'arrêta et regarda pour voir ce qu'il allait faire. Ils avaient réussi à sortir du cimetière par une porte latérale, et maintenant ils étaient dans une rue avec un grand carrefour.

— Je n'arrive pas à imaginer que tu aies traversé ici tout seul, dit-elle à voix haute.

Il se retourna pour la regarder et lança :

— Thaddeus aidé. Thaddeus aidé.

Elle le regarda avec surprise, puis se pencha et le souleva sur son épaule.

— C'est ça l'aide, grand gaillard ?

— Grand gaillard, grand gaillard, répéta-t-il en levant ses ailes avant de caqueter bizarrement.

Avec les animaux à ses côtés, elle appuya sur le bouton du passage pour piétons. Le trafic du mardi matin s'arrêta, ce qui ne dut pas les impressionner outre mesure, mais elle traversa de l'autre côté. Elle se rendit rapidement compte qu'ils n'étaient pas très loin du quartier d'Isaac, mais qu'ils l'abordaient d'un point de vue différent puisqu'ils venaient du cimetière.

— Faute de mieux, cela te relie à Isaac, marmonna-t-elle.

Alors qu'ils continuaient à avancer dans cette direction, Thaddeus devenait peu à peu plus anxieux. Elle l'observa attentivement.

— Alors, dis-moi ce qui s'est passé, Thaddeus. As-tu rencontré Isaac ?

Il ne dit pas un mot à propos de celui-ci. Il ne dit rien, et ça l'inquiétait aussi.

— Tu t'es fait de nouveaux amis, Thaddeus ?

Elle déambula dans les rues sans but, en gardant à l'esprit que le cimetière était derrière elle et qu'elle pourrait retrouver son chemin. De plus, il y avait suffisamment de bruit dû à la circulation provenant de Spall Road, qui se transformait en Glenmore Drive, pour qu'elle puisse s'orienter. Elle erra, à la recherche d'une quelconque réaction de Thaddeus.

Quand elle tomba sur l'un des chemins qui semblaient mener à une zone plus sombre, elle l'étudia sous tous les angles.

— Tu sais quoi ? Je pense que c'est le même chemin qu'hier. Juste une entrée différente.

Mugs aboya plusieurs fois et s'avança de quelques mètres.

— Mugs, reviens ici.

Mais il aperçut quelque chose, et, la truffe au sol, il s'élança, Goliath sur ses talons. Doreen courut derrière lui.

— Reviens ! Mugs, reviens !

Elle l'appelait à tue-tête, mais il n'en avait rien à faire. Elle passa devant une maison d'aspect sordide, puis réalisa que le jardin à l'arrière était bordé de cabanes, avec des hangars à l'arrière, et tous se ressemblaient. Elle ne comprenait pas vraiment comment cela pouvait être autorisé dans la ville. Elle avait vu beaucoup d'endroits dans sa vie qui ressemblaient à ça, mais c'était dans des zones de taudis, pas ce qu'elle s'attendait à voir à Kelowna.

Elle ressentit de la tristesse et du désespoir en voyant cela. Elle entendit un bruissement dans les buissons, comme si des gens étaient là, mais il s'agissait certainement de chiens ou d'écureuils. Elle continua à marcher jusqu'à ce qu'ils arrivent à l'endroit même où elle avait rencontré l'étranger impoli et protecteur. Les poils de Mugs se hérissèrent immédiatement. Elle lui tendit la main et dit :

— C'est bon, mon pote. C'est bon.

Du moins, elle l'espérait. Elle n'avait pas dit à Mack où elle allait. Elle n'avait rien dit à personne. Elle continua à marcher, vérifiant plusieurs des petits chemins, et heureusement ne rencontra personne. Ce ne fut qu'au moment où elle remonta le dernier que Thaddeus se réveilla et cria :

— Grand gaillard, grand gaillard, grand gaillard.

— C'est important ici ? s'enquit-elle en s'arrêtant.

Elle regarda autour d'elle et tomba sur un de ces jardins remplis de ce qui ressemblait à des cabanes. Certaines étaient reliées par du contreplaqué, toutes de tailles, de formes et de couleurs différentes. Un vrai désordre. Mais quelqu'un avait essayé de le rendre minutieusement ordonné. Elle scruta la clôture, qui était également délabrée, et des morceaux de bois bizarres étaient vissés ensemble contre des rampes qui avaient depuis longtemps rendu l'âme. C'était donc un patchwork sur un patchwork, mais au moins ce qui était là était assez solide pour retenir le tout.

Elle prit plusieurs photos, en essayant de rester calme et silencieuse, au cas où quelqu'un regarderait dans sa direction. Elle prit des photos de toutes les maisons le long de ce chemin, puis avança. Thaddeus regardait constamment en arrière. Une maison à l'herbe tondue se trouvait de l'autre côté du chemin ; d'un côté, il y avait une remise, et de l'autre, ce qui ressemblait à une petite cabane pour enfants. Elle sourit, car, même si la cabane avait besoin d'un bon coup de peinture, elle semblait aussi avoir servi à quelqu'un pendant de nombreuses années. Et cela signifiait beaucoup.

Elle arriva finalement à un autre cul-de-sac. Elle s'arrêta, essaya de se situer et utilisa son téléphone pour savoir exactement où elle était. Elle se rendit compte qu'elle venait de faire le tour et qu'elle n'était plus qu'à un pâté de maisons de son point de départ. Elle prit des photos des maisons à mesure qu'elle avançait, et les envoya à Mack. **Thaddeus ne s'est réveillé que lorsque nous sommes arrivés ici.** Elle lui envoya des photos des maisons des deux côtés.

Le policier l'appela sur-le-champ.

— Qu'est-ce que tu fais là-bas ? demanda-t-il. C'est là

qu'il y a eu l'altercation. Tu es en train de me dire que tu y es retournée ?

— Oui. Mais il n'y a aucune trace de lui aujourd'hui.

Mack grogna.

— Tu ne cherches qu'à t'attirer des ennuis ?

— Bien sûr que non, mais je me suis réveillée, et Thaddeus était vraiment déprimé. Les plumes de sa queue pendaient. Il ne voulait pas manger, et il ne faisait rien. C'était horrible.

— Ah. C'est plus logique.

— Mack, j'ai juste pensé que si je pouvais le laisser me conduire là où il se trouvait quand il a disparu, ça aiderait. En fait, j'ai commencé par le cimetière. Je t'envoie une photo de l'angle du cul-de-sac, des rues ici, pour que tu puisses voir où je suis.

— Et donc ?

Elle pouvait deviner au ton de sa voix qu'il n'avait pas passé une bonne matinée.

— Je suis désolée. Je sais qu'on est mardi, et que tu es au travail, et je ne veux pas te déranger. Mais Thaddeus a disparu, et nous avons reçu ce petit message autour de sa patte. Je ne peux pas garantir que ça a quelque chose à voir avec ce quartier. Je sais juste qu'il s'est réveillé quand nous sommes arrivés ici et seulement ici.

— Bien, dit-il à contrecœur. Je jetterai un coup d'œil plus tard dans la journée. Je suis pris toute la matinée, et je dois me présenter au tribunal juste avant le déjeuner.

Doreen grimaça en entendant cela.

— Je suis contente de ne pas être à ta place, marmonna-t-elle. Et, au fait, ton frère a téléphoné hier soir. J'ai oublié de te le dire.

— Ah bon ? Pourquoi ?

— Pour me dire que tous les papiers ont été déposés, répondit-elle.

Elle se tenait à l'angle du cul-de-sac, regardant les voitures dans les rues.

— Il n'était pas non plus au courant pour les photos que tu as trouvées. Tu sais ? Celles du type que j'ai identifié, Snoz. As-tu pu retrouver sa trace ou celle de l'autre type familier ?

— Je n'ai pas encore eu cette chance. Le premier a été vu dans une station-service, mais apparemment le véhicule a quitté la ville.

— Ha ! Je le croirai quand je le verrai, maugréa-t-elle. Impossible de le croire sur parole.

— Crois-moi. Nous sommes conscients de cela. Maintenant, tu veux bien rentrer chez toi et rester en sécurité ?

— Eh bien, nous allons rentrer à la maison, consentit-elle en regardant ses animaux avec un sourire sur les lèvres.

— Fais attention à toi.

— Je ne suis pas sûre que ce soit possible.

Chapitre 21

DOREEN SE DIRIGEA vers le cul-de-sac tout en regardant derrière elle. Lorsqu'elle arriva enfin à l'angle de la rue et qu'elle s'apprêtait à faire le tour du pâté de maisons, elle aperçut des yeux rivés sur elle, ainsi qu'un petit visage brun encadré de cheveux blonds.

— Salut, Isaac, lança-t-elle avec un sourire. Comment vas-tu ?

À ce moment-là, le visage disparut derrière l'arbre. Elle eut un léger mouvement de recul, puis appela tranquillement Mugs et Goliath à elle.

— Isaac, tu veux venir dire bonjour aux animaux ?

La tête de celui-ci surgit de nouveau à l'angle.

— Salut, petit gars. Viens dire bonjour à Mugs et Goliath.

Il hésita tout en regardant le chien et le chat, mais quand Mugs remarqua la présence d'Isaac, il se précipita vers lui en jappant d'excitation et en remuant la queue. Le petit garçon rit.

— Tu vois ? Il t'aime bien, dit Doreen, avec un sourire éclatant.

Il leva les yeux vers elle avec espoir, et elle hocha la tête.

— C'est vrai. Il ne fait pas ça avec tout le monde.

Isaac baissa les yeux et enroula ses bras autour du chien, tandis que Doreen continuait de sourire.

— Tu vois ? Il ne fait clairement pas ça avec tout le monde.

Le petit garçon rit de nouveau. Goliath, ne voulant pas être laissé de côté, se rapprocha pour avoir un peu d'attention. Isaac entoura immédiatement le chat de ses bras et le serra contre lui.

Doreen sourit encore.

— Nous sommes si heureux de t'avoir vu ce matin, Isaac, dit-elle. Est-ce que tu vas bien ? As-tu bien dormi la nuit dernière ?

Il se contenta d'opiner du chef.

Elle l'étudia, remarquant qu'il portait les mêmes vête-ments qu'auparavant. En jetant un coup d'œil au sentier derrière eux, elle ne vit personne.

— Et ta maman ? demanda-t-elle. Est-ce que ta maman va bien ?

Le petit garçon se figea et leva les yeux vers elle.

— Je l'espère, dit Doreen.

Il hocha encore une fois la tête en silence, mais il était évident que parler de sa mère l'avait affecté. Elle continua à sourire et à lui parler doucement.

— Mugs aime beaucoup qu'on lui gratte le ventre, lui assura-t-elle.

Isaac s'exécuta sur-le-champ, et le chien accueillit les ca-resses en se jetant sur le trottoir.

Elle gloussa.

— Tu vois ? Il est toujours heureux de recevoir beau-coup d'amour et d'attention.

Le petit bonhomme leva le regard et eut l'air de se détendre un peu plus. Elle jeta un œil autour d'elle.

— Tu as le droit d'être ici tout seul ? demande-t-elle et Isaac secoua la tête. Je ne veux pas que tu aies des problèmes.

Il ne dit rien, mais continua à caresser Mugs. Elle regrettait son silence, mais elle savait qu'il n'était pas handicapé ; il était juste inquiet, voire effrayé. Doreen attendit et lui laissa le temps de jouer avec les animaux. Puis elle annonça :

— On te raccompagne chez toi ?

Il se leva d'un bond, puis commença à remonter le sentier, et elle le suivit. Quand il se rendit compte qu'elle était derrière lui, il eut l'air un peu surpris, mais Mugs se précipita immédiatement à ses côtés. Isaac rit et ouvrit la voie. Quand il arriva à l'endroit où elle avait pris des photos, il hésita, avant de faire un gros câlin à Mugs et de disparaître prestement. Doreen se lança à ses trousses, essayant de voir dans quelle direction il avait disparu.

Elle découvrit, dans une clôture à mailles losangées, un trou qu'elle n'avait jamais vu auparavant. Et à cause des buissons épais à l'intérieur de la clôture, elle ne pouvait pas voir le jardin. Elle n'osa pas y entrer elle-même, et il n'y avait aucune raison de le faire, puisque c'était de toute évidence là qu'Isaac habitait. Elle devait à présent demander à Mack de pousser les vérifications. Elle devait s'assurer que l'enfant était en sécurité. Cela la dérangeait vraiment de penser que quelque chose de mal pouvait se passer dans sa vie.

Heureuse d'avoir au moins découvert où il vivait, elle prit rapidement une photo et, avec les animaux à ses côtés, elle redescendit le chemin afin de déboucher sur le cul-de-sac. Une fois arrivée, elle tomba sur plusieurs hommes, les mains sur les hanches, la regardant fixement. Elle soupira.

— Bonjour, messieurs, les salua-t-elle joyeusement.

— On vous a dit de rester à l'écart, dit l'un d'eux.

Elle le regarda avec surprise.

— Qui a dit ça ?

Il ne dit pas un mot de plus et croisa les bras sur sa poitrine.

— Alors vous allez appeler la police ? lui demanda-t-elle gentiment. Je suis juste inquiète pour ce petit garçon.

— Il va bien, dit-il.

— Si c'était le cas…

Elle les regarda attentivement tous les trois et réalisa que cela pouvait très vite s'envenimer.

— Si c'était le cas, répéta-t-elle, pourquoi êtes-vous si inquiets de ma présence ici ?

— Parce qu'on ne veut pas que vous le dérangiez.

— Mais nous ne le dérangeons pas du tout. Il adore mes animaux, et c'est réciproque. Est-ce que c'est mal ?

— Partez et ne revenez pas, déclara celui qui était resté silencieux jusqu'à présent.

— Eh bien, j'habite en ville, et il est évident que vous avez une raison de ne pas vouloir de moi dans les parages. Cela me rend juste très curieuse.

À ce moment-là, les sourires – ou du moins le regard affable du troisième homme – disparurent.

— Ne revenez pas, prévint-il. Vous n'êtes pas la bienvenue ici.

— Pourquoi ça ? Est-ce que vous gardez Isaac prisonnier ?

Il la regarda avec surprise.

— Pas du tout.

— Alors, pourquoi êtes-vous si inquiet que j'en sache plus sur lui ? demanda-t-elle. Pourquoi vous en soucier, si vos affaires ne le blessent pas ?

Il secoua simplement la tête.

— Vous ne savez rien du tout.

— Non, je ne sais pas tout, mais je sais beaucoup de choses, et ce petit garçon aurait bien besoin d'un peu plus d'amour et d'attention.

— C'est déjà le cas, dirent-ils, presque à l'unisson.

Doreen fronça les sourcils.

— Je ne suis pas convaincue. Et je ne partirai pas tant que je ne le serai pas.

Ils la dévisagèrent, puis se regardèrent les uns les autres, et l'un d'entre eux dit :

— Pourquoi êtes-vous si difficile ?

— Parce que vous m'avez menacée, et cela m'inquiète pour Isaac. Quiconque néglige un petit garçon de la sorte ne mérite rien d'autre qu'une peine de prison.

À ce moment-là, l'un des hommes se mit profondément en colère et elle secoua la tête.

— Ne vous donnez pas la peine d'essayer de me menacer, ajouta-t-elle en lui lançant un regard noir. Je préfère de loin défendre les opprimés et voir ce petit garçon vivre une vie correcte plutôt que de vous écouter me menacer.

Le troisième homme, qui l'étudiait jusqu'à présent, décida de prendre la parole.

— Je crois que je vous reconnais.

— Conneries !

Elle posa sa main sur sa bouche, car elle venait de jurer. Elle laissa tomber sa main, espérant qu'ils n'eurent rien remarqué. Ils la regardaient curieusement maintenant.

— Comment ça, tu la reconnais ? demanda un des gars au troisième.

— C'est cette femme folle avec ses animaux.

— Je ne suis pas folle, s'offusqua Doreen.

— C'est vous qui avez fouillé dans toutes les affaires non

résolues. Vous êtes carrément folle de faire ça.

— Eh bien, ce n'est peut-être pas pour tout le monde, mais cela ne fait pas de moi une folle, répliqua-t-elle en haussant les épaules.

— Bien sûr que si, ricana-t-il. Vous fourrez toujours votre nez là où on ne veut pas de vous.

— Eh bien, ça dépend. Si vous faisiez partie de la famille qui n'a jamais eu la chance de savoir ce qui est arrivé à ses proches, vous verriez les choses différemment. Mais si vous êtes un escroc ou quelqu'un qui a réussi à échapper à la justice pendant toutes ces années, alors, oui, vous n'êtes probablement pas très heureux de me voir.

Elle le fusilla du regard, puis croisa les bras sur sa poitrine et tapa du pied en l'étudiant. Il était trapu et lui rappelait les frères jardiniers qui avaient été impliqués dans la mort de leurs parents et de leurs sœurs.

— C'est ça que vous manigancez ? interrogea-t-elle. Vous faites partie de ces types qui font le sale boulot et attendent que quelqu'un d'autre paye le prix de leurs crimes ?

— Fermez-la. Vous ne savez rien.

— Et on en revient encore à ça, déclara Doreen. Je suis juste ici pour m'assurer que ce petit garçon va bien.

— On vous a dit qu'il allait bien.

— Ah bon ? Alors, où est sa mère ? demanda-t-elle.

Immédiatement, un des gars se raidit.

— Vous pensez que sa mère va faire la différence ?

— Peut-être. Je ne sais pas ce qui se passe ici, mais vous pouvez être sûr que je vais le découvrir.

— Vous dégagez d'ici et restez à l'écart, dit-il à voix basse.

— Oui, et qu'allez-vous faire ?

— Eh bien, peut-être que vous aurez un visiteur dans la

nuit, la menaça-t-il d'un ton sombre.

Elle sentit la peur glisser le long de son dos, mais ne baissa pas les bras.

— Oh, alors peut-être que j'ai une bonne raison d'appeler la police alors.

— Vous n'avez aucune raison d'appeler les flics. C'est vous qui violez la propriété.

— Pas du tout, c'est un terrain public, donc je ne suis pas du tout en infraction. Mais, si c'est vous qui êtes venu dans mon jardin et avez causé toutes sortes de chaos chez moi, vous pouvez parier que ce sera une histoire différente pour vous. Maintenant que je sais que c'est vous, j'appelle les flics tout de suite.

Doreen sortit son téléphone.

Il essaya d'attraper l'appareil dans sa main.

Elle recula, et Mugs se mit à aboyer comme un fou pour le retenir.

— Si c'est vous qui êtes entré par effraction sur ma propriété, soyez assuré que je vais appeler la police. Je vous ai cherché, et eux aussi.

— Je ne sais pas de quoi vous parlez. Vous êtes folle.

— Nous avons déjà parlé du fait que je ne suis pas folle, grogna-t-elle, alors arrêtez de dire ça.

Elle croisa de nouveau ses bras sur sa poitrine et continua :

— Tout ce chaos chez moi est de votre ressort, ou pas.

— Ce n'est pas de mon ressort, répliqua-t-il, en lançant un regard furieux.

— Vous venez juste de me menacer de me rendre visite dans la nuit, contra-t-elle, et la menace a déjà été mise à exécution.

— Oui, je me demande pourquoi. C'est parce que vous

continuez à fourrer votre nez dans les affaires des autres.

— Vous feriez mieux de vous occuper de ce petit garçon, car la maltraitance d'un enfant est l'affaire de tous.

Il s'arrêta, la regarda fixement et lui demanda :

— Vous pensez vraiment qu'il est maltraité ?

— Je ne sais pas ce qui se passe, mais il se passe quelque chose ici, et il n'a pas l'air d'être très bien soigné.

— Eh bien, il est bien mieux maintenant qu'avant, cingla-t-il.

— Prouvez-le alors, exigea Doreen.

Il secoua la tête, puis donna un coup de coude à l'un des autres gars.

— Allons-y.

— Bien sûr. Prenez la fuite. Rappelez-vous. Vous prenez bien soin de lui... sinon gare.

Il se figea et le dévisagea.

— Madame, vous venez de me menacer ?

Elle sourit.

— Je n'ai pas besoin de le faire. La loi suffira à vous faire tomber, si vous maltraitez cet enfant.

— Je ne maltraite pas l'enfant, rugit-il.

— Je n'en suis pas convaincue. Chaque fois que je viens m'assurer qu'il va bien, je tombe sur l'un d'entre vous qui me malmenez.

— Qui d'autre ? demanda-t-il.

Elle haussa les épaules.

— Cet énorme type avec la cicatrice.

L'homme devint livide.

— Randy ?

— Je crois que c'est lui... acquiesça-t-elle, se rappelant le prénom que Mack avait mentionné. Et qu'en est-il de Randy ?

Ils se regardèrent, et elle vit que quelque chose avait changé. Quelque chose chez Randy les avait mis en colère.

— C'est un de vos amis ? demanda-t-elle.

Ils s'empressèrent de secouer la tête.

— Non, il n'a pas d'amis.

— Oh, j'ai rencontré quelques-uns de ces gars-là aussi, dit-elle en hochant sagement la tête.

— Ne faites pas la maligne. Si Randy vous a dit de dégager d'ici, vous auriez dû l'écouter.

— C'est ce qu'il m'a dit, c'est pourquoi vous trois ne faites pas grand-chose pour m'effrayer.

— Vous auriez dû respecter Randy parce que c'est un mec effrayant.

— J'avais compris, mais vous n'améliorez pas votre situation.

— Vous jouez avec le feu. Vous ne savez pas ce qu'il se passe, alors rentrez chez vous avant de vous retrouver blessée.

— Oh, alors maintenant vous vous préoccupez de mon bien-être ? rétorqua Doreen, en ricanant.

Frustré, le premier homme se retourna, la regarda et lui lança :

— Madame, partez avant que Randy ne découvre que vous êtes revenue.

Elle reconnut une part de vérité dans cette suggestion.

— Vous avez peur de lui.

— Bien sûr que non, marmonna-t-il, en secouant vivement la tête. Je n'ai pas peur de lui.

— Si, c'est évident.

— Non, je n'ai pas peur de lui, hurla-t-il.

Elle le scruta, puis regarda les autres et dit :

— Je ne le crois pas.

— Vous voulez bien vous barrer ?

L'un des hommes siffla de colère puis leva les mains.

— Bien sûr, mais je ne vois pas pourquoi je devrais m'exécuter.

— Parce que. Juste parce que.

Alors qu'elle allait avancer, un des hommes remarqua Thaddeus.

— C'est quoi ce truc sur votre épaule ?

Elle le regarda avec surprise.

— C'est Thaddeus.

Immédiatement, l'oiseau se redressa.

— Thaddeus est là. Thaddeus est là.

L'homme le regarda avec surprise.

— Je me souviens de lui, dit-il. Il est passé par ici il y a quelques jours.

— C'est une des raisons pour lesquelles je suis de retour dans ce quartier, avoua Doreen.

— Je pense qu'il a tissé des liens avec Isaac.

Il la regarda et fronça les sourcils.

— Je ne pense pas.

— Savez-vous où était Thaddeus alors ? demanda-t-elle avec impatience. Nous essayons de comprendre ce qui s'est passé. Il a disparu et est réapparu tout d'un coup.

— Il était ici, mais je ne sais pas comment il est venu.

Il secoua la tête, regarda autour de lui et demanda aux autres :

— Vous l'avez vu ?

Ils le regardèrent comme s'il était fou.

— On a mieux à faire que de surveiller un perroquet.

— Il a réussi à voler jusqu'ici, mais je crois qu'il venait du cul-de-sac.

— Essayait-il de fuir quelqu'un ? demanda-t-elle, horrifiée.

Il fronça les sourcils.

— Je pense qu'il sortait d'un véhicule, mais je ne sais pas trop où et comment. Il a pu monter avec quelqu'un.

— Malheureusement, avec lui, c'est tout à fait possible, acquiesça Doreen en levant les yeux au ciel. Il lui arrive de s'attirer des ennuis. Il est curieux, et puis il monte à l'arrière de divers véhicules et va parfois faire un tour là où il ne s'attendait pas à aller.

— Je pense que c'est exactement ça. Je ne me souviens pas de quelle voiture il s'agissait, mais c'était peut-être un des jardiniers qui travaillent au cimetière.

Il fronça les sourcils, regarda autour de lui et ajouta :

— Mais je ne pense pas qu'il savait que l'oiseau était là.

Doreen y réfléchit, puis hocha la tête.

— Vous savez quoi ? C'est fort probable. Puis il aurait volé jusqu'ici ? demanda-t-elle en désignant le chemin.

Il hocha la tête, puis changea d'avis.

— Je ne suis pas sûr. Je l'ai vu monter dans le camion, et je n'ai pas vraiment réalisé ce que je voyais parce que ça n'avait aucun sens, admit-il. L'instant d'après, je l'ai vu ici, sur le chemin, mais je ne sais pas s'il a volé, marché ou est monté dans un autre véhicule. Est-ce qu'il vole ?

— Pas bien, répondit-elle. Pas bien du tout.

— Intéressant, marmonna-t-il.

— Je me suis dit qu'Isaac l'avait peut-être vu, parce que regardez-le. Il est beaucoup plus heureux depuis que je suis revenue ici.

Il la regarda avec surprise, et elle haussa les épaules.

— Thaddeus est très orienté vers les gens.

— Intéressant, répéta-t-il, avant de regarder les autres et de hausser les épaules à son tour. C'est possible.

Les autres gars secouèrent la tête.

— On n'a pas besoin qu'elle vienne s'occuper de nos affaires.

— Peut-être pas, mais on ne sait jamais. Je pourrais être en mesure de vous aider.

— On n'a besoin d'aide pour rien, répliqua durement le premier homme.

Doreen fronça les sourcils.

— Vous cachez quelque chose qui implique Isaac, et mon oiseau ici présent est impliqué d'une manière ou d'une autre, argumenta-t-elle, donc ça veut dire que je suis impliquée.

— Et vous pouvez simplement vous *désimpliquer*.

— Hé, je veux simplement que ce petit garçon aille bien, marmonna-t-elle.

— Alors, restez à l'écart, l'avertit-il, mais le ton menaçant avait disparu.

— Je suppose que ça dépend de ce qu'il se passe.

— Il ne se passe rien.

— Il va à l'école ? demanda-t-elle.

Il se contenta de la fusiller du regard.

— Donc il n'est pas inscrit, et il n'a pas non plus de certificat de naissance.

En entendant cela, tous les hommes se raidirent et la dévisagèrent.

— J'ai vérifié, bien sûr, se justifia Doreen en haussant les épaules.

Chapitre 22

— VOUS AVEZ un peu trop vérifié, dit le premier type d'une voix sombre. Maintenant, allez vous faire voir.

Sur ce, il se retourna et s'éloigna. Les deux autres firent de même et coururent pour le rattraper.

Elle fronça les sourcils en pensant à ce qui pouvait bien se passer ici.

— Si c'est une affaire classée, je peux aider, héla Doreen.

Les hommes s'arrêtèrent, puis la scrutèrent avant de répondre :

— Pas d'affaire classée ici.

— Je pense que si. Ou, si c'était le cas, je pourrais aider.

— Il n'y en a pas, répliqua le premier gars en signe de défi.

— À moins, bien sûr, qu'il n'y ait eu un meurtre, un enlèvement ou autre chose qui n'a jamais été résolu, ajouta-t-elle d'une voix rusée.

Ils s'arrêtèrent à nouveau, se retournèrent et lui lancèrent des regards furieux. Alors elle leva les mains.

— D'accord. Donc je ne peux rien faire ici.

— Non, vous avez enfin compris le message. Rentrez chez vous.

Doreen acquiesça et, appelant les animaux à elle, s'éloigna lentement sur le côté. Quand elle arriva à l'angle du cul-de-sac, une vieille dame l'appela depuis son porche.

Doreen se retourna et demanda :

— C'est à moi que vous parlez ?

La femme hocha la tête et lui fit signe de venir rapidement. Doreen gravit les marches à la hâte, ses animaux sur ses talons.

La femme regarda le chien avec ravissement.

— C'est le fameux Mugs, n'est-ce pas ?

— Eh bien, je ne sais pas à quel point il est célèbre, répondit Doreen, avec un sourire, mais oui. Vous vouliez me dire quelque chose ?

— C'est une affaire classée.

— De quoi parlez-vous ?

— C'est une affaire classée.

Doreen étudia la femme plus âgée.

— Oui, mais qu'est-ce qui est une affaire classée ?

— Ce petit garçon, murmura-t-elle. Il est apparu un jour.

Doreen se figea et la regarda, choquée.

— Il est apparu un jour de nulle part ?

La vieille femme hocha la tête.

— Oui, et nous ne savons pas d'où il vient.

— Et sa mère ?

— Nous ne savons pas exactement ce qui s'est passé.

— Depuis combien de temps vit-il ici ?

— Ça fait deux ans maintenant. Isaac est un amour.

— Alors, qui s'occupe de lui ?

— Un homme, mais je ne pense pas qu'ils soient parents.

— Ah, c'est ce dont ils ont peur alors. Que quelqu'un

l'emmène.

La vieille dame hocha la tête.

— Bien sûr, mais si Isaac a une famille quelque part, ajouta Doreen, alors nous devons la trouver.

La dame haussa les épaules.

— Alors, de quoi s'agit-il ? interrogea Doreen en la regardant avec surprise.

— Je viens de vous le dire. C'est une affaire classée.

— Oh, vous voulez dire parce que c'est arrivé il y a quelques années.

— Oui, oui, bien sûr.

Ce n'était pas vraiment la définition de Mack d'une affaire classée, mais Doreen pourrait en tirer quelque chose.

— Savez-vous autre chose ? Savez-vous d'où venait Isaac ? De quel quartier, ou bien était-il de l'extérieur de la ville ?

— J'ai entendu des rumeurs, répondit la vieille femme, d'une voix rauque et grave, tout en se penchant en avant. Quelque chose à propos de son arrivée de Vancouver.

— Et il est resté ? Il aurait dû y avoir d'autres personnes avec lui, non ?

— Je ne sais pas, déclara-t-elle en haussant les épaules.

— Vous savez où il habite ?

— Vous y étiez. Je vous ai vu sur les chemins. Je suis sûre que vous l'avez vu.

— Je l'ai vu disparaître derrière un grillage.

— Exactement.

— Est-il lié à l'autre homme qui s'occupe de lui ?

La vieille dame haussa les épaules.

— On ne discute pas avec lui.

— Ah. C'est Randy ?

Elle hocha la tête.

— Alors, Randy s'occupe d'Isaac ?

Doreen avait l'impression d'arracher les vers du nez à cette femme. Mais elle fournissait quand même des informations précieuses.

L'inconnue hésita, puis décida qu'elle devait battre en retraite, comme si elle en avait déjà trop dit.

Doreen tenta une nouvelle approche.

— Y a-t-il autre chose que vous pouvez me dire ?

Elle secoua la tête.

— Non, et je n'aurais rien dû vous dire. Randy va se mettre en colère.

— Mais pourquoi se mettrait-il en colère ?

— Vous aviez raison. Parce qu'il ne veut pas perdre Isaac.

— D'accord.

— Mais s'il était autorisé à le garder, alors cela lui faciliterait la vie.

— Peut-être, mais je ne pense pas qu'il serait autorisé à le garder.

Juste à ce moment-là, une forte toux rauque et des bruits de pas lourds se firent entendre. La femme blêmit, et elle courut à l'intérieur, claquant la porte au nez à Doreen.

Celle-ci se retourna, mais ne vit personne ; pourtant elle entendit des voix qui descendaient le sentier. Elle baissa les yeux sur Mugs et Goliath.

— Maintenant nous allons avoir des problèmes.

Mais, en regardant au coin de la rue, elle se dit qu'elle pourrait peut-être traverser la propriété et disparaître. Elle prit Goliath dans ses bras, puis appela Mugs à voix basse avant de dévaler les marches de la vieille dame. Elle se cacha dans les buissons entre la propriété de celle-ci et la suivante. Comme elle s'y attendait, Randy arriva en trombe, comme s'il la cherchait. Il se tenait au bout du cul-de-sac, les mains sur les hanches, marmonnant à voix haute quelque chose comme « *laisse-nous tranquilles* ».

Doreen devina que ce message lui était adressé, même s'il ne l'avait pas vraiment vue cette fois. Il s'en était fallu de peu, et elle décida qu'il était temps de rentrer chez elle. Elle avait besoin de raconter tout cela à Mack. Elle attendit que Randy disparaisse, puis elle se précipita avec ses animaux vers le cimetière. Quand elle arriva à destination, elle remarqua que Thaddeus regardait toujours derrière elle.

— Ce n'est rien. On va s'en occuper, mon pote. On va trouver ce qui se passe.

Il semblait être de meilleure humeur, et elle en était reconnaissante. Ils montèrent tous dans sa voiture en un rien de temps et roulèrent jusqu'à la maison. Quand elle s'y gara, elle n'eut pas le temps de sortir du garage et de fermer la porte que Mack était déjà en train de se garer derrière elle.

Il lui lança un regard noir.

— Tu étais censée rentrer chez toi.

— Je sais.

Elle poursuivit en lui parlant des trois hommes et de ce qu'elle avait appris de la vieille dame.

— Quoi ? s'interrogea-t-il en fronçant les sourcils. Je connais Randy depuis un moment. Je ne savais pas qu'il y avait un petit garçon dans sa vie.

— Eh bien, apparemment, il s'occupe de lui depuis un moment. Depuis deux ans même. Personne ne sait vraiment d'où il vient… peut-être de Vancouver.

— Personne ne veut dire d'où il vient, et c'est une tout autre histoire.

Doreen dut admettre qu'il avait raison.

— Bien, acquiesça-t-elle. Personne ne dit grand-chose,

disons-le comme ça.

Le policier hocha lentement la tête.

— Je vais peut-être devoir discuter avec Randy.

— En effet. Je trouve qu'il passe beaucoup de temps à menacer les gens.

— C'est en partie à cause de sa taille. Il a également été gardien de prison à Abbotsford pendant quelques années, et il intimide naturellement les gens.

— Pas toi, pourtant.

Il la regarda avec surprise.

— Bien sûr que non. Pourquoi le serais-je ?

— Pour commencer, c'est un géant, plaisanta Doreen.

— Pas pour moi.

— Oui, c'est vrai, marmonna-t-elle. Il y a un certain avantage à faire votre taille.

— Beaucoup d'avantages à cela, mais aussi des inconvénients.

— Dis toujours, le provoqua-t-elle.

— Eh bien, premièrement, j'ai besoin de manger beaucoup plus que toi, répondit-il, en désignant la porte d'entrée de la jeune femme. Est-ce que tu vas ouvrir cette porte pour qu'on puisse entrer ?

— Est-ce que tu vas encore épuiser ma réserve de café ?

— Peut-être, mais j'ai aussi apporté quelques courses, répliqua-t-il en montrant son véhicule.

Doreen arbora immédiatement un large sourire.

— Je suppose que tu peux entrer alors, acquiesça-t-elle et Mack leva les yeux au ciel.

— Ma parole, merci !

Il attrapa les sacs et la suivit jusqu'à la porte.

Elle l'ouvrit pour laisser entrer les animaux, puis jeta un dernier coup d'œil à l'avant de la maison. Elle ne vit rien de suspect, mais, sentant qu'elle avait peut-être provoqué des ennuis qu'elle allait regretter, elle la ferma soigneusement et verrouilla la porte. Il la regarda avec curiosité, et elle haussa les épaules.

— L'un des trois types m'a menacée. Il a dit qu'il viendrait au milieu de la nuit.

— Wouah. Tu sais vraiment comment semer la zizanie, n'est-ce pas ?

— Oui. Le problème, c'est que je l'ai accusé de l'avoir déjà fait. Tu te souviens ? De m'enfermer avec les pierres.

Le policier fixa Doreen d'un air surpris.

— Je ne sais pas si on peut parler d'*enfermement*, puisque c'était plus un désagrément qu'autre chose. Je pensais à des enfants. Ceux qui t'ont vue sauver Thaddeus.

— Oh, je n'y avais pas pensé, concéda-t-elle.

— C'est pour ça que je suis l'enquêteur et pas toi, répliqua-t-il en agitant ses sourcils.

Doreen ricana.

— Dans ce cas, tu ferais mieux de parler avec Randy et de comprendre ce qui se passe avec ce petit garçon.

— Peut-être, mais il est évident que d'autres choses doivent être faites d'abord. La nourriture en fait partie, dit-il en se dirigeant vers la cuisine avec un sourire.

— Qu'est-ce que tu prépares ? demanda-t-elle avec enthousiasme.

— Des nachos.

Elle sauta presque de joie.

— Et ça veut dire qu'on va pouvoir manger dans peu de temps, non ?

— Ça se prépare rapidement, si c'est ce que tu veux dire, acquiesça-t-il. Pourquoi ? Tu as faim ?

— Oui. Je n'ai pas beaucoup mangé aujourd'hui.

Il s'arrêta, se retourna lentement et lui lança un regard furieux. Elle haussa les épaules.

— Je n'en avais pas vraiment envie. C'est difficile pour moi de manger quand Thaddeus est contrarié.

— Je te l'accorde consentit-il, et je sais que tu es très proche de Thaddeus, et nous ne voulons pas que quelque chose tourne mal pour lui.

— Certainement pas. Je suis partie après avoir mangé quelques toasts.

— Et tu n'as pas mangé depuis ?

Elle secoua la tête.

— Non, nous n'étions pas à la maison.

— Bien, j'espérais que nous pourrions déjeuner, au lieu de dîner. Les nachos ne constituent pas un énorme repas.

— Ça dépend, dit-elle, surprise. J'en ai vu dans de très grands plats.

— Peut-être bien. Je me suis juste dit que, si nous partagions un bon déjeuner, j'irais travailler après.

— Intéressant, et ça me va parce que j'ai faim.

— Tu te souviens quand je disais que tu as toujours faim ? Apparemment, tu n'avais pas si faim que ça la dernière fois.

— En effet. C'était mon inconscient anxieux qui parlait.

— Si tu le dis. Allons préparer des nachos, et ensuite on verra.

— Tu as dit que tu devais aller travailler après ?

— J'ai travaillé tard hier soir, répondit-il, donc je commence plus tard aujourd'hui, et je finirai à nouveau tard.

— Pourquoi as-tu travaillé tard ? s'enquit-elle avec surprise.

— Parce que quelqu'un nous a refilé un tas de paperasse.

— Bien sûr, mais ça, tu peux le faire pendant la semaine.

— Et nous sommes mardi, lui rappela-t-il.

Puis il se retourna et déballa les provisions. Alors qu'il sortait un sac de chips de maïs, elle s'approcha un peu plus.

— Alors, qu'est-ce qu'on va faire ?

Il sortit un bloc de fromage, lui tendit la râpe et lui ordonna :

— Commence à râper.

Pendant qu'elle s'exécutait, il fit revenir du bœuf haché avant d'y incorporer des sauces intéressantes et des piments verts.

— C'est ta version des nachos ?

— Ouaip, c'est la recette préférée de la famille, répondit-il.

— Et tu l'utilises pour me détourner de notre conversation.

Il rigola.

— Exactement.

— Wouah, ce n'est pas juste.

— Est-ce que ça marche ?

— Eh bien, tu me donnes assurément faim. Mais je veux quand même savoir pourquoi tu as travaillé si tard un lundi soir.

— Bien. On essayait de comprendre l'histoire d'Isaac, répondit-il.

— Je viens de trouver une solution pour toi. Parle à Randy, puisqu'il s'occupe de lui.

— Oui, mais en même temps, j'ai besoin d'un peu de matière avant de débouler chez lui. Comme, pourquoi ce petit garçon n'a pas de certificat de naissance, et pourquoi il n'est pas à l'école ?

— Parce que je ne pense pas que ce soit l'enfant de Randy. Il s'occupe juste de lui. Cette vieille dame a aussi dit que c'était une affaire classée… Ce qui veut dire que ça fait partie de mon domaine.

Elle conclut sa phrase avec un grand sourire.

— Flash info, Doreen. Tu n'as pas de domaine, s'exaspéra-t-il. Des lois existent, pour lesquelles je suis employé à me battre et à les faire respecter. Et puis il y a toi.

— Quoi, moi ? rétorqua-t-elle, les sourcils froncés.

— Toi et ton travail semblez vouloir vous attirer des ennuis, répondit-il, le sourire aux lèvres. Donc, continue à râper.

Chapitre 23

PEU DE TEMPS après, lorsque Doreen se vit présenter un délicieux mélange de nachos, elle fut absolument conquise. Du fromage fondu, des chips de maïs, des dés de tomates, du guacamole, des oignons et même de la viande hachée parsemée sur le dessus. Elle n'aurait jamais imaginé Mack capable d'une telle chose. Non seulement il l'avait cuisiné, mais cela semblait simple et sans chichis. Elle réalisa qu'en préparant une légère variation de ce plat, elle pourrait se cuisiner quelque chose d'encore plus simple et rapide. Ils s'assirent à la table de la cuisine, puis Mack regarda à l'extérieur et fronça les sourcils.

— Quoi encore ? demande-t-elle, exaspérée, en prenant sa première chips.

— On devrait manger dehors.

— On devrait, acquiesça-t-elle, mais l'un de nous mangera sur le fauteuil et l'autre sur le repose-pieds, ou alors sur les marches.

— Pas idéal pour un plat comme celui-ci. On doit vraiment te trouver une table.

— C'est pourquoi je suis allée dans les magasins d'occasions avec Nan. Nous en avons visité plusieurs, mais il n'y avait tout simplement rien qui convenait à l'espace et qui était vraiment abordable.

— Il faut que tu ailles dans les bons magasins et au bon moment pour faire les meilleures affaires.

— Et comment savoir quels sont les bons magasins au bon moment ? demanda-t-elle en le regardant avec surprise. Parce que Nan est une acheteuse avertie.

— En effet, et je suis sûr qu'elle t'a obtenu un sacré bon prix pour ce fauteuil, mais tu sais qu'il y a des affaires qui peuvent être faites à d'autres endroits, comme les ventes aux enchères.

— Ce que nous aurions fait, si nous avions su qu'il y en avait, ajouta Doreen.

— C'est vrai, en plus il y a d'autres magasins de seconde main. Je suis sûr que nous pouvons trouver quelque chose.

— Ce serait bien, acquiesça-t-elle en regardant par la fenêtre de la cuisine. Avoir cette belle terrasse et ne pas pouvoir s'y asseoir est un crime.

— Ne dis pas ça.

Elle fronça les sourcils.

— Je ne le fais pas exprès, tu sais ?

— Je sais, concéda Mack, en baissant lentement la tête pour la regarder. C'est pire, car tu sembles être un aimant à problèmes.

— Eh bien, je ne me suis pas attaquée moi-même, et je suis juste allée voir ce que je pouvais faire pour Thaddeus et le petit garçon.

— J'ai compris, mais tu t'es aventurée en terrain dangereux.

— C'est parce qu'ils le rendent dangereux, répliqua-t-elle.

Il la fixa, et elle haussa les épaules.

— J'ai dit ça comme ça. Écoute. J'essaie simplement d'aider. Si tu pouvais découvrir ce qui se passe avec le petit Isaac, alors je n'aurais pas à le faire.

— On s'en occupe. Quelqu'un va y aller pour parler à Randy.

— Pourquoi pas toi ?

— Parce que je connais Randy, et ils ne voulaient pas que ce soit un problème.

Elle fourra lentement une nouvelle chips recouverte de fromage fondu dans sa bouche, et savoura les saveurs qui se répandaient sur ses papilles.

— Je comprends, dit-elle, mais parfois, n'est-ce pas mieux de connaître les gens ?

— Parfois, mais pas toujours.

— De plus, ce n'est pas comme si j'avais autre chose à faire.

— Si. Guérir de cette dernière blessure.

— Un autre crime que tu n'as pas encore résolu. D'actualité, en plus, donc c'est dans ton dossier.

— Et nous avons réussi à retrouver différentes personnes qui se trouvaient au cimetière, mais personne ne peut les situer à l'endroit où tu as été retrouvée.

— Évidemment. Je m'étais délibérément éloignée de tout le monde parce que j'étais émue.

— Toi, émue ? Impossible.

Elle lui lança un regard noir.

— Oh, voyons. Ce n'était pas un reproche.

— Bien sûr que non, consentit Doreen. Mais le fait est que je voulais juste être loin des gens pour un moment. Il y avait eu beaucoup de morts, et je voulais que ces pauvres vieilles dames aient un peu de respect alors qu'elles partaient pour un nouveau voyage.

— Quand quelqu'un t'a vue et en a profité. On dirait que tu as accumulé les ennemis.

— Peut-être. Je me demande aussi, bien que je n'aie aucune raison de le penser… mais je me demande si ça aurait pu être mon ex.

— Tu avais l'air assez catégorique en disant que ce n'était pas lui.

— C'est vrai, mais ensuite j'ai commencé à y réfléchir, et, si Nick avait déjà commencé une enquête sur lui et signalé les inconvenances de sa bimbo avocate, il est fort possible qu'il aurait fait son possible pour me faire taire.

— Y compris te tuer ?

— Mais il ne m'a pas tuée, n'est-ce pas ?

— Non, mais ça ne veut pas dire qu'il n'y pensait pas.

— En effet, ou c'était juste un avertissement.

— Les avertissements sont généralement assez clairs. Dans ce cas, quelqu'un t'a attaquée, et tu n'as même pas eu l'occasion de te défendre.

Doreen fronça les sourcils.

— Ça aurait aussi pu être en lien avec n'importe laquelle des autres affaires sur lesquelles j'ai travaillé.

— Oui, comme je l'ai dit, nous avons une myriade de suspects dans cette affaire concernant ton agresseur.

— Je suppose que je me suis fait un tas d'ennemis.

Elle s'adossa au dossier de sa chaise et regarda Mack avec consternation.

— Je voulais tellement me faire des amis ici, tu sais ? Je voulais simplement vivre au sein d'une communauté où je me se serais sentie désirée et où j'aurais eu ma place, murmura-t-elle. Au lieu de cela, j'ai fait tout le contraire.

— Pas du tout, mais ton besoin d'aider les gens, cette curiosité et la façon dont ton esprit fonctionne, t'ont attiré sans cesse pas mal d'ennuis. Et, avec cela, nous avons des gens mécontents.

— Tu crois vraiment qu'ils en ont après moi ? demanda-t-elle, en regardant par la fenêtre de la cuisine. Je ne pensais pas m'être fait autant d'ennemis.

— Un seul suffit, lui rappela-t-il.

— C'est certain, n'est-ce pas ?

— Et peut-être que c'est quelqu'un qui n'a rien à voir avec tout ça.

— Ce qui serait encore pire, car nous n'aurions aucune idée de par où commencer. Ce serait une affaire de danger inconnu, et nous n'aurions aucun moyen de retrouver quoi que ce soit.

— Et avant que tu ne poses la question, oui, nous avons vérifié les véhicules entrant et sortant du cimetière.

— Et alors ?

— Une location, marmonna-t-il. On a retrouvé sa trace et on a découvert qu'elle était louée par un certain John Smith.

Doreen rit.

— Wouah, ils n'essaient même pas d'être originaux.

— En effet, ce qui nous amène à penser que c'était délibéré. Délibéré de louer un véhicule. Délibéré d'aller au cimetière. Mais était-ce délibéré de t'attaquer ? C'est la partie que nous ne pouvons pas confirmer avec certitude.

Chapitre 24

DOREEN ET MACK terminèrent leur repas, puis ce dernier proposa :

— Viens. Prenons notre café sur la terrasse.

— Même s'il n'y a pas de chaise ?

— Tu peux t'asseoir dans le fauteuil. Je vais m'asseoir sur les marches.

— Tu penses qu'on réussira à trouver une table et des chaises ? demanda-t-elle. Ce serait vraiment très agréable de manger ici.

— Je suis sûr que oui, et je ne pense pas que ce sera si cher que ça. Même neufs, les ensembles bon marché coûtent quelques centaines de dollars, donc nous devrions être en mesure de trouver quelque chose de moins cher que ça.

— Ce serait vraiment sympa, acquiesça Doreen en souriant.

Ils firent la vaisselle rapidement avant de préparer du café. Puis, quand elle essaya d'ouvrir la moustiquaire, celle-ci ne bougea pas. Doreen gloussa.

— Il a encore frappé ?

Mack la regarda avec indignation, puis jeta un coup d'œil à travers la vitre.

— Sérieusement ?

— Je ne serais pas du tout surprise, dit-elle. Mais je n'ai rien entendu.

— Moi non plus. Je vais me faufiler sur le côté. J'ai regardé dehors tout le temps, ça a dû se produire quand j'ai mis le café en route.

Il se retourna et courut vers la porte d'entrée.

Elle pensait qu'il passerait par le côté droit, mais au lieu de cela, il fit le tour de la maison de Richard, et peu de temps après, elle entendit un cri et s'extasia.

— On dirait qu'il l'a eu !

Mugs se mit à aboyer, et Thaddeus cancanna :

— Grand gaillard, grand gaillard.

— Eh bien, Mack est notre grand gaillard, concéda Doreen en regardant le perroquet. Tu ne serais pas confus quant à l'identité du grand gaillard ?

Il agita sa tête de haut en bas et battit des ailes.

— Grand gaillard, grand gaillard.

Soudain, la pierre fut retirée et la porte s'ouvrit à la volée. Mack se trouvait derrière, avec un regard furieux, tenant un enfant maigrelet par le bras.

— Tu connais ce garnement ? interrogea-t-il.

Doreen dévisagea le garçon, fronça les sourcils et répondit :

— C'était l'un des enfants qui poursuivaient Thaddeus le long de la rivière.

Elle regarda de nouveau Thaddeus.

— C'est pour ça que tu cries, grand gaillard, n'est-ce pas ?

— Grand gaillard, grand gaillard, grand gaillard.

Mack regarda le volatile, puis le gamin.

— Qu'est-ce que tu lui veux à cet oiseau ? demanda-t-il.

— Je ne sais rien de ce piaf ! protesta-t-il.

Mack relâcha sa prise, et l'adolescent rajusta son T-shirt avant de les fusiller, lui et Doreen, du regard.

— Je n'ai rien fait.

— Eh bien, tu as violé ma propriété, répliqua Doreen, en l'étudiant calmement. On dirait qu'il vient du même quartier.

Cette dernière remarque était à destination du policier.

— Il est loin de chez lui alors, constata celui-ci.

— Il a pu venir en vélo sans problème. Ce n'est pas si loin que ça à vol d'oiseau. Surtout qu'il est de l'autre côté de l'éco-centre.

Mack fronça les sourcils, en fixant le gamin.

— Comment tu t'appelles ?

Mais il se renfrogna, et fourra ses mains dans ses poches.

— Emmène-le au poste et enferme-le pour la nuit, proposa Doreen. Peut-être qu'au matin, il sera plus disposé à parler.

Le gamin commença à bredouiller.

— Qu'est-ce que tu crois ? lui demanda-t-elle. Tu laisses des menaces sur le pas de la porte des gens. Tu t'introduis sur les propriétés, et te voilà à essayer de voler mon oiseau. Tu penses que l'on va t'accueillir chaleureusement ?

Plus Doreen parlait, et plus l'indignation se faisait entendre dans sa voix.

— Je n'essaie pas de le voler, répondit-il en regardant Thaddeus, puis ses épaules s'affaissèrent. Mais ça ne me dérangerait pas de l'avoir.

— Eh bien, ce ne sera pas le cas. Il est à moi.

— Tu ne t'occupais pas de lui ! rétorqua l'adolescent avec un regard noir.

— C'est-à-dire ?

— Je l'ai vu au cimetière, il était tout seul, et personne n'était là pour s'occuper de lui.

Elle se retourna et jeta un regard furieux à Mack, qui eut au moins la bonne grâce d'avoir l'air de s'excuser.

— En fait, j'ai été attaquée et j'étais inconsciente dans le cimetière. Par hasard, tu ne saurais pas quelque chose à ce sujet ?

Le gamin la regarda avec surprise, puis l'oiseau, et enfin Mack.

— Quoi ? Pourquoi je serais au courant ? Je n'étais même pas dans le cimetière !

— L'inspecteur ici présent cherchait à savoir pourquoi je n'étais pas chez moi et a récupéré mes animaux au passage. À vrai dire, mes animaux m'ont retrouvée inconsciente dans le cimetière. Mack savait que j'étais allée à un enterrement, alors il est passé les chercher, car ils sont bien connus pour chercher les ennuis, expliqua Doreen, faute de mieux. Et ils m'ont effectivement trouvée, mais, quand je me suis réveillée, avec les ambulanciers et la police autour de moi, Thaddeus avait disparu !

Le gamin se contenta de la regarder, bouche bée.

— Donc, tu es partie avec mon oiseau, tu l'as volé.

Il secoua la tête.

— Je ne savais pas qu'il était avec vous. Il était à quelques pas de chez moi.

— Ça m'étonnerait, intervint Mack, croisant ses bras sur son torse. Mais il est évident que ce n'est pas le genre d'animal que l'on attrape et qu'on emmène facilement. Depuis quand les gens font ça ? Tu fais ça avec les écureuils ? Les corbeaux ? Les chiens des autres ?

— Non, répondit-il, agité. Je pensais juste…

Puis il se tut.

— Et quel est le lien entre Thaddeus et le fait que tu as proféré ces menaces sur le pas de ma porte ? demanda Doreen, l'air furieux. Et pourquoi avec des pierres de mon propre jardin ? Tu pensais que je partirais, que je ne prendrais pas mon oiseau avec moi ou quelque chose comme ça ?

Le gamin haussa les épaules.

— Je pensais que peut-être, si vous partiez un week-end ou plus, vous laisseriez les animaux, et que je pourrais venir les chercher.

— OK, alors maintenant tu anticipes une effraction pour voler mes animaux ? s'offusqua-t-elle, encore plus indignée.

Elle jeta un regard furieux à Mack.

— Il y a sûrement des charges que nous pouvons déposer contre lui pour ça.

— Ce n'est pas juste, protesta le garçon. C'est juste qu'il est mignon.

En entendant cela, Thaddeus parcourut l'épaule de Doreen de long en large.

— Mignon. Thaddeus est mignon. Thaddeus est mignon.

Elle dévisagea le perroquet.

— Ne laisse pas ça te monter à la tête, mon grand.

— Grand gaillard, grand gaillard, grand gaillard, réagit-il sur-le-champ.

Elle leva les yeux au ciel.

— Il est apparemment assez confus sur le sujet *grand gaillard*.

— Non, il disait ça quand il était avec moi, indiqua le gamin.

— En parlant de ça, où l'as-tu emmené ? demanda-t-elle en étudiant attentivement son visage.

— Dans ma chambre.

— Et où est ta chambre ? interrogea Mack.

L'adolescent pinça les lèvres.

— Tu ferais mieux de me le dire, car je le découvrirai de toute façon, insista le policier. La différence, c'est que je serai énervé d'avoir fait le travail moi-même.

Finalement, le gamin donna son adresse, ce qui les situa dans la même zone que celle qu'ils avaient examinée.

— Au moins, c'est sympa de savoir qu'on cherchait dans le bon coin du quartier, dit Doreen. Comment tu t'appelles ?

Il se tut à nouveau.

— Tu crois qu'on ne va pas le découvrir ?

— Abner, répondit-il à voix basse.

— Eh bien, Abner. Tu comprends que ce que tu as fait est grave ?

Il haussa les épaules.

— Je n'ai pas fait grand-chose. J'espérais vraiment avoir l'oiseau.

Son regard se fixa sur Thaddeus.

— Il est vraiment unique, ajouta-t-il.

— C'est vrai, mais ce n'est pas seulement un oiseau, déclara Doreen, il fait partie de ma famille.

Le garçon écarquilla les yeux.

— Qu'est-ce que vous voulez dire ?

— Il est comme un enfant pour moi. Ils le sont tous. Ils dorment dans ma chambre. Ils m'accompagnent partout. Ils sont même impliqués dans toutes mes enquêtes sur les affaires non résolues. Je ne peux pas te donner Thaddeus comme s'il était un vulgaire caillou. Il a des sentiments, de la sympathie et une loyauté… envers moi.

— Mais s'il restait avec moi assez longtemps, il deviendrait ma famille.

Doreen se figea un instant en entendant l'envie dans la voix du jeune garçon.

— Tu vis avec ta mère ?

Il secoua la tête.

— Tu habites où ?

Il eut l'air légèrement confus.

— Ah, tu vis dans une famille d'accueil, n'est-ce pas ?

Il hocha lentement la tête.

— Mais j'ai bientôt 18 ans, et je déménagerai à ce moment-là.

— Il est presque impossible de trouver un endroit qui accepte un oiseau comme celui-ci, dit-elle. Et tu ne peux pas le partager, car il ne serait plus à toi. Il deviendrait l'oiseau de tout le monde.

Il fronça les sourcils et regarda au loin.

— De plus, ce n'est pas une option, conclut-elle fermement. Thaddeus est à moi. Il fait partie de ma famille. Il était à ma grand-mère avant moi et il a toujours une place importante dans cette famille.

Ses épaules s'affaissèrent à nouveau et il acquiesça lentement.

— L'as-tu montré à quelqu'un d'autre dans ton foyer ?

— Non, à personne. Mais vous savez quoi ? Il s'est enfui de chez moi.

— Qu'est-ce que tu veux dire ? intervint Mack.

— Je l'ai perdu pendant un petit moment. Je sais que je l'avais enfermé dans ma chambre, mais, quand j'y suis retourné, il n'était plus là.

— C'est intéressant. Où l'as-tu retrouvé ?

— Je l'ai aperçu dans le jardin, et ensuite, quand je suis allé le chercher, il a disparu.

— C'est parce qu'il rentrait à la maison, expliqua Doreen.

— Je ne sais même pas comment il a fait pour revenir ici, dit-il.

— Il flottait sur une branche, répondit-elle en désignant la rivière derrière lui, et j'ai bien vu quelques garçons le poursuivre.

— L'un d'entre eux était roux ? demanda-t-il avec colère.

— Oui, mais tu faisais partie de la bande, n'est-ce pas ?

— J'étais en contrebas de la rivière, alors je ne l'ai pas vu.

— Je pensais que c'était toi, dit Doreen, confuse.

— Non, c'était sûrement mon cousin. Il me ressemble comme deux gouttes d'eau.

— C'est possible, consentit-elle, en se rappelant qu'il était assez loin pour ne pas l'identifier formellement. Le problème, c'est que, comme ils le poursuivaient, je ne sais pas à qui faire confiance quand il s'agit d'enfants. Tout le monde ne serait pas en mesure de prendre soin de lui.

Immédiatement, Abner hocha la tête.

— Je sais.

— Et c'est quoi ton problème avec le rouquin ? interrogea Mack.

— C'est un autre enfant de la famille d'accueil, mais il est vraiment méchant.

— Alors, il t'a vu avec l'oiseau ?

— J'ai essayé de lui cacher, mais il a dû le voir. Puis il lui a probablement ouvert la porte de ma chambre.

— Y a-t-il d'autres enfants dans ce foyer d'accueil ?

— Non, il n'y a que nous deux. Quelques enfants font des allées et venues.

— Y a-t-il une mère ?

Encore une fois, il réfuta en secouant la tête.

— Intéressant. Et Isaac ?

Pendant un instant, le gamin eut l'air confus, puis il les fixa en fronçant les sourcils.

— Isaac ?

— Le petit garçon du quartier.

Son regard s'éclaircit.

— Oh. C'est juste un gamin du quartier, répondit-il en haussant les épaules. Il traine toujours plus ou moins dans les parages. Il a des problèmes s'il joue avec nous.

— Et tu sais qui sont ses parents ?

— Je sais qu'il vit dans une des maisons. Mais je ne sais rien à propos de ses parents.

— A-t-il au moins des parents ?

— Je n'en sais rien. Tout le monde y va doucement avec lui… Il est différent.

— Tu veux dire qu'il a des problèmes ? Peut-être des problèmes mentaux ? interrogea Doreen.

— Peut-être. Je ne sais pas vraiment. Je ne pense pas qu'il aille à l'école.

— C'est intéressant, murmura-t-elle.

Après avoir étudié Mack, elle se retourna vers l'enfant.

— Je pense que tu dois nous montrer où tu vis. Nous allons te ramener chez toi, et tu pourras nous montrer.

— Non ! s'écria-t-il. Ne faites pas ça. S'il vous plaît. Ma famille d'accueil va être très en colère contre moi.

— Et quand ils sont en colère contre toi, que font-ils ? demanda Mack.

— Ils s'énervent, répondit-il. Randy n'aime pas qu'on ait des problèmes.

Mack se figea.

— Ton ami, Randy ? s'enquit Doreen en le regardant.

— Connaissance, corrigea-t-il.

Elle hocha la tête, en regardant Abner, qui étudiait

maintenant Mack avec incertitude. Comme si cela signifiait qu'il était maintenant moins digne de confiance parce qu'il connaissait Randy.

— Écoute, Abner. Est-ce que Randy t'a déjà fait du mal ? demanda-t-elle.

— Non. C'est juste que ce n'est pas comme une vraie maison.

— Je comprends. Je veux juste m'assurer que Randy ne te frappe pas ni ne t'enferme.

Doreen utilisa ce terme à dessein à cause de la note qu'elle avait vue. La note que Thaddeus avait ramenée à la maison, attachée à sa patte.

— Non, Randy ne nous fait rien.

Elle vit une partie de la tension dans les épaules de Mack se relâcher.

— Qu'en est-il du reste des gens du quartier ?

— C'est comme n'importe quel endroit. Quelques dealers, quelques ivrognes. Tout le reste, ça va.

— Tu vis bien là-bas ?

— Oui. Randy s'assure que nous ayons beaucoup à manger. Nous lui avons parlé d'Isaac. Il était assez protecteur. Tout le monde l'est.

— Peut-être parce qu'il est spécial, déclara Doreen. Ça fait souvent ressortir le côté protecteur chez les gens.

— Peut-être, marmonna-t-il.

Il se retourna et regarda au sol pour donner un coup de pied à une pierre, puis il réalisa que c'était la pierre qu'il avait placée là. Il grimaça devant ce souvenir.

— C'est toi qui as mis la première là, Abner ?

— J'ai vu quelqu'un le faire, répondit-il. Alors je me suis dit que c'était peut-être ce qu'ils essayaient de faire.

— Qu'est-ce que tu veux dire ? s'enquit Mack.

Abner le regarda avec surprise et fit un demi-pas en arrière.

— Eh bien, je viens de mettre celle-ci ici.

Doreen se pencha et ramassa la pierre, remarquant qu'elle était beaucoup plus petite et que l'écriture était très différente.

— Quand as-tu vu quelqu'un faire ça ?

— Il y a deux jours.

— Peux-tu le décrire ?

— Il faisait déjà assez sombre…

Ses mains retournèrent dans ses poches, tandis qu'il se balançait nerveusement.

— Le reconnaîtrais-tu ?

Abner secoua vivement la tête.

— Je ne pense pas. Je ne l'avais jamais vu auparavant.

— Il était grand ou petit ?

Mack émit un bruit soudain et sortit son téléphone. Il fit défiler plusieurs photos, puis brandit l'appareil devant l'adolescent.

— C'était ce type ?

Le gamin regarda la photo, puis Mack avec surprise, et s'exclama :

— Ouais ! C'est lui. Comment avez-vous su ?

Immédiatement, Mack retourna le téléphone pour montrer la photo à Doreen.

Elle provenait des captures d'écran des caméras de surveillance du cimetière. C'était le type qu'elle avait reconnu et qu'ils essayaient de retrouver. Celui qui travaillait pour son ex. Snoz.

— Regarde ça, John Smith, ou Snoz comme je l'appelais dans ma tête, dit-elle. Quelle surprise.

— John Smith ? C'est son nom ? demanda le gamin,

dubitatif.

— Eh bien, c'est le nom qu'il a utilisé pour louer une voiture.

— Je n'ai pas vu de voiture en tout cas. Il est sorti par le côté de la maison, et il est parti par là.

— Et pourquoi étais-tu ici ?

— Je viens souvent à la rivière, expliqua-t-il. Juste pour m'évader. Ma vie n'est pas si géniale que ça parfois.

— Oh oh, déclara Doreen à voix haute, et le garçon la regarda avec surprise.

— Qu'est-ce que vous voulez dire ?

— Es-tu sérieusement déprimé ? demanda-t-elle, et il voûta les épaules. Abner… Qu'est-il arrivé à ta famille pour que tu te retrouves en famille d'accueil ?

Plusieurs secondes s'écoulèrent.

— Mon père s'est suicidé.

— Je suis vraiment désolée, Abner. Il y a combien de temps ?

— Il y a six mois, environ.

Il se retourna pour regarder la rivière.

— C'est pour ça que tu viens t'asseoir au bord de la rivière ?

Il se balançait, mal à l'aise.

— Est-ce que tu penses à faire la même chose ? demande-t-elle gentiment.

— Non, cingla-t-il, les épaules raides.

— Je comprendrais que tu y penses parfois, ajouta-t-elle tranquillement. J'y ai déjà pensé moi-même.

— Sérieusement ? répliqua-t-il en la regardant droit dans les yeux.

Elle hocha la tête, puis croisa les bras sur sa poitrine.

— La vie peut être assez dure, et parfois on peut arriver à

un point où on pense que c'est peut-être la meilleure solution.

— J'y ai déjà pensé, concéda-t-il. C'est peut-être pour ça que j'ai trouvé la rivière à l'origine. Normalement, je m'assieds plus haut à l'entrée de l'éco-centre, mais c'est vraiment joli ici. C'est assez loin de ma maison.

— Où est ton vélo ? demanda Mack.

L'adolescent le regarda avec surprise, puis désigna l'autre côté de la rivière.

— Tu sais que tu peux tomber à tout moment, n'est-ce pas ?

— C'est déjà arrivé. Plusieurs fois, avoua-t-il. C'est peut-être pour cela que je n'y pense plus autant.

Elle savait qu'il y avait autre chose, mais il n'était pas très communicatif. Et puis elle comprit.

— Parce que tu as eu peur et que tu as failli te noyer, alors ça t'a fait réfléchir ?

— Oui… J'ai juste encore un peu de chemin à parcourir pour passer le cap de la famille d'accueil.

— Et ensuite ? s'enquit Mack.

— Je ne sais pas. J'espérais aller à l'université, mais j'ai besoin d'argent pour ça.

— Ça dépend, dit le policier. Cela dépend de ce que tu recherches et de la disponibilité des bourses. Il y a toutes sortes d'options.

— Pas pour un enfant comme moi.

— Et ton cousin ? A-t-il de la famille ?

— Oui, c'est pour ça que je suis dans cette famille d'accueil. Mon oncle habite au coin de la rue.

— Et il n'a pas voulu t'accueillir ?

— Non, mais je ne voudrais pas y vivre de toute façon. C'est un ivrogne.

— Il est méchant quand il est saoul ?

— Ouais, super méchant. Le contraire est possible ?

Elle sourit.

— Le genre pleurnichard, le genre joyeux, répondit Doreen, mais il semble que les ivrognes méchants soient les plus courants.

— En effet, acquiesça-t-il en commençant à reculer. Je dois y aller…

— D'accord, mais on va te ramener chez toi, indiqua Doreen.

— J'ai mon vélo, dit-il, en descendant les marches de la terrasse. Je dois rentrer.

Elle le regarda, puis se tourna Mack, et demanda à celui-ci :

— As-tu besoin d'autres informations de sa part ?

— Non, j'ai tout ce qu'il me faut.

Chapitre 25

DOREEN NE LAISSA pas à Mack l'occasion d'en dire plus, puis hocha la tête et déclara :

— Nous savons où tu habites.

Abner grimaça.

— Ça veut dire que vous allez me poursuivre ? demanda-t-il, en se tournant vers le policier pour le regarder avec audace.

Doreen secoua prestement la tête.

— Pas pour le moment, répondit-elle, et Mack la fusilla du regard.

Elle haussa les épaules.

— C'est moi la propriétaire. Et en plus, Abner, tu nous as aidés à identifier la personne que tu as vue mettre la pierre derrière la porte. Merci pour ton aide.

Mack les dévisagea tous les deux, furieux.

— Comme vous l'avez dit, vous savez où j'habite.

Puis il partit.

Mack s'apprêta à le suivre, mais Doreen attrapa son bras et dit :

— Ça ne sert à rien.

Il hocha la tête, tout en se détendant.

— C'est instinctif, admit-il.

— Je sais, mais réfléchis. Nous savons où il vit. Et maintenant ? Je ne sais pas. Nous allons devoir digérer tout ça. Je pense que nous devons faire des recherches plus approfondies dans ce quartier, suggéra-t-elle en regardant sa propriété et au-delà.

— Pourtant, si tu ne portes pas plainte pour violation de domicile, on ne peut pas faire grand-chose.

— Non, mais il est évident que cette histoire avec Isaac est étrange.

— Mais ça ne te parle pas, marmonna-t-il.

— Quelqu'un a envoyé ce message avec Thaddeus.

— Mais tu n'as jamais demandé à Isaac ce qu'il en était, n'est-ce pas ?

Elle secoua la tête.

— Non. J'ai toujours l'impression que quelque chose se cache derrière tout ça.

— Moi aussi, mais je dois y aller.

Quelques minutes plus tard, il était déjà parti, et elle avait promis de fermer à clé. Mais, alors qu'elle allait verrouiller la porte d'entrée, un véhicule s'arrêta dans son allée. Elle se figea et fronça les sourcils. Accueillir des étrangers était la dernière chose qu'elle souhaitait, et évidemment, Mack était déjà parti. Cela n'aurait pas dû faire de différence, mais c'était le cas, bizarrement.

Elle attendit que la personne en question sorte de la Jaguar. Elle ricana. L'époque où elle conduisait des voitures de luxe comme celle-ci était révolue. Elle se souvint de toutes les antiquités, et se réjouit. Peut-être que son visiteur était quelqu'un qui avait un lien avec le monde des antiquités. Elle dévala les marches du porche et s'arrêta net. La portière de la voiture s'ouvrit, et une femme sortit dans la lumière du soleil.

Doreen haleta et resta plantée là, à regarder fixement.

— Que faites-vous ici ? s'écria-t-elle, horrifiée.

Son ex-avocate se retourna et lui lança un regard noir.

— Je suis ici à cause de vos satanés problèmes.

Doreen recula instinctivement de plusieurs pas. Elle avait laissé la porte d'entrée ouverte, et fut soulagée de voir Mugs et Goliath assis sur la première marche. Aucun d'entre eux ne se montrait agressif, mais ils ne remuaient pas vraiment la queue en signe de bienvenue non plus.

— Je ne veux rien avoir à faire avec vous, alors vous pouvez partir.

— Je n'irai nulle part tant que je ne vous aurai pas parlé, grogna l'avocate.

— Je ne vous parlerai pas ! Si vous voulez me parler, passez par mon avocat.

— Ça ne changera pas grand-chose. Votre avocat m'a déjà causé assez d'ennuis.

— Ce n'est pas de ma faute, marmonna Doreen en continuant de reculer, jusqu'à arriver au niveau de ses animaux.

Juste à ce moment-là, Thaddeus sauta sur son épaule par-derrière, et la fit sursauter.

La femme se mit à ricaner telle une sorcière et dit :

— Mais qu'est-ce que c'est que ce truc ? C'est dégoûtant. Pourquoi est-il sur votre épaule ?

Le dos de Doreen se raidit face à cette insulte.

— Thaddeus est un gris du Gabon. Il se trouve que c'est un de mes amis, et je serai contrariée si vous continuez à l'insulter.

— Qu'allez-vous faire ? dit-elle, avec une pointe de raillerie dans la voix.

— Je n'ai rien à faire. Tout est déjà en marche.

L'avocate fronça alors les sourcils.

— C'est pour ça que je suis là, expliqua-t-elle. Vous devez rappeler vos chiens.

— Pourquoi diable ferais-je cela ?

— Pour l'argent.

Pendant un instant, Doreen réfléchit à ce que cet argent pourrait lui apporter, et elle détesta cette idée.

— Non. Pas intéressée.

— Bien sûr que si. Regardez dans quelle misère vous vivez. Et ce après avoir déménagé de maison en maison tel un cas social pendant des mois.

— Eh bien, cela a dû vous mettre particulièrement en joie, puisque vous dormiez dans mon lit ! Ah, mais ce n'est pas un lit très confortable, n'est-ce pas ? Surtout si l'on pense à la personne avec qui vous devez le partager.

L'avocate ricana.

— C'est tout à fait vrai, acquiesça-t-elle. Mais c'est toujours mieux que d'être seule et fauchée.

— Non, pas dans mon cas. Je suis très bien où je suis, merci. Maintenant, vous pouvez partir. Vous n'êtes pas la bienvenue ici, et, si vous continuez à empiéter sur ma propriété, j'appellerai la police, la prévint Doreen.

— Vous croyez vraiment que la police va s'intéresser à ce que vous dites ? Vous n'êtes personne ici.

— Peut-être, ou peut-être pas, répliqua-t-elle en sortant son téléphone. Êtes-vous prête à prendre ce risque et à voir votre nom sali par une arrestation pour intrusion et harcèlement ?

— C'est déjà fait ! s'écria l'avocate. Comment osez-vous essayer de ruiner ce que j'ai.

— Oh, comme si ce n'était pas ce que vous avez fait avec moi ? rétorqua Doreen.

— Vous n'aviez rien. Vous étiez trop stupide pour voir ce que vous signiez, et ce n'est pas comme si vous pouviez revenir sur vos pas à présent.

— Cela reste à voir, mais je n'aurai pas cette discussion avec vous. Comme je l'ai dit, si vous avez des problèmes avec moi, veuillez contacter mon avocat.

— Je ne contacterai pas votre satané avocat. Vous pouvez me parler maintenant.

— Au revoir, la salua Doreen, et elle rentra chez elle accompagnée de ses animaux avant de fermer la moustiquaire. Elle attendit, le souffle coupé, de voir ce que l'avocate allait faire. Bien sûr, celle-ci se précipita sur les marches du porche. Doreen recula immédiatement et ferma également la porte d'entrée en bois. Son cœur battant la chamade, elle resta figée dans son salon à écouter l'avocate frapper à la porte en hurlant. À un moment donné, elle crut l'entendre utiliser son sac à main pour frapper le bois. Elle activa rapidement le dictaphone de son téléphone et enregistra Robin rugir d'indignation. Ce fut alors que le téléphone de Doreen sonna.

— Qu'est-ce qui se passe ? demanda Mack.

— Mon ex-avocate ! s'écria-t-elle. Elle est ici, en train d'attaquer ma porte. Elle veut me parler, et je l'ai renvoyée plusieurs fois vers mon avocat, ce qui ne lui a pas plu du tout.

— Celle qui t'a dupée ?

— Oui. Elle est arrivée juste après que tu sois parti, donc je me demande si elle n'attendait pas ton départ.

— J'arrive. J'ai deux mots à lui dire.

— Ce sera trop tard. Cette femme a tout planifié avec soin.

— C'est bon. Je suis déjà dans mon véhicule, je viens

chez toi.

— Comme tu peux l'entendre, elle crie encore. Je lui ai dit que j'allais appeler les flics, mais elle ne m'a pas cru et a dit que je n'étais personne ici.

Mack rit.

— Tu es peut-être arrivée en tant qu'inconnue, mais tu t'es vite fait connaître.

Sur ce, il raccrocha.

Doreen colla sa tête contre la fenêtre du salon.

— Vous feriez mieux de partir d'ici, suggéra-t-elle. J'ai appelé les flics.

Robin la regarda d'un air incrédule, puis elle haussa les épaules et répliqua :

— Ce n'est pas un comportement digne de ce nom.

— Vous êtes une sacrée mégère, non ? s'enquit Doreen. Je suppose que mon ex l'a découvert et qu'il vous largue déjà.

— Non, il me largue à cause de votre fichu avocat.

— Oh mon Dieu, c'est trop drôle ! s'exclama-t-elle en se mettant à rire.

Et, une fois lancée, elle ne pouvait plus s'arrêter. L'avocate en colère devant sa porte poussa un dernier cri de rage, puis dévala les marches.

Doreen sortit juste à temps pour la voir quitter son allée en marche arrière, faire demi-tour dans l'impasse, puis disparaître à grande vitesse à l'angle de la rue.

À peine trente secondes plus tard, Mack déboula dans l'allée et s'y gara. Il sortit avec un air furieux.

— Où est-elle ? rugit-il.

Doreen indiqua la direction dans laquelle elle était partie.

— Elle conduit une Jaguar vert foncé.

Il hocha la tête, sauta dans son pick-up et fila. Alors

qu'elle se tenait là, s'étonnant de la dernière tournure des événements, elle se mit à glousser. Que son ex laisse tomber cette femme comme une patate chaude à la suite de la pression exercée par Nick était bien trop amusant. Et tout cela s'était passé si vite. Mais son ex n'était pas du genre à aimer les histoires ni que quelqu'un traine son nom dans la boue.

Elle y réfléchit, et se demanda pour la première fois : *pourquoi ?* Cherchait-il à dissimuler des activités criminelles ? Elle en était quasiment certaine, mais elle ne voulait pas pénétrer dans ce monde. Même si elle avait gravité autour, tout avait été fait à son insu, et cela l'attrista encore plus.

Elle retourna dans son salon, puis se dirigea dans la cuisine pour mettre la bouilloire à chauffer avant de s'asseoir sur sa terrasse, en attendant le retour de Mack… s'il revenait. Au moment où elle s'installa à nouveau avec une tasse de thé fumant, son téléphone sonna. Pensant qu'il s'agissait de Mack, elle répondit immédiatement.

— Hé, tu l'as attrapée ?

Il y eut un silence au bout du fil, puis elle entendit la voix joyeuse de Nan.

— Attraper qui ? Dans quoi tu t'es fourrée à présent ? demanda-t-elle, tout excitée. Tu as trouvé une nouvelle affaire ?

Doreen gémit et se maudit.

— Non, répondit-elle. Désolée, Nan. Je pensais que c'était Mack. Non, il n'y a pas de nouvelle affaire.

— Dis-m'en plus. Dis-m'en plus ! La vie était si ennuyeuse avant que tu ne viennes habiter ici.

Doreen gémit de nouveau.

— Tu sais quoi ? Ça peut redevenir ennuyeux.

— Non, non, non. C'est tellement plus intéressant.

Alors, après qui en avons-nous maintenant ?

La jeune femme secoua la tête et rit.

— L'avocate du divorce qui m'a dupée, répondit-elle. Elle est venue ici, et a martelé ma porte en exigeant que je rappelle Nick.

— Nick, Nick, Nick, répéta Nan, comme si elle se demandait où elle avait déjà entendu ce nom.

— Le frère de Mack, l'avocat. Tu te souviens ?

— Oh, bien sûr ! s'écria-t-elle. Et elle veut que tu rappelles les chiens, hein ? Eh bien, ce sont de bonnes nouvelles, en effet. Nick a dû la mettre aux abois… sans mauvais jeu de mots.

— Bien dit, Nan. Apparemment, mon ex l'a laissé tomber à cause d'un truc que Nick a fait.

Sa grand-mère ne put s'arrêter de rire, en tapant dans ses mains et en gloussant.

— Oh, j'adore ça, dit-elle. La grande dame est tombée de son trône.

— Eh bien, je ne sais pas si elle est tombée, mais elle est clairement énervée en ce moment.

— Oh là là, se calma la vieille dame. Tu ne devrais pas rester seule, ma chérie. Une avocate méprisée et en colère ne prête pas à rire. Sans parler du fait que tu as mis un terme à son scénario plutôt tranquille et lucratif, et je vois un danger potentiel à chaque tournant.

— Elle était là, à crier et à hurler, et puis elle est partie juste avant que Mack n'arrive, alors il la pourchasse, en ce moment même, renchérit Doreen, avec un niveau de suffisance qui n'était pas du meilleur goût.

Mais que diable ? À certains moments de la vie, quand on peut prendre un moment pour apprécier ce qui se passe, elle aimerait bien voir cette femme trainée dans la boue. Elle se mit à glousser.

— Pour être honnête, je suis plutôt contente d'entendre qu'il l'a laissé tomber.

— Oh que oui, acquiesça Nan. Cet homme était insupportable, mais savoir qu'après avoir compromis sa carrière pour lui faire économiser un peu de son précieux argent, qu'il la mette à la porte, tout cela n'en est que plus délicieux. Est-ce qu'elle t'a menacée ?

— Non, pas du tout, répondit Doreen. Enfin, pas directement en tout cas.

— Penses-tu qu'elle va faire quelque chose de stupide ?

— C'est déjà fait. Elle est venue ici et a frappé à la porte, en fulminant et en criant. Mack l'a entendue quand je l'ai eu au téléphone, et j'en ai même enregistré une partie. Donc je devrais probablement écouter ça avant de le remettre aux autorités. Mais je ne pense pas qu'elle soit une menace sérieuse.

— J'espère que non. Ce qu'on ne veut pas, c'est qu'elle envoie ton ex à tes trousses. Cet homme est complètement cinglé.

— À qui le dis-tu, acquiesça sa petite-fille, avec émotion. Mais je ne pense pas qu'il faille s'inquiéter de cela.

Elle ne voulait pas inquiéter Nan.

— Il s'est probablement déjà débarrassé d'elle comme il s'est débarrassé de moi. Je suis certaine qu'il a déjà sa prochaine petite poulette dans sa ligne de mire.

— Tant mieux pour lui, dit Nan. Elles sont toutes venimeuses, et l'une de ces vipères se retournera un jour pour le mordre.

— J'ai hâte, conclut Doreen joyeusement.

Après cela, elle raccrocha et s'assit pour déguster son thé, un sourire suffisant sur le visage.

Puis un autre visiteur inattendu sonna à la porte.

Chapitre 26

DOREEN GROMMELA, MAIS se leva tout de même et se dirigea jusqu'à la porte d'entrée. Au lieu de l'ouvrir, elle attendit. Cette fois, Mugs se mit à aboyer comme un fou à la porte, et Goliath était aussi agité. Les aboiements de Mugs étaient juste assez menaçants pour qu'elle décide de zieuter à travers le rideau. Et elle vit l'homme de la photo de Mack. *Snoz.*

Celui que le gamin avait identifié comme ayant mis les pierres à sa porte. Celui qu'elle avait identifié comme ayant travaillé pour son ex. Elle hésita, puis laissa le rideau retomber délicatement. Elle envoya rapidement un message à Mack. Elle savait qu'il ne le lirait pas tout de suite, étant donné qu'il avait décidé de poursuivre la femme dans la Jaguar, mais ce type lui faisait peur. Elle mit son téléphone sur silencieux, tout en l'observant. Il sonna à la porte à plusieurs reprises. Puis le silence se fit, mis à part le bruit des animaux, mais il ne bougea pas.

Doreen entendit un drôle de bruit, et elle comprit qu'il essayait de crocheter la serrure. Elle courut jusqu'à la cuisine, verrouilla la porte arrière et régla le petit système de sécurité que Mack lui avait installé. Il n'avait pas encore été remplacé par quelque chose de plus qualitatif, et maintenant elle réalisa qu'elle devait s'en charger… rapidement. Une fois que ce fut fait, elle respira plus facilement et envoya un nouveau message à Mack. Mais Snoz travaillait toujours sur la porte d'entrée et, avec un peu de chance, dès qu'il aurait réussi à forcer la serrure, les redoutables sirènes se déclencheraient. Mais elle ne comptait pas non plus là-dessus. Parce qu'elle ne les avait encore jamais mises à l'épreuve de la sorte.

Elle avait apprécié ce petit sentiment de sécurité, sachant qu'elle avait un système d'alarme, mais que se passerait-il s'il ne fonctionnait pas ? Elle n'arrivait pas à croire que cet après-midi s'était dégradé si vite, et elle ne savait même pas pourquoi. Elle voulait simplement ouvrir la porte et demander à Snoz pourquoi il avait fait ça et pourquoi il était ici. Elle voulait lui demander si c'était lui qui l'avait attaquée au cimetière.

Mais, sa présence aujourd'hui était-elle liée à son ex ou à son avocate pour le divorce ? Ou les deux ? Cela était logique, et pas du tout logique, à la fois. Elle y réfléchit longuement et, sachant que Mack la détesterait pour ça, elle prit une décision. La journée n'était pas encore terminée, et si elle sortait en criant au meurtre, quelqu'un viendrait à son secours. N'est-ce pas ? Il y aurait au moins Richard. Mais là encore, elle n'avait pas été exactement la voisine qu'il désirait, alors peut-être qu'il serait parfaitement heureux de laisser quelqu'un l'assommer à nouveau.

Elle fronça les sourcils, et regarda Snoz continuer à s'acharner sur la serrure. Enfin, elle ouvrit la porte d'entrée dans le but de déclencher les sirènes, puis poussa la mousti-quaire avec force. Mais elle n'entendit aucune alarme. Elle regarda droit devant elle, choquée, tandis que l'homme la regardait avec un air furieux. Ne sachant pas quoi faire d'autre, Doreen passa à l'offensive.

— Alors, vous êtes revenu tenter votre chance et me frapper à la tête. C'est ce que vous faites, n'est-ce pas ? Attaquer des femmes vulnérables ?

Son regard se transforma en une vilaine grimace, et il tendit son poing, dans l'intention de la frapper. Mais elle le vit venir et bougea sa tête très légèrement à la dernière seconde, et son poing cogna le cadre de la porte en bois derrière elle.

Mugs avait déjà essayé de contourner les deux portes pour pouvoir attaquer ce type, et quand il réussit, le type lui donna un violent coup de pied, et le chien tomba au sol.

— Mugs ! Mugs !

Snoz lui a adressé un sourire narquois.

— Tu crois qu'un chien va m'empêcher de rentrer ?

— Je me fiche de ce qui vous empêche d'entrer ! s'écria-t-elle. Mais ça ne se fera pas sans coups.

Elle le poussa violemment, puis le poussa encore et encore.

Il recula très légèrement, et elle en profita pour le pousser vers les marches du porche. Il trébucha et tomba sur son postérieur, mais il se releva d'un bond.

— Tu es une menace, dit-il.

— C'est pour ça que vous avez essayé de me tuer ? s'écria-t-elle, effrayée de voir que Mugs ne bougeait pas. Richard ! Richard ! Au secours !

Presque immédiatement, la porte de son voisin s'ouvrit et il sortit pour regarder ce qui se passait.

— Appelez la police ! Appelez la police ! Ce type a essayé de me tuer dans le cimetière !

Il la regarda avec stupeur et claqua la porte après s'être précipité à l'intérieur.

Son agresseur ricana.

— Tu crois vraiment que ça intéresse quelqu'un ?

— Oui. Je suppose que vous travaillez pour mon ex.

Il la regarda avec surprise, et Doreen haussa les épaules.

— C'est son genre. C'est un fouineur qui n'accepterait pas de faire lui-même le sale boulot.

— Peut-être, répondit-il en l'étudiant avec intérêt. Il a dit que tu étais un sacré numéro.

— Il veut juste que je disparaisse discrètement et que je le laisse tranquille.

— Pourtant, tu fais tout le contraire, hein ? Dommage, mais je ne suis pas ici en son nom.

— Alors pourquoi êtes-vous ici ? C'est ma bimbo d'ex-avocate ? Parce qu'elle était juste ici à fulminer et à délirer aussi.

Snoz la regarda encore une fois avec surprise.

— Elle était là ?

— Quoi ? Tu la cherches aussi ?

Il sourit et répondit :

— C'est mon jour de chance.

— Pas si vous avez l'intention de me tuer, répliqua-t-elle. Je n'ai rien à voir avec quoi que ce soit.

— Peut-être, mais je travaille pour beaucoup de gens, d'ici et d'autres régions. Tu as énervé des gens intéressants.

Doreen le dévisagea.

— Vous êtes en train de dire que vous n'êtes pas là à cause de mon ex ?

Il secoua lentement la tête, le cœur de la jeune femme se figea quand elle vit son sourire mauvais.

— Alors qui vous a engagé ?

Elle posa la question lentement et avait peur de la réponse.

— Quelqu'un qui ira en prison pour un très long moment, à moins que tu ne fasses plus partie de ce monde.

— Non, non, non. Tous ceux qui vont en prison le méritent parce qu'ils ont fait des choses terribles.

— Mais, si tu es la seule à avoir quelque chose à dire, alors peut-être pas.

Doreen fouilla mentalement dans les affaires classées, en essayant de comprendre.

— Non. Tout le monde a été trouvé avec des corps ou des preuves de ce genre. Regardez Steve. Combien de cadavres ont été enterrés dans son jardin ?

— Je ne sais rien de lui, dit-il, avec un intérêt accru. Je devrais peut-être le contacter. Il pourrait avoir besoin de quelque chose pour rendre sa vie un peu plus facile.

— C'est tout ce que vous faites ? Vous aidez tous ces criminels ?

— Pourquoi pas ? Quelqu'un doit s'en charger, et beaucoup de ces criminels ont de l'argent. Beaucoup d'argent.

— C'est vrai, acquiesça-t-elle en le regardant fixement. Mais pas moi.

— C'est parce que tu ne connaissais pas les règles du jeu.

— Alors, qu'est-ce que vous allez faire, juste me tirer dessus ?

— Eh bien, c'est censé ressembler à un accident.

— Cela signifie que personne ne saura que c'est vous.

— Personne ne saura que c'était moi.

— Ça n'avait pas l'air d'un accident quand vous m'avez assommée au cimetière l'autre jour.

— Ouais, c'était une tentative précipitée, se justifia-t-il. Quelques sans-abri étaient là, et je me suis dit qu'on allait leur faire porter le chapeau.

— Je ne les ai même pas vus, répliqua-t-elle, surprise.

— Non, ils sont partis en même temps et ont pris la mauvaise direction, marmonna-t-il. Donc ce qui aurait dû s'avérer facile a échoué.

— Et au lieu de ça, tu as été repéré par les caméras, dit-elle, avec un sourire.

Il la regarda, choqué, et elle hocha la tête.

— Donc tu n'es pas non plus très doué.

— Je suis largement assez doué pour m'occuper de ton cas.

— Et cette personne veut vraiment que tu me tues ? demanda-t-elle tristement. Suis-je si mauvaise que ça ?

— Elle va passer le reste de sa vie en prison à cause de toi.

Doreen se figea.

— C'est une femme ?

— Cette personne, se corrigea-t-il immédiatement.

— Non, non, non. Tu as dit « *elle* », j'ai parfaitement entendu.

Elle haleta.

— Penny ! Oh, mon Dieu, Penny est derrière tout ça.

Elle le regarda d'un air choqué.

Snoz lui plaqua à la vitesse de la lumière une main sur la bouche et la repoussa dans sa maison. Elle essaya de crier, mais aucun son ne sortait, et sa prise était aussi serrée qu'une pince. Presque au même moment, Goliath griffa ses jambes. Il rugit, puis attrapa le chat par la peau du cou et le jeta à travers la pièce.

Doreen libéra sa bouche et hurla.

— Ne touchez pas mon chat comme ça !

Il la gifla violemment au visage. Sa tête heurta la porte, et elle glissa lentement sur le sol. Goliath revint en courant, et Mugs était à présent debout. Il aboyait et grognait comme un chien enragé. Même Thaddeus vola vers l'homme, lui jetant ses ailes au visage tout en grimpant sur lui.

Son agresseur gronda.

— Cet endroit est un zoo, s'exclama-t-il, et il sortit son arme avant de tirer en l'air.

Presque instantanément, la maison devint silencieuse. Doreen regarda autour d'elle, paniquée, mais ne vit aucun signe de Goliath, Mugs, ou Thaddeus.

Snoz scruta lui aussi la pièce.

— Où sont-ils ? Où sont ces fichues créatures ? cria-t-il. Je vais d'abord les tuer et toi ensuite.

— Et en quoi ça ressemblera à un accident ? demanda-t-elle calmement.

Il pointa le canon du pistolet entre ses yeux.

— Je vais prendre ton corps et te faire plonger dans le lac, hurla-t-il. J'en ai plus rien à foutre, et je vais tuer tes stupides animaux.

Il avait une grosse égratignure sur le visage et sa main saignait.

— Où sont-ils ?

— De quoi parlez-vous ?

— Les animaux. Où sont-ils ?

— Je suis sûre qu'ils se cachent, répondit-elle en portant une main à sa tête qui tambourinait.

— Lève-toi. Tu viens avec moi, marmonna-t-il, et il la força à se lever.

Tremblante, elle bougea, puis s'arrêta.

— Vous pourriez me laisser ici, vous savez ?

— Ça ne me servira à rien, et je ne serai pas payé en plus de ça.

— Penny ne peut pas vous payer. Elle est fauchée.

— Eh bien, elle n'est apparemment pas si fauchée que

ça, maugréa-t-il. L'argent est déjà en dépôt fiduciaire.

Doreen ne savait pas ce que cela signifiait, mais il semblait certain qu'il serait payé d'une manière ou d'une autre.

— Elle ne peut pas me détester à ce point.

— Qu'est-ce que tu croyais ? Que vous resteriez les meilleures amies après ça ? Tu la mets en prison à perpétuité.

— Elle a tué des gens, répondit-elle.

— Et alors ? Moi aussi.

— Vous êtes sûr que vous ne faites pas ça pour mon ex ?

Il s'arrêta, la regarda et s'enquit :

— Tu es stupide ou quoi ?

— Non, je ne suis pas stupide, mais je ne suis pas vraiment heureuse.

Il regarda par la fenêtre à l'avant de la maison, comme s'il se demandait s'il pouvait la faire monter dans le véhicule sans qu'elle se débatte.

À ce moment-là, puisant dans toutes ses forces, elle se libéra et courut vers la cuisine. Quand elle entendit le coup de feu retentir et sentit son épaule la brûler, elle comprit qu'elle avait des ennuis. Elle percuta la porte arrière de la cuisine en courant à fond et dégringola sur la terrasse.

Il sortit derrière elle, en jurant.

Son épaule était en feu, la douleur était atroce, et il n'y avait absolument rien qu'elle puisse faire pour l'arrêter. Elle s'allongea sur la terrasse, les mains en l'air, comme pour le repousser.

— Arrête, dit-elle. Tu n'es pas obligé de faire ça.

— Non, je ne le suis pas. Mais crois-moi, maintenant j'en ai envie.

Il leva le pistolet, le pointa sur elle et appuya sur la gâchette.

Chapitre 27

DOREEN CRIA, SON visage camouflé par ses bras, sachant que la balle allait la toucher. Au lieu de cela, la situation sembla empirer. Quand elle leva les yeux vers lui, il lui souriait, comme un fou.

— J'ai compris, ça ne ressemblera pas à un accident.

— Exactement, acquiesça-t-il, maintenant, lève-toi.

Elle réussit à se relever, malgré la douleur à l'épaule qui la fit grimacer. Aucun des animaux n'était en vue. Puis elle aperçut Goliath, se faufilant dans les buissons derrière Snoz. Elle sourit de soulagement, espérant que le chat reste hors de sa vue et en sécurité. Elle ne voulait pas qu'ils soient blessés à cause d'elle. Elle n'accepterait jamais cette fin.

Elle ne voulait pas non plus être blessée, mais elle espérait que Richard avait réellement appelé la police et que les secours étaient en route. Il lui vint à l'esprit que les gens pourraient être d'avis qu'elle méritait bien cela. Combien de fois lui avait-on dit de rester en dehors des problèmes ? Pourtant, même maintenant, sous la menace de la mort, elle ne pouvait pas arrêter de se battre pour la justice. Bien qu'il n'y ait pas grand-chose qu'elle puisse faire pour se sauver à présent, elle ferait tout le nécessaire pour ralentir sa mort imminente. Ainsi, alors qu'elle était debout, elle se dirigea très lentement vers les marches de la terrasse.

— Je suppose que vous allez m'emmener à la rivière et me noyer, dit-elle en essayant de garder une voix calme, tout en paraissant lâche et craintive.

Doreen ne voulait pas qu'il pense qu'elle voulait aller à la rivière, mais elle savait qu'elle avait une chance de s'échapper là-bas.

— C'est une sacrée bonne idée, concéda-t-il, puisque tout le monde sait que tu es folle de cette rivière.

— Oui, enfin ça ne veut pas dire que je suis folle pour autant, et je ne suis clairement pas du genre à me suicider.

— Je n'en sais rien. Pour moi, si.

Il la regarda fixement, puis la rivière.

— Et, étant donné les circonstances, c'est probablement le mieux que je puisse faire pour le moment.

Elle fronça les sourcils et, sur ses ordres, se dirigea vers la rivière… lentement. Elle avait tout sauf envie de se baigner, mais elle préférait cela plutôt que de recevoir une balle. Au bord de la rivière, elle regarda autour d'elle. La soirée s'installait. C'était plus sombre à présent, mais le crépuscule n'était pas encore tout à fait là.

— La nuit est presque tombée, déclara-t-elle sur le ton de la conversation.

— Je sais. Alors c'est parfait. Personne ne te trouvera avant demain matin.

Elle se retourna pour le regarder.

— Mais, si je suis criblée de balles, vous pouvez être sûr qu'ils seront à vos trousses.

— Ou pas. Personne ne sait que je suis ici.

— Vous vous trompez. Vous avez déjà été identifié comme la personne qui a laissé des messages menaçants sur des pierres devant la porte de ma cuisine, même si je ne comprends toujours pas pourquoi vous avez fait ça. Et puis il y a mon voisin…

— Je l'ai fait pour détourner ton attention. Quant au voisin, c'est un problème dont je peux m'occuper assez facilement. De plus, tu as tellement d'ennemis, c'était amusant de les mélanger un peu. Pour t'ébranler, pour que tu ne t'attendes pas à me voir débarquer un jour.

— Eh bien, je ne vous attendais pas aujourd'hui. Ça, c'est sûr, marmonna-t-elle, avant de s'arrêter au bord de l'eau et d'annoncer. Et maintenant ?

— Entre dans l'eau, ordonna-t-il, d'un ton mortel.

Elle scruta la rivière de haut en bas et, ce faisant, elle crut apercevoir quelqu'un dans les arbres devant elle. C'était Abner. Elle fronça les sourcils et secoua légèrement la tête, espérant qu'il ne vienne pas à son secours pour ne pas être blessé. Elle se retourna vers son agresseur vindicatif.

— J'espère que Penny pourrira en prison pour ça.

— Sans toi, il n'y aura plus d'affaire, répliqua-t-il joyeusement. Donc ce ne sera pas le cas.

— Super, raison de plus pour survivre.

Sur ce, elle plongea, haletant à cause du froid, et resta sous l'eau.

Chapitre 28

Mardi soir, crépuscule…

DOREEN SURGIT À la surface, manquant d'air, et Snoz courut le long du chemin, à sa recherche. Il tira dans l'eau, près de l'endroit où elle se trouvait. Mugs sauta dans la rivière à sa poursuite. Doreen regarda avec horreur Snoz viser son chien, quand un autre coup de feu retentit. Snoz se retourna, jeta un coup d'œil, et vit d'autres personnes arriver. Il rugit de colère et emprunta le même chemin que Doreen quand elle allait voir Nan. Elle était dans l'eau, emportée par le courant. Elle pouvait à peine voir ce qui se passait en amont, mais il semblait que Mack était enfin arrivé.

— Wouhou, la cavalerie, grommela-t-elle, en luttant pour rester à la surface, ses vêtements la mettant au défi.

Dans l'obscurité croissante, le rugissement de la rivière submergeait ses sens, alors que le courant l'entraînait plus bas. Elle n'avait aucune idée de l'endroit où se trouvait Mugs, mais elle vit Goliath courir le long des clôtures jusqu'à l'endroit où la rue tournait pour aller chez Nan. Doreen nagea vers son chien et réussit à le rejoindre, et celui-ci avait seulement sa tête hors de l'eau. Et perché au sommet, bien sûr, se trouvait Thaddeus.

Elle voulait rire, pleurer même, mais au lieu de cela, elle mélangea les deux et finit par boire la tasse et se mit à tousser. Avec le chien dans une main, elle s'accrocha à une racine qui dépassait du sol, et s'y accrocha, tandis qu'elle poussait Mugs et Thaddeus sur la rive. Puis elle vit des jambes courir vers elle.

C'était Abner, une grosse branche et une corde dans une main. Lorsqu'il la lança dans sa direction, elle réussit à l'attraper, mais perdit sa prise sur les deux branches et recommença à dévaler la rivière. Mugs aboyait, Thaddeus croassait, et elle entendait des miaulements provenant du poteau de clôture, tandis que Goliath, assis au sommet de la partie la plus sûre et la plus sèche, la regardait passer en flottant.

Dans son esprit, elle savait que la situation était ridicule. Plusieurs personnes des deux côtés lui tendaient la main, mais l'eau la faisait rebondir de rocher en rocher, et elle savait qu'elle aurait bientôt l'air d'un steak haché. Sans compter que son bras lui faisait mal, c'était la raison pour laquelle elle ne restait pas agrippée aux branches pendant longtemps.

Finalement, Abner lança à nouveau la corde, et elle réussit à l'attraper de sa main valide. Mais, au même moment, une énorme vague l'emporta, et la corde lui échappa. Elle gémit alors qu'elle descendait de nouveau la rivière. Elle était presque à l'embouchure, ce qui n'était pas le pire endroit où se trouver, en fonction de la distance à laquelle le courant la portait.

Elle était au plus mal, et n'avait jamais ressenti une telle douleur. Elle était maintenant glacée, sous le choc du coup de feu, et sentait le poids de tous les vêtements qu'elle portait la tirer vers le bas. Elle resta en surface, essayant de se diriger vers les eaux moins profondes près de la rive, réalisant seulement maintenant que quelqu'un d'autre était dans l'eau, nageant, les bras coupant la rivière à un rythme soutenu. Elle attendit qu'il se rapproche, puis réalisa avec soulagement que c'était Mack. Elle essaya de parler, mais il secoua la tête et ordonna :

— Tais-toi.

— Comment peux-tu être en colère contre moi pour ça ? s'écria-t-elle.

Mais elle fut rapidement retournée sur le dos, et il la maintint la tête en l'air, dans une prise de sauveteur, tout en se déplaçant avec force vers l'autre rive. Elle entendit des gens des deux côtés de la rivière lui crier des encouragements. Finalement, il la traina sur la rive, où elle fut rapidement ramassée par plusieurs hommes.

— Mugs ! Thaddeus ! s'époumona Doreen.

— Ils sont là ! héla Mack, en se relevant, trempé et entièrement habillé, mais tenant le chien et l'oiseau qui criait maintenant bruyamment de son épaule.

— Grand gaillard. Grand gaillard.

Doreen maugréa.

— Si seulement je savais à quel *grand gaillard* il fait référence.

L'un des ambulanciers intervint :

— Je pense qu'il parle du *fameux* grand gaillard.

— Quel grand gaillard ? interrogea-t-elle, ses dents commençant à claquer.

— C'est l'un des gars qui organise beaucoup d'événements en ville, et il vit près du cimetière, répondit-il. Il est très grand.

— Peut-être que c'est ça. Il s'y connaît en animaux ?

— Absolument, il en a de toutes sortes, y compris des oiseaux.

Doreen regarda Mack victorieusement.

— Tu le connais ?

Mack secoua lentement la tête, puis regarda l'ambulancier et demanda :

— Qui est ce type ?

— Je crois qu'il s'appelle Jerry ou quelque chose comme ça. Si vous allez sur son site web, qui propose des animaux pour les fêtes d'enfants, les hôpitaux et autres, vous devriez pouvoir le contacter.

— Vous vous occupez d'elle, et moi je vais m'occuper de ça.

— J'ai besoin des animaux ! s'écria Doreen.

— C'est dommage, répliqua le policier, avec un regard furieux. Ils ne peuvent pas venir dans l'ambulance ni à l'hôpital.

Doreen lui lança le même regard.

— Regarde-toi. Ça te fait plaisir.

— Ce qui me fait plaisir, c'est de savoir que, pendant les quatre prochaines heures, au moins, tu seras coincée à l'hôpital, mais tu n'auras pas de problème.

Chapitre 29

QUATRE HEURES S'ÉTAIENT transformées en vingt-quatre, et, seulement après avoir convaincu le médecin de la laisser se rétablir chez elle, Doreen contacta sa grand-mère pour lui faire savoir qu'elle rentrerait en taxi. Celle-ci était contre l'idée que sa petite-fille quitte l'hôpital, mais cette dernière était catégorique.

— Je ne suis pas malade, donc je ne veux pas occuper un lit. Mon épaule n'est pas gravement touchée. La balle a bien traversé le haut, mais elle n'a pas touché l'os. Oui, j'ai mal, mais je veux être à la maison. Je ne veux pas laisser les animaux seuls.

Nan capitula en gémissant.

— Très bien. On se retrouve à la maison.

Et elle raccrocha.

Doreen se tourna vers la réceptionniste à l'entrée de l'hôpital et demanda :

— Y a-t-il un moyen d'appeler un taxi ?

La femme hocha la tête et désigna un téléphone jaune sur le mur.

— C'est la compagnie de taxi, indiqua-t-elle. Si vous

avez l'application d'un de ces programmes de transport, vous pouvez aussi les appeler.

Mais son téléphone portable était chez elle, donc elle dut utiliser le téléphone jaune.

Quelques minutes plus tard, elle était dehors, essayant de ne pas grelotter, de ne pas avoir l'air de souffrir autant qu'elle souffrait. Parce que la dernière chose qu'elle voulait, c'était que quelqu'un la renvoie à l'intérieur. Finalement, un taxi arriva, et elle s'installa avec soulagement sur la banquette arrière, et donna son adresse au chauffeur.

Pendant tout le trajet, elle s'inquiéta du prix que cela allait lui coûter, du temps qu'il lui faudrait pour entrer dans la maison, puis prendre l'argent dans le bol de Nan et le rapporter. Mais, quand elle arriva là-bas, elle fut agréablement surprise de constater que les frais étaient peu élevés. Après l'avoir remercié avec effusion, elle lui indiqua qu'elle n'en aurait que pour une minute ou deux, et sortit lentement avant de remonter l'allée. À la porte, elle frappa fort pour faire savoir à Mugs et Goliath qu'elle était là.

Aussitôt, elle entendit des aboiements à l'intérieur, puis sourit et sortit sa clé cachée sur le haut du cadre de la porte, notant mentalement qu'elle devrait changer de cachette. Elle l'ouvrit et entra. Ensuite, elle prit l'argent et retourna dehors pour payer le chauffeur de taxi, puis rentra chez elle.

Elle fut accueillie par les trois animaux qui aboyaient, miaulaient et chantaient à ses côtés. Les larmes aux yeux, elle se pencha et s'assit sur le sol, Thaddeus sur sa bonne épaule, heureusement, tandis que ses bras entouraient Goliath et Mugs autant qu'elle le pouvait. L'un s'enroulait autour d'elle et l'autre se tortillait si fort qu'il était difficile de le tenir. Riant et pleurant, avec Thaddeus se frottant contre sa joue, Doreen sentait son cœur se gonfler de joie.

— Je suis rentrée, les gars. Je suis là.

Mugs aboya, et elle rit, puis embrassa le sommet de sa tête et le caressa.

— Je suis vraiment désolée. Je serais rentrée hier soir, si j'avais pu.

Elle scruta sa maison, se demandant comment les animaux s'étaient débrouillés en son absence. Mais elle fut surprise de constater que tout semblait normal, du moins de ce point de vue.

— Est-ce que Mack s'est occupé de vous ?

Elle savait qu'elle pouvait lui faire confiance, mais elle n'avait encore jamais quitté les animaux, et elle ne voulait pas se retrouver dans une situation où elle devrait à nouveau le faire. En parlant de ça, son épaule la lançait. Le médecin lui avait fait une piqûre avant de la laisser quitter l'hôpital, et elle lui en était reconnaissante, mais à présent, tous ses mouvements et le fait de le tenir de façon anormale, ainsi que les secousses dues aux câlins de Mugs et Goliath, la faisaient vraiment souffrir.

En utilisant son bras valide, Doreen se releva lentement. Elle se dirigea vers la cuisine, et sourit lorsqu'elle vit la cafetière.

— Ils me servaient du café là-bas, mais ce n'est pas pareil quand on le boit chez soi.

Elle prépara une tournée, puis alla nourrir les animaux. Elle ne savait pas s'ils avaient mangé, mais il restait de la nourriture dans leurs gamelles. Est-ce que cela datait de la veille au soir ?

— Vous n'avez pas mangé parce que je n'étais pas à la maison, ou quelqu'un vous a servi ce soir ?

Elle s'attendait à ce qu'ils soient bouleversés par le changement de leur routine. Ils s'étaient affolés quand elle était entrée dans l'ambulance. Elle se sentait un peu plus mal qu'elle ne le pensait. Elle sortit avec son café sur la terrasse et s'assit sur son fauteuil, puis ferma les yeux.

— Te voilà, annonça Nan, en tournant le long de la rivière pour remonter le sentier. Tu n'as pas l'air très bien.

— J'espérais me sentir mieux.

— Tu aurais dû rester à l'hôpital.

— Non, je ne suis pas si mal en point. Je peux guérir à la maison. En plus, il y a des gens malades là-dedans. Et qui y meurent tous les jours.

Nan rigola.

— C'est là qu'ils sont censés mourir.

— J'espère que non, répliqua simplement Doreen. Je préfère de loin mourir dans mon lit.

— Moi aussi, acquiesça sa grand-mère, avec un sourire lumineux tout en regardant le café de Doreen.

— Y a-t-il assez pour une deuxième tasse ?

— Bien sûr, répondit Doreen. Ça te dérangerait de te le servir toi-même ?

— Bien sûr que non.

Nan entra et revint avec une tasse de café, et sa petite-fille se leva immédiatement du seul fauteuil qui ornait la terrasse.

Nan la regarda, choquée, et dit :

— Certainement pas. Tu es blessée.

— Ce n'est rien. Les cauchemars étaient pires.

— À cause de ta blessure ? demanda Nan, en hochant la tête sagement.

— Bizarrement, non. De peur de perdre Mugs dans l'eau.

Nan la dévisagea, gloussa et ajouta :

— Je suis sûre que Mugs se serait mieux débrouillé que

toi.

— Je ne m'en suis pas si mal sortie, mais j'essayais de le maintenir hors de l'eau, tandis que le poids de mes vêtements me tirait vers le bas. Thaddeus m'encourageait pendant tout ce temps, et criait quand l'eau le touchait.

Elle secoua la tête d'un air amusé, puis continua.

— Je suis une bonne nageuse, mais…

— Être une bonne nageuse est une chose. Nager régulièrement et rester indemne, tout en étant capable de lutter contre la force de cette eau en est une autre. Ajoute à cela le chaos et l'inquiétude pour les animaux…

— Pourquoi l'eau était-elle si haute ? se plaignit Doreen.

— Il y a eu une tempête dans les montagnes et la dernière couche de neige est retombée.

— D'accord. J'imagine que ça arrive, n'est-ce pas ?

— Certainement. Ça s'était calmé, et puis elle est remontée. Le retour à la normale est prévu pour demain.

— Heureusement mon agresseur s'en est pris à moi le jour où le niveau était idéal, dit Doreen d'un air sarcastique.

— Ou pas.

— Est-ce qu'ils l'ont attrapé ?

Nan haussa les épaules.

— Je ne sais pas. As-tu réussi à parler à Mack ?

Doreen grimaça et fronça les sourcils, l'air patraque.

— Non. Je n'appellerai pas Mack, répondit-elle d'une voix dure.

Nan regarda sa petite-fille avec surprise, puis elle se mit à glousser.

— C'est parce que tu es en colère contre lui, car il t'a forcée à aller à l'hôpital ou parce qu'il ne sait pas encore que tu es sortie ?

En fronçant le nez, Doreen réfléchit aux options présentées, puis haussa les épaules.

— L'une ou l'autre. Ou peut-être les deux. Il sera furieux quand il le découvrira.

— Bien sûr que non. Je parie qu'il se doute déjà que tu es rentrée.

— Mais est-ce qu'il le comprend ? demanda-t-elle.

— Je pense que oui. Il s'est assez bien occupé des animaux.

— Pas vraiment. S'il les a nourris hier soir, personne n'a mangé.

— Évidemment que non. Tu n'étais pas là, et ils étaient contrariés à ton sujet. Chaque fois que je tombais malade et que je ne me sentais pas très bien, ils ne mangeaient plus rien non plus.

C'était logique, d'une certaine façon. Doreen savait que, lorsqu'elle était contrariée et stressée, elle ne mangeait presque pas non plus. Les deux femmes s'assirent au soleil et profitèrent de la météo du début de soirée.

— Tu vas aller au lit après ça ? interrogea Nan.

— Je ne sais pas. Je ne peux plus prendre d'analgésiques pendant quelques heures.

— Alors, sois tranquille et repose-toi.

— Et le tireur ?

— Je ne sais rien à propos de ses allées et venues, mais si Mack savait que tu es chez toi, il pourrait envoyer la sécurité pour garder un œil sur toi.

— Il ne peut pas passer sa vie à s'occuper de moi, et les forces de l'ordre n'ont pas le budget pour que quelqu'un s'occupe de moi ici non plus, marmonna Doreen.

— Peut-être pas, mais ils ne peuvent pas non plus se permettre de te perdre.

La jeune femme ricana.

— De bien des façons, je pense qu'ils seraient heureux si quelque chose m'arrivait.

Elle sentit le regard perçant de sa grand-mère sur elle et lui lança un sourire en coin.

— Ne t'inquiète pas pour moi, la rassura-t-elle. C'est juste que la semaine a été assez difficile.

— Je comprends tout à fait ; entre l'attaque au cimetière, ta stupide avocate et maintenant ça. Et quand je pense qu'on t'a tiré dessus et que tu as été emportée par le courant.

— Nous savons toutes les deux que ce n'est pas la première fois que j'ai atterri dans la rivière, plaisanta Doreen.

— Tu aurais pu mourir, répliqua Nan d'un ton sérieux.

Elle tendit le bras et saisit la main de sa grand-mère.

— Je pensais à toi, et au fait que je voulais vraiment passer des années avec toi avant que ce soit ton tour.

— Et c'est toi qui as failli casser ta pipe, chuchota Nan.

Se tenant l'une à l'autre, elles prirent un moment pour se reconnecter à toutes les choses importantes de la vie et à la façon dont aucune ne voulait partir trop tôt.

— Toutes les années que nous avons perdues, dit Doreen en secouant la tête. Quelle honte.

— Ce n'est pas ta faute. Peut-être que tu devais en arriver là pour pouvoir le comprendre. Je suis juste heureuse que nous soyons ici ensemble et maintenant.

— Moi aussi. Quand j'ai vu mon ancienne avocate et que j'ai compris que mon ex l'avait elle aussi laissé tomber, je n'ai pas été jalouse et je n'ai même pas ressenti le besoin d'y retourner ni même d'accepter son pot-de-vin. Tout ce que j'ai ressenti, c'est de la gratitude, d'être ici, d'avoir la vie que je mène à présent. La vie, conclut-elle en se tournant vers Nan, que tu m'as donnée.

— Non. Je t'ai donné une maison. C'est toi qui l'as

transformée en un foyer pour toi-même et qui as ensuite trouvé un passe-temps, une vocation en fait. Cette communauté t'aime, et cette belle terrasse n'en est que la preuve.

— Eh bien, apparemment beaucoup de gens ne m'aiment pas.

Elle regarda Nan, fronça les sourcils et ajouta :

— Et je n'ai même pas eu la chance d'en parler à Mack.

— De quoi parles-tu, ma chère ?

— La personne qui a engagé ce type pour m'attaquer n'était pas du tout mon ex.

Nan la dévisagea, les sourcils levés.

— C'est ce qu'il t'a dit ?

Tandis que sa grand-mère la regardait, elle sortit son téléphone et appela Mack à contrecœur.

— Tu sais que tu pourrais te reposer, répondit-il brusquement.

— Vous l'avez attrapé ?

— Ah... dit-il d'une voix plus douce. J'aurais dû me douter que ça t'inquiéterait.

— Entre autres. Il a été engagé pour ça.

— Oui, c'est ce qu'on pensait.

— Mais, Mack, ce n'était pas mon ex, ajouta Doreen.

— Quoi ? A-t-il dit qui c'était ?

— Pas vraiment, mais en quelque sorte.

Le silence se fit à l'autre bout de la ligne.

— Je crois que c'était Penny, soupira-t-elle.

— Quoi ? s'écria le policier.

Même Nan sursauta.

— Il a dit que, si je n'étais plus là, il y avait de fortes chances qu'*elle* puisse s'en sortir complètement. Mais, si j'ai raison, et que je suis là pour témoigner et expliquer tout ce qui s'est passé, alors elle encourt une longue peine. Mais, à part ça, les avocats la feront probablement sortir avec quelque chose d'assez mineur.

— C'est peut-être vrai, concéda-t-il, d'une voix réfléchie. Cependant, je ne pensais pas qu'elle avait assez d'argent pour ça.

— Moi non plus, mais Snoz a dit qu'elle en avait assez, et il n'avait pas l'air de se soucier du recouvrement. Quelque chose à propos de l'argent déjà quelque part dans le dépôt fiduciaire.

— C'est logique. Et il t'a vraiment dit ça ?

— Oui, parce que je n'arrêtais pas de dire que c'était mon ex, mon ex, et finalement Snoz s'est énervé contre moi et a dit que ça n'avait rien à voir avec lui.

— Oh, il s'est mis en colère contre toi ? Mince, quelle surprise. Un type pointe une arme sur toi, et tu fais tout pour le mettre en colère ? Va comprendre.

Sa voix était faussement douce, et elle savait qu'il était assez énervé.

— Merci de t'être occupé des animaux, dit-elle précipitamment. C'est gentil.

— J'aurais aimé ne pas avoir à le faire, répliqua-t-il sur ce ton délicieusement doux, cachant la colère qui couvait en dessous.

— Et moi donc, soupira-t-elle avant de continuer. Bon, d'accord. Mais je m'en suis tirée.

— Oui, mais tu t'es aussi fait tirer dessus entre-temps.

— À peine, mais je m'en suis également tirée. Donc il doit bien y avoir un avantage à tout ça.

— Au moins, nous avons peut-être une bonne idée de qui l'a engagé maintenant, mais nous devons encore le prouver.

— Eh bien, si vous l'aviez sous la main, je suis sûre que

vous pourriez vérifier ses relevés téléphoniques et où il est allé, en le suivant dans la ville.

— Peut-être, mais j'étais occupé.

Elle choisit sagement de rester silencieuse pendant un moment.

— As-tu réussi à lui faire avouer pourquoi il t'a attaquée dans le cimetière ?

— Oui, répondit-elle, et elle lui expliqua rapidement ce que Snoz avait raconté.

— Il aurait donc profité de l'opportunité, mais, lorsque cela a échoué, il a dû trouver autre chose.

— C'était censé ressembler à un accident, marmonna-t-elle. Comment pense-t-il qu'un meurtre puisse ressembler à un accident ? Même toi, tu t'en rendrais compte.

Silence.

— Même moi ?

Elle grimaça et regarda Nan, qui avait une expression horrifiée sur le visage.

— Ce n'est pas ce que je voulais dire, se corrigea Doreen. Je suis fatiguée et je ne me sens pas bien. J'ai plus mal que prévu, je suis de mauvaise humeur et je ne réfléchis pas avant de parler.

— Je ne relèverai pas pour aujourd'hui. Et, non, nous ne l'avons pas attrapé. Nous étions tous concentrés pour te sauver.

Elle soupira.

— Donc, une fois de plus, c'est moi qui suis en faute. J'ai compris.

— Non, mais au moins, tout s'est bien terminé.

— Je ne sais pas si tout s'est *bien* terminé. Vous ne l'avez pas attrapé, et tu pourrais aller parler à cette petite chipie d'avocate jusqu'à ce que tu en aies le souffle coupé, mais elle ne t'aidera pas du tout.

— Nous allons trouver une solution. Tu es à l'hôpital saine et sauve, donc je n'ai pas à m'inquiéter pour toi, et je peux me consacrer à la résolution de certains problèmes.

Elle se tourna vers Nan qui la fusillait du regard. Doreen haussa les épaules, comme pour dire : *Que dois-je faire ?*

— Dis-lui, ordonna sa grand-mère d'un ton catégorique.

— Nan est là ? interrogea Mack.

— Oui, elle est là, répondit Doreen en fixant le téléphone. Et ça ne va pas te plaire…

— Qu'est-ce qui ne va pas me plaire ? cingla-t-il, avant même qu'elle ne termine.

Puis il grogna, ayant compris.

— Bon sang, tu n'es plus à l'hôpital, n'est-ce pas ?

— Non. Je suis rentrée chez moi ce soir et je voulais retrouver les animaux. Alors j'ai pris un taxi.

— Tu sais que les animaux se portaient très bien ?

— Peut-être, mais je n'étais pas bien sans eux.

Il soupira.

— Tu ne pourrais pas t'occuper que de toi pour une fois…

— C'est le cas. Je suis assise sur ma terrasse, en train de prendre un café. Nan est venue me rendre visite.

— Et elle était vraiment d'accord pour que tu sortes de l'hôpital ? J'arrive tout de suite, dit-il avant de raccrocher.

Doreen posa le téléphone à côté d'elle.

— Il est très en colère.

— Quelle partie de cette conversation t'a donné cette impression ? s'enquit Nan, en regardant Doreen avec fascination. Tu pourrais commettre un meurtre qu'il te laisserait t'en tirer à bon compte.

Sa petite-fille la regarda d'un air étonné.

— De quoi parles-tu ?

— La façon dont tu lui parles, les choses que vous faites et dites. Toutes les fois où il s'occupe de toi… Cet homme est clairement amoureux de toi.

Doreen éclata de rire et Nan la dévisagea, les mains sur les hanches.

— Tu vois ? C'est le problème avec toi. Maintenant, tu penses que personne ne peut s'intéresser à toi.

— Être abandonnée est une chose, commença Doreen. Et être abandonnée ou jetée et remplacée par son ex n'encourage pas vraiment la confiance en soi. Mais tu as tort, Nan. Je pense que Mack m'aime bien. Nous sommes amis, et il semble se sentir obligé de m'aider à me remettre sur pied. Mais je ne pense pas que ça aille plus loin que ça.

— C'est parce que tu es aveugle et sourde.

Elle jeta un regard furieux à sa grand-mère.

— Ce n'est pas juste ! protesta-t-elle.

— Peut-être pas, mais c'est la vérité. Je vais y aller. Je suis sûre que vous avez beaucoup de choses à vous dire. Réfléchis à mes paroles, suggéra-t-elle en agitant son doigt, et ne gâche pas cette occasion.

— Gâcher quelle occasion ? demanda Doreen en levant les deux mains. Je ne suis même pas encore légalement divorcée. Je crois qu'il faut d'abord une année entière de séparation, et je n'en suis qu'à neuf mois, si l'on compte à partir du moment où il m'a jetée dehors.

— Et tu n'as pas à attendre d'être divorcée pour penser à Mack, répliqua Nan. Mon Dieu, j'en ai toujours fréquenté qu'un seul à la fois, mais personne ne m'a dit que je devais laisser le siège se refroidir à côté de moi.

En marmonnant pour elle-même, la vieille dame secoua la tête et retourna à la rivière.

— Tu es sûre que tu devrais te promener sur le chemin de la rivière au crépuscule ?

Nan leva une main.

— Le niveau a déjà beaucoup baissé, répondit-elle. Le chemin est là. C'est un peu glissant, mais ça va aller.

Doreen n'apprécia pas cette réponse, alors elle se leva avec précaution et s'engagea sur le chemin.

— Je viens avec toi alors, dit-elle. Je ne supporte pas l'idée que tu aies un accident en chemin.

Nan s'arrêta, puis la regarda et dit :

— C'est toi qui as failli te noyer.

— Et alors ? Tu vas prendre le même chemin ? Et si je n'ai plus de nouvelles de toi après ça ?

— Bien, tu restes ici et tu surveilles, proposa sa grand-mère. Tu verras que j'arriverai au bout sans problème.

Et c'est ce qu'elles firent.

Doreen s'assit au bord de la rivière et regarda sa grand-mère descendre lentement le long du sentier. En effet, il était surprenant de voir à quel point l'eau avait baissé. Le fait qu'il soit alimenté par la rivière signifiait qu'une tonne d'eau descendait en une grande cascade, mais qu'elle disparaissait ensuite facilement dans le lac, car rien ne l'alimentait en permanence.

Elle entendit un sifflement brillant et vit Nan qui la saluait d'une main avant de tourner à l'angle et de s'engager dans la rue. Doreen se leva avec un soupir de soulagement et se dirigea lentement vers sa terrasse. Une fois arrivée, elle leva les yeux et vit Mack, les mains sur les hanches, arborant un regard noir.

Elle haussa les épaules.

— Je regardais juste pour m'assurer que Nan rentrait bien chez elle. Elle a insisté pour marcher le long de la rivière.

Mack arqua les sourcils.

— Elle a descendu le sentier le long de la rivière ?

Doreen hocha la tête.

— Et j'étais contre, alors j'ai insisté pour au moins regarder afin de m'assurer qu'elle y arrive en chair et en os.

— Bien, dit-il, en regardant la rivière. L'eau a beaucoup baissé, n'est-ce pas ?

— En effet.

Elle monta les quelques marches jusqu'à la terrasse et s'assit dans le fauteuil.

— Comment se fait-il que je sois si fatiguée ? murmura-t-elle.

— Eh bien, peut-être parce que tu es blessée, répondit-il, d'une voix calme.

Il s'approcha, se plaça en face d'elle et étudia son visage.

— Je sais, rétorqua Doreen en souriant. Je suis blafarde et j'ai l'air fatiguée. Mais d'un autre côté, ça va déjà mieux, car je suis chez moi, donc je suis heureuse.

— Ça va mieux ?

— Je ne suis plus en train de me noyer dans la rivière. Et je n'ai pas de blessures qui saignent ou qui ne sont pas soignées.

— Mais ce que je vois, c'est une femme qui ne semble pas savoir quand s'arrêter ni même vouloir prendre soin d'elle, maugréa Mack.

— Snoz m'a attaquée moi ainsi que mes animaux dans ma propre maison ! Tu sais que je n'aurais pas battu en retraite. Tu sais que je me bats quand c'est nécessaire. Qu'est-ce que j'étais censée faire d'autre ?

— J'aimerais que tu me racontes exactement ce qu'il a fait, demanda-t-il en s'asseyant sur le repose-pieds en face d'elle. Depuis le début.

Il lui fallut un moment pour rassembler ses esprits, et quand elle y parvint, Doreen déroula le scénario du mieux qu'elle put.

— Il était si méchant envers les animaux. Je pensais qu'il avait vraiment blessé Mugs avec ce violent coup de pied. Mais ensuite il a jeté Goliath à travers la pièce. Alors, quand il m'a tiré dessus, je savais que ça allait empirer.

— Ah bon ?

— Qu'est-ce que j'étais censée faire ? répéta-t-elle. Je t'ai envoyé un message dès que j'ai compris qu'il y avait un problème.

Le policier la regarda avec surprise. Elle sortit son téléphone pour lui montrer, puis fronça les sourcils.

— Je croyais te les avoir envoyés.

Il attrapa son téléphone, le regarda et annonça :

— Tu les as envoyés à quelqu'un d'autre.

— Oh, génial, se sermonna Doreen en regardant de plus près son téléphone. Oh, bon sang, cette femme n'en aurait rien à faire que je sois abattue ou non.

— Tu aurais dû m'appeler, dit-il avant de se taire, puis de continuer. OK, je reconnais ce message.

— Je pensais que je te les envoyais tous.

— Eh bien, tu as quand même réussi à m'en envoyer un. Je suis arrivé ici à temps, mais le tireur s'est enfui. Toutes les équipes sont à sa recherche à l'heure qu'il est.

— Peut-être. Vous avez sa photo et sa voiture de location au nom John Smith, répliqua-t-elle d'un ton sarcastique. Mais vous savez qu'il peut fureter dans la ville sans problème.

— Tout le monde est à sa recherche, dit-il fermement.

— Pour qu'il puisse revenir m'attraper ici ?

— Tu es censée être à l'hôpital !

— As-tu pensé qu'il pouvait être à l'hôpital, à ma recherche ?

Mack haussa les sourcils.

— Ce ne serait pas très malin de sa part.

— Ce serait *très* malin de sa part, parce que toutes sortes de choses arrivent dans les hôpitaux… Les gens y meurent tout le temps, tu sais ?

Il leva les yeux au ciel.

— Oui, je crois que je suis au courant.

Il sortit son téléphone et ajouta :

— Je vais appeler la sécurité de l'hôpital pour m'en assurer.

— Peut-être qu'ils devraient vérifier les caméras pour s'assurer que personne lui ressemblant ne soit entré dans l'enceinte.

— C'est moi, le professionnel de la loi. Tu te souviens ? s'enquit-il avec un regard noir.

Elle haussa les épaules.

— Je ne suis qu'un sous-fifre. J'ai compris.

— Non, gémit-il, tu es plus que ça. Tu as été d'une grande aide. Mais c'est toi qui es la cible en ce moment, alors tu dois nous céder la place pour t'aider.

— Que dirais-tu de toute la place ? proposa-t-elle, avec un faible sourire. Merci de m'avoir sauvée, au fait.

Chapitre 30

DOREEN RESTA ASSISE et regarda Mack appeler
l'hôpital. Il avait pris l'habitude de s'éloigner d'elle
lorsqu'il était au téléphone, probablement pour qu'elle ne
puisse pas tout entendre. Elle baissa les yeux vers Mugs qui
était à ses côtés. Thaddeus sautillait dans le jardin, mais
semblait plus perturbé que jamais. Elle gémit en se levant et
se dirigea vers lui.

— Thaddeus, qu'est-ce qu'il y a ?

— Grand gaillard, grand gaillard, répondit-il, d'une voix
rauque, ne ressemblant plus à ses grands cris habituels.

— D'accord. On va demander à Mack quand il aura
raccroché.

— Me demander quoi ? interrogea celui-ci dans son dos
quelques secondes plus tard.

— C'était quoi cette histoire à propos du gars aux animaux ?

— Je lui ai parlé. Il a vu Thaddeus. En fait, Thaddeus est
resté chez lui pendant un moment.

— Oh, bien. Au moins, nous savons où il était.

— D'après lui, il ne l'a pas attiré chez lui, mais il a admis
qu'il avait un véhicule avec des animaux en cage et d'autres

choses, il est donc possible que Thaddeus soit monté avec lui.

Le sourire de Doreen disparut instantanément.

— Tu le crois ? Est-ce que ça correspond à ce qu'Abner a dit ?

— Je ne suis pas sûr de le croire, répondit Mack. Je vais aller lui parler à nouveau.

— Parfait, déclara la jeune femme, de nouveau le sourire aux lèvres. Parce que, comme tu peux le constater, Thaddeus est encore assez contrarié. Quel genre d'animaux ?

— Beaucoup d'espèces qu'il emmène dans les écoles apparemment.

— Y avait-il un autre gris du Gabon, par hasard ?

— Oh…

Une expression perplexe apparut sur le visage du policier, puis il tourna son regard vers Thaddeus.

— Je me demande si c'est ce qu'il a vu.

— Cependant, ça n'explique pas le message sur sa patte.

— Non… acquiesça Mack avant de se taire. J'imagine que pour t'éviter les ennuis, il vaut mieux que je te garde avec moi.

— Absolument, consentit Doreen, légèrement abasourdie.

— Alors, allons-y. Nous reviendrons plus tard pour que tu puisses te reposer.

Elle était déterminée à paraître aussi normale et aussi en forme que possible. Elle appela le perroquet qui atterrit sur son épaule, ramassa sa tasse, retourna dans la cuisine, la plaça dans l'évier et la remplit d'eau.

Après être rentré à son tour, Mack ferma la porte de la cuisine.

— Tu te sens bien chez toi ?

— Si tu sous-entends suite à mon agression, oui, répondit-elle doucement. Bien que j'aie eu quelques questions sur le système de sécurité. Je me suis demandé : si je l'avais réglé correctement et si j'avais ouvert la porte quand il était là, cela aurait-il déclenché une alarme que quelqu'un aurait entendue ?

— Cela aurait déclenché une alarme, en effet. En fait, Richard nous a appelés, quand il a compris que tu avais des problèmes.

Doreen le regarda avec surprise.

— Wouah. J'espérais qu'il le fasse, mais je n'en étais pas certaine. Je vais avoir besoin d'une autre leçon sur ce système d'alarme.

— D'accord. À vrai dire, plusieurs autres personnes ont appelé, murmura-t-il.

Ils passèrent la porte d'entrée avec tous les animaux, puis il l'aida à monter dans son pick-up.

— Ce serait vraiment bien de résoudre ce problème, déclara Doreen. Je suis assez bouleversée par l'attitude de Thaddeus. C'est pourquoi je continue mes recherches.

— Je sais. Allons voir si nous pouvons au moins résoudre un problème.

— Tu es vraiment un homme bien, le complimenta-t-elle en souriant.

— Pourquoi dis-tu ça ? demanda-t-il, sur la réserve, elle le regarda d'un air étonné.

Il recula dans l'allée, s'engagea sur la route et tourna à l'angle de la rue.

— Eh bien, tu cours après tout le monde en ce moment. Que s'est-il passé avec cette horrible petite bimbo d'avocate ?

Il fronça les sourcils.

— Nous l'avons attrapée, et elle a été amenée au poste pour être interrogée. Elle a avoué t'avoir menacée, mais s'est défendue en disant que c'était une crise de nerfs et que ça ne se reproduirait pas.

— Tu l'as crue ?

— Non, pas du tout, donc nous la pistons pour en apprendre davantage.

— Bien. Je n'ai pas vraiment envie de la revoir.

— Ça ne devrait pas être le cas. Je ne m'attends pas à ce qu'elle subisse de réelles conséquences à ce stade.

— Parce qu'elle sait utiliser le langage juridique ou parce que ce n'était pas si grave ?

— Malheureusement parce que ce n'était pas si grave, admit-il.

— D'accord. Il faut être blessé avant que les choses ne soient prises au sérieux ?

— Pas nécessairement, répondit Mack, mais elle ne le crut pas. Tu as été sur le site web de ce type ?

— Oui, et je lui ai parlé au téléphone. Je lui ai dit que je viendrais jeter un coup d'œil, et il ne semblait pas contre ma venue.

— Bien. Je veux comprendre pourquoi Thaddeus et *le grand gaillard* sont si importants.

Thaddeus resta étonnamment silencieux.

— Je pensais que tu devais absolument comprendre la situation d'Isaac.

— Il y a un peu des deux à mon avis, déclara Doreen, provoquant un regard surpris du policier, et elle haussa les épaules. Tu sais que Thaddeus a du flair pour les problèmes.

— C'est toi qui as du flair pour les problèmes, rétorqua-t-il.

— J'ai tout appris de Thaddeus.

— Super, ça va bien se terminer.

— Chut ! Mes animaux t'ont énormément aidé.

— Ce n'est pas ce que je dis. J'essaie juste de comprendre.

— Certaines choses dans la vie ne sont pas faites pour être comprises.

— C'est certainement vrai, conclut Mack, alors qu'ils arrivaient dans le quartier qu'elle reconnaissait bien à présent.

— Tu as parlé à Randy ?

— Oui. Il a dit que c'est une communauté assez soudée, mais que quelques énergumènes y vivent. Ils les évitent, en général. Le reste s'entend bien, alors ils font plus de choses ensemble. En ce qui concerne Isaac, il dit qu'il appartient aux voisins et que tout le monde est heureux de le laisser se joindre à eux, mais qu'il est un peu à part et qu'ils le laissent vivre sa vie. Randy a également dit qu'il n'était pas sûr de ce qu'il se passait, mais qu'Isaac avait été victime d'intimidation récemment. Randy essayait juste de le protéger.

— Pauvre Isaac. Ce n'est pas juste que quelqu'un le malmène.

— Bienvenue dans le monde réel.

— Mais ça ne doit pas devenir une généralité.

— Oh, je suis d'accord. Mais ceci explique cela.

— Peut-être. Alors si le message n'a rien à voir avec Isaac, qui cela concerne-t-il ?

— Eh bien, pour ça, tu vas devoir continuer à parler à Thaddeus ici.

Celui-ci se mit à cancaner.

— Grand gaillard, grand gaillard.

Doreen scruta autour d'elle.

— De quoi parle-t-il ?

Ils s'engagèrent dans l'allée d'une maison à l'allure normale, mais qui était entourée de hautes clôtures.

— Je suppose que cette haute clôture est pour les animaux ?

— Oui, et il a une licence. Il est assez connu dans la communauté.

— Super, donc pas de crime ?

— Il n'y a jamais eu de crime, répondit-il. Le crime s'est produit lorsque quelqu'un t'a attaquée.

— Ouais, quelqu'un que vous n'avez pas attrapé.

— C'est sûr. Vas-y. Remue le couteau dans la plaie. Ça aide vraiment.

Elle grimaça face au sarcasme de Mack.

— Je suis désolée. Je sais combien il est difficile de retrouver ces types une fois qu'ils se sont enfuis.

— Tout le monde est à sa recherche.

Il fit le tour du véhicule, puis ouvrit la portière et ordonna :

— Viens.

Ils marchèrent jusqu'à la porte d'entrée. Quelqu'un ouvrit la porte quelques secondes après que les coups furent frappés. L'homme derrière celle-ci était de grande taille, plus grand que Mack. Ils se serrèrent la main, puis l'inconnu se tourna vers Doreen avec un sourire. Elle lui présenta Thaddeus.

— Voici Thaddeus ! Je ne connaissais pas son nom.

— Je suis vraiment surprise, peu de gens connaissent cet oiseau.

— En effet, mais c'est lui qui est venu nous rendre visite.

— Je ne sais pas comment il est arrivé ici.

— Je ne le sais pas non plus, mais il était assez occupé à suivre le chemin qu'il avait en tête.

— Vous n'avez pas vu comment il est arrivé ici ?

— Non, je l'ai juste vu sur ma clôture. Puis il est entré pour dire bonjour.

— Dire bonjour à qui ?

Il la regarda avec surprise et répondit :

— Oh, vous n'êtes pas au courant ? Allons le rencontrer.

L'inconnu se mit à avancer.

— Rencontrer qui ? demanda Mack tranquillement.

— Grand gaillard, dit-il, avec un sourire.

À ce moment-là, Thaddeus se mit à chanter :

— Grand gaillard, grand gaillard, grand gaillard.

— Voilà un mystère de résolu, déclara Doreen en se tournant vers Mack.

— Peut-être, dit-il, en suivant Jerry dans le jardin, où ils virent d'énormes cages et enclos disséminés.

— Wouah, s'exclama-t-elle, je ne m'attendais pas à voir quelque chose comme ça en ville.

— Oh, j'ai une licence pour ça, et ce sont tous des animaux sauvés, annonça Jerry.

— Wouah, répéta-t-elle, complètement sidérée. Et où est « grand gaillard » ?

Il désigna une grande cage de l'autre côté.

— Là-bas.

Il ouvrit la cage et en sortit un énorme perroquet, pas de la même espèce que Thaddeus. Selon Doreen il ressemblait à un ara.

Lorsqu'il battit des ailes et poussa un cri, Thaddeus l'imita et s'écria :

— Grand gaillard, grand gaillard !

L'autre perroquet cria et croassa à plusieurs reprises, ce qui excita Thaddeus au plus haut point.

— Oh mon Dieu, s'enthousiasma Doreen.

Son perroquet était clairement impressionné.

— Il est là depuis quelques années. Je l'emmène souvent en voyage avec moi, dit Jerry. Il aime aller à la plage et rencontrer des gens.

— Wouah. Je ne sais même pas quoi dire. Tu es heureux à présent ? s'enquit-elle en regardant Thaddeus.

En effet, il s'était magnifiquement remplumé.

— Thaddeus semblait différent quand je l'ai ramené à la maison, et il n'arrêtait pas de parler de *Grand gaillard*.

Jerry gloussa.

— C'est bien lui.

Lorsqu'elle tendit son bras gauche, non blessé, l'ara sauta immédiatement dessus et remonta sur son épaule. Il était beaucoup plus lourd que Thaddeus et beaucoup plus grand.

Mack les regarda tous les deux, puis secoua la tête.

— Je ne m'attendais pas à ça. Thaddeus s'est fait un ami et apparemment il était un peu perdu sans celui-ci.

— Je ne pensais même pas que c'était possible, marmonna Doreen.

— Ils sont très sociables, expliqua le dresseur en tendant une main. Je m'appelle Jerry, au fait.

Elle lui serra la main.

— Je m'appelle Doreen. Désolée, j'aurais dû me présenter tout à l'heure. Voici Mugs et Goliath.

Il la dévisagea, puis les animaux, et son visage s'illumina.

— Oh, mon Dieu. Vous êtes la détective amateur !

Elle grimaça.

— Mack n'apprécierait pas que vous m'appeliez comme ça, mais si vous sous-entendez que je suis la personne qui travaille sur les affaires non résolues, c'est bien moi.

— Enchanté. Très heureux de vous rencontrer. Et toi King ?

— Il s'appelle King ou Grand gaillard ?

— Eh bien, il s'appelle King, mais, à cause de sa taille, nous le taquinons en disant qu'il est un grand gaillard.

— D'accord, et moi qui pensais qu'il y avait un mystère à résoudre.

— Non, aucun mystère ici, dit-il, du moins aucun que je connaisse.

— Et Isaac ? lui demanda-t-elle.

— Isaac ? Il est plutôt mignon. Un enfant très gentil.

— Savez-vous quelque chose sur son histoire ?

— Non, pas du tout. Ici, nous acceptons les gens et nous ne creusons pas dans leur passé.

— Je comprends, concéda Doreen, mais quelque chose semble bien triste chez lui.

— Eh bien, je crois que son père et sa mère se sont séparés il y a longtemps, donc je ne suis pas exactement sûr de ce qui se passe.

— On ne le voit jamais avec personne. Et l'homme ou la personne qui s'occupe d'Isaac ? Le voyez-vous parfois ?

— Non, c'est l'un des gars qui est un peu solitaire. On a tendance à rester loin de lui.

— Vous pouvez me montrer où il habite ?

— Vous ne le savez peut-être pas ? interrogea Mack.

— J'ai vu la direction dans laquelle il est parti, mais, depuis le chemin, donc je ne sais pas de quelle maison il s'agit, ajouta Doreen.

— C'est celle avec tous ces bâtiments sur la propriété, répondit Jerry, en faisant un geste vers la gauche. Mais je ne sais pas si quelqu'un répondra à la porte, même si vous frappez.

— Nous allons voir, dit-elle, puis elle regarda Thaddeus. Nous allons devoir dire au revoir à King. Dis : « *Au revoir, King* ».

— Au revoir, King. Au revoir, King, s'empressa de répéter le perroquet de la jeune femme.

L'ara poussa quelques cris et battit des ailes. Avec King sur son épaule, Jerry les raccompagna dans le jardin à l'avant de la maison.

— Si vous voulez venir nous rendre visite avec Thaddeus, je suis sûr que King sera heureux de vous voir, proposa Jerry.

Elle lui sourit.

— Vous savez quoi ? Ce n'est pas une mauvaise idée, et ça pourrait rendre Thaddeus heureux.

— Passez quand vous voulez.

Il sortit une carte de sa poche arrière et ajouta :

— Vous pouvez me joindre à ce numéro.

— Regarde ça, Thaddeus, indiqua Doreen en acceptant la carte. Tu pourrais venir pour jouer pendant une journée.

De retour à l'avant de la propriété, et plutôt que de monter dans le véhicule, ils marchèrent jusqu'à la maison voisine. Mack frappa à la porte d'entrée, mais il n'y eut pas de réponse, alors il frappa à nouveau.

Finalement, un homme ouvrit la porte, scruta Mack, puis Doreen et fronça les sourcils.

— Qu'est-ce qu'il y a ?

La salutation parut étrange aux yeux de la jeune femme. Elle se contenta de sourire et demanda :

— Êtes-vous le père d'Isaac ?

Il fronça les sourcils et hocha la tête.

— Pourquoi ? Qu'est-ce qu'il a encore fait ce gamin ?

— Oh, rien du tout, le rassura-t-elle hâtivement. Je me demandais juste…

Doreen se tut, et hésita un instant. Mack s'approcha d'elle, un sourcil arqué.

— Je me demandais juste s'il allait bien, s'empressa-t-elle de continuer.

Le père la regarda, mais rien dans ce regard ne semblait l'aider à déterminer s'il était heureux de son inquiétude ou en colère.

— Il va bien, répliqua-t-il en s'appuyant sur le montant de la porte et en croisant ses bras sur son torse. Pourquoi ? C'est quoi cette histoire ?

— Rien du tout. Je l'ai vu sur le sentier, et je me suis inquiétée parce qu'il était tout seul.

— Et ça lui a causé des problèmes, rétorqua-t-il en fronçant les sourcils. Il sait qu'il ne faut pas aller là-bas. Mais que voulez-vous y faire ? On ne peut pas avoir les yeux sur lui chaque minute de la journée.

— Non, bien sûr que non. Mais il va bien, non ?

— Il va très bien. Écoutez. Je sais que vous faites partie de ces bienfaisants. Rassurez-vous, il va bien.

— Est-ce qu'il va à l'école ?

— Pas encore, mais il doit y aller l'année prochaine.

— Et il ira ?

— Aucune raison de ne pas l'envoyer. Il n'est pas en retard ou quoi que ce soit, il n'est juste pas bavard.

Il se raidit et lui lança un regard noir.

— Ce n'est pas non plus ce que j'insinuais, se défendit Doreen. J'étais juste inquiète, c'est tout.

— Maintenant, ravalez votre inquiétude, et occupez-vous de quelqu'un d'autre. Isaac va très bien.

Sur ce, il fit un pas en arrière et lui claqua la porte au nez.

— Qu'est-ce que tu veux faire à présent ? demanda Mack.

— Je suppose que la loi ne peut pas intervenir, si ?

— Non, pas du tout.

Doreen hésita. Le policier descendit les marches, et la

jeune femme fronça les sourcils, ne pouvant se résoudre à le suivre.

Il se retourna vers elle.

— Alors, qu'est-ce que tu veux faire ?

— Que faut-il pour entrer dans son jardin ?

— Il faut un mandat, répondit-il, et un mandat exige une raison légitime, que nous n'avons pas.

Elle soupira et descendit lentement les marches.

— Tu as un si mauvais pressentiment ?

— Oui. J'ai l'impression que quelque chose ne va pas, acquiesça-t-elle, et je n'arrive pas à me débarrasser de ce sentiment à propos du message.

— J'ai remarqué que tu ne l'as mentionné à aucun d'entre eux.

— Non. Je n'oserais pas.

— Pourquoi ça ?

— Parce que je pense que quelqu'un a des problèmes. Si nous laissons entendre que quelqu'un a lancé un appel à l'aide, comment pouvons-nous espérer que cette personne reste en sécurité ?

Mack scruta le quartier autour de lui.

— Tu veux qu'on remonte le sentier, et tu pourras me faire visiter un peu ?

Elle hocha la tête joyeusement.

— Avec plaisir.

Ils arpentèrent le chemin sur lequel Doreen avait marché auparavant. Elle s'approcha de la zone où elle avait vu Isaac pour la dernière fois, et la tête de celui-ci surgit à travers les buissons presque instantanément.

— Oh, bonjour, Isaac. Comment vas-tu aujourd'hui ?

Elle lui fit un grand sourire, et il sourit en retour.

— C'est mon ami Mack.

Isaac regarda le policier, et son sourire disparut.

— Tout va bien, le rassura Doreen. C'est un très gentil monsieur.

Isaac la regarda, puis à nouveau Mack, avant de finalement revenir vers elle, sans dire un mot.

— Hé, Isaac, où est ta maman ? l'interrogea Mack. On peut lui parler ?

Le petit garçon secoua lentement la tête.

— Pourquoi ? demanda le policier.

Doreen resta silencieuse, s'attendant à ce qu'Isaac dise qu'elle n'était pas à la maison.

— Elle n'est pas autorisée à parler à qui que ce soit, répondit-il.

Elle se raidit.

— Oh, eh bien, peut-être que si on allait à l'intérieur, on pourrait lui parler.

Il secoua la tête.

— Non. Pas du tout autorisée.

— OK, acquiesça-t-elle, essayant désespérément de trouver quoi lui dire. Peut-être que ta maman veut me parler.

Il la regarda avec surprise, puis il regarda derrière lui.

— Je ne sais pas, hésita-t-il en se mordant les doigts, mais Doreen eut l'impression qu'il essayait d'y loger tout son poing.

Elle tendit une main et lui tapota doucement sur l'épaule.

— Tout va bien, ne t'inquiète pas.

Il haussa les épaules en regardant les deux adultes devant lui.

— J'aimerais vraiment lui parler. Pourrais-tu me conduire à elle ? J'aimerais que Thaddeus la rencontre. Et peut-être Mugs aussi.

À ce moment-là, il regarda le chien et sourit. Mugs s'approcha de lui et se frotta contre les jambes du petit garçon. Isaac se pencha, glissa un bras autour du chien et lui fit un gros câlin.

Doreen regarda Mack, puis s'adressa à Isaac.

— Si tu m'emmènes parler à ta maman, Mack restera ici.

— Est-ce que le chien va rester avec lui ?

— Non, bien sûr que non. Je veux que ta maman rencontre mon chien aussi.

Cette remarque fit rire le petit garçon.

— Chien. Amène le chiot, exigea-t-il, puis il disparut dans l'entaille de la clôture.

Doreen fixa la clôture et soupira.

— Je ne pense pas que ce trou soit assez grand pour que je passe, marmonna-t-elle.

Mais, avec l'aide de Mack, elle réussit à se faufiler et ne déchira son T-shirt qu'à un seul endroit. Elle se retourna vers le policier et put lire le mécontentement sur son visage.

— Tu sais que c'est la seule solution. Je reviens dans une minute.

Et, sur ce, elle disparut dans les buissons.

Chapitre 31

D OREEN ENTENDAIT MACK derrière elle qui lui murmurait de rester cachée, car personne ne savait comment le propriétaire de la maison réagirait. Mais le petit garçon fit le tour d'une cabane avec précipitation. Elle le suivit du mieux qu'elle put et, quand elle arriva à l'une d'elles, il s'engouffra derrière ce qui semblait être une couverture jetée par-dessus. Elle s'arrêta, regarda autour d'elle pour s'assurer qu'elle était hors de vue depuis la maison, puis imita le petit garçon. S'ensuivirent un cri de surprise, un léger hurlement, puis une voix étouffée.

— Qu'est-ce que tu as fait ? Qu'est-ce que tu as fait ?

Doreen attendit que ses yeux s'adaptent à l'obscurité, puis, d'une voix très basse, elle annonça :

— Bonjour, je m'appelle Doreen.

Dans l'angle le plus éloigné, elle vit ce qui ressemblait à une jeune femme assise. Doreen sourit et s'accroupit, pour ne pas être trop imposante, puis elle continua :

— Bonjour, la salua-t-elle avant de montrer Thaddeus sur son épaule. Vous connaissez ce bonhomme ?

La femme se releva lentement et se rapprocha de quelques pas.

— Comment êtes-vous entrée ici ? murmura-t-elle.

La peur était évidente dans sa voix, et elle continuait à fixer la couverture qui servait de porte.

Doreen se leva elle aussi.

— Disons que j'ai suivi Isaac. C'est votre fils ?

Elle hocha lentement la tête.

— Êtes-vous libre de partir ? demanda Doreen.

La femme la regarda et, malgré les larmes et la peur dans ses yeux, elle secoua lentement la tête.

— C'est vous qui avez accroché le message à la patte de mon Thaddeus ici ?

La femme regarda le perroquet, puis haleta, une main sur la bouche, mais elle hocha la tête.

Ils avaient enfin une réponse.

— Voulez-vous partir d'ici, tout de suite ? interrogea Doreen. Je vous promets que de l'aide vous attend, Isaac et vous.

— Non, je ne peux pas. Je n'ai pas le droit de partir, chuchota-t-elle.

— C'est différent cette fois. La police est là.

La jeune femme face à Doreen secoua la tête.

— Ce n'est pas si facile.

Réalisant que c'était bien plus traumatisant que ce à quoi Doreen s'attendait, et gardant Thaddeus bien en vue, elle s'accroupit.

— Depuis combien de temps êtes-vous ici ? demanda-t-elle avec douceur.

Son regard était hanté.

— Un très long moment.

Le cœur tambourinant contre sa poitrine, Doreen osa poser la question :

— Êtes-vous arrivée ici quand vous étiez enfant ?

— J'avais 12 ans, murmura-t-elle. On m'a amenée ici quand j'avais 12 ans.

— Et quel âge avez-vous aujourd'hui ?

L'ombre d'un sourire apparut sur son visage.

— Je crois que j'ai 22 ans. Mais je ne suis pas sûre.

— D'accord, dit Doreen en lui tendant la main avant de lui serrer le bras de façon rassurante.

— L'appel à l'aide sur Thaddeus a fonctionné.

La femme regarda Thaddeus et, pour la première fois, ses lèvres esquissèrent un sourire.

— Il est beau. J'ai réagi dans le feu de l'action.

— Vous avez bien fait, la rassura Doreen.

Elle se leva, saisit doucement la main de la femme et l'aida à faire quelques pas en avant.

— Vous avez toujours vécu sur cette partie de la propriété ?

La femme secoua la tête.

— Non. Pendant un moment, j'étais à l'intérieur de la maison, et maintenant je suis dehors.

— C'est mieux ?

Elle haussa les épaules.

— Je ne sais pas, répondit-elle.

— Votre famille est là-dedans ?

La femme haussa de nouveau les épaules, mais violemment cette fois.

— À l'exception d'Isaac ?

Encore une fois, elle sourit.

— Isaac est à moi, chuchota-t-elle.

Ce fut à ce moment que Doreen comprit.

— Vous avez été kidnappée quand vous étiez enfant, n'est-ce pas ? Gardée ici en captivité, et l'homme dans cette maison vous a violée, et vous êtes tombée enceinte, c'est ça ?

Elle hocha lentement la tête.

— Pendant longtemps, j'ai fait partie de la famille. Mais, quand Isaac est né, il m'a envoyée ici. Isaac était dans la maison avec moi, et maintenant il est avec moi à l'extérieur.

— Ah…

Elle conduisit lentement la jeune femme dans le jardin, entre les hangars.

— S'il vous voit me parler, commença la jeune femme à voix basse, il sera très en colère.

Doreen la regarda, sourit et dit :

— Tant pis. Il ne sera plus face à une jeune enfant. Il sera face à moi. Et plus que ça, Mack est là aussi.

Elle leva les sourcils.

— Mack ?

— Mack, acquiesça Doreen.

Thaddeus en profita pour descendre le long de son bras et s'approcha de la jeune femme, puis se frotta doucement contre elle.

— Thaddeus est là. Thaddeus est là.

La jeune femme rit.

— C'est tellement étrange, de parler à une autre personne.

— Il vous a isolée parce que vous êtes sa victime, expliqua Doreen, se souvenant de diverses tactiques de son propre mari, même si cette situation était très différente.

Elles continuèrent d'avancer, main dans la main, jusqu'à la clôture, là où Isaac s'échappait.

— Pourquoi allons-nous là ? demanda la jeune femme.

— Parce que Mack est ici.

— D'accord. Vous vous apprêtiez à me dire qui est Mack.

— Il est le défenseur des innocents, un protecteur des

jeunes et des aînés, indiqua Doreen, et, le sourire aux lèvres, elle désigna Mack qui avait l'air confus, alors que les deux femmes s'approchaient de lui avec précaution.

— C'est un policier, et il va vous aider.

— Vous êtes sûre ? interrogea la jeune femme.

Doreen hocha la tête et serra ses doigts, nouant leurs mains ensemble.

— Comment vous appelez-vous ?

— Isabelle, mais Izzy pour faire court.

— Et où viviez-vous avant, Izzy ?

Celle-ci la regarda avec surprise et, alors qu'elles se rapprochaient de Mack, elle répondit :

— Vancouver.

Puis elle regarda autour d'elle.

— Mais nous ne sommes pas à Vancouver ?

Mack eut l'air surpris, puis se tourna vers Doreen. Il écarta légèrement le trou dans la clôture, et laissa passer Mugs pour qu'il rejoigne sa maîtresse.

— Voici Mugs, annonça celle-ci.

Le chien s'entortilla autour des jambes d'Izzy.

Celle-ci se pencha en riant pour lui faire un câlin.

— Il est magnifique.

Ne voulant pas être en reste, Goliath vint également. La jeune femme leva les yeux vers Doreen.

— Ils sont tous à vous ?

Le petit Isaac surgit de derrière l'abri.

— Ils sont tous à elle, s'exclama-t-il en riant avant de se pencher pour faire un gros câlin à Mugs.

Izzy le regarda avec amour, sourit, puis leva les yeux vers Doreen.

— Vraiment ?

Doreen sourit et hocha la tête.

— Tout va bien. Un jour, vous aurez peut-être aussi un animal de compagnie.

La femme eut l'air confuse, puis secoua la tête.

— Je ne pense pas.

— Oh, je n'en serais pas si sûre à votre place, dit Doreen, avec un sourire éclatant. Votre avenir est complètement différent à présent.

— Pendant qu'Izzy et Isaac jouaient avec les animaux, elle s'approcha de Mack, mais garda ses doigts liés à ceux de la jeune femme. Elle avait besoin de la faire avancer. Elle fit un geste vers la clôture.

Mack se pencha plus près, une question dans les yeux, et elle murmura :

— Tu dois rechercher une enfant qui a disparu il y a dix ans à Vancouver.

Il leva les sourcils, la dévisagea, regarda Izzy, puis la regarda à nouveau. Elle hocha lentement la tête. Son regard se dirigea vers la maison de l'autre côté. Doreen ne voulut pas la regarder.

— Et je dois la faire sortir d'ici, ajouta-t-elle à voix basse.

Il hocha lentement la tête et poussa le trou du grillage, tout en sortant son téléphone. Attirant les animaux à l'extérieur, elle poussa délicatement Izzy hors de la clôture en premier, suivie d'Isaac. Lentement, telle une unité, ils marchèrent vers le véhicule de Mack. Il était occupé au téléphone, et Doreen détourna l'attention d'Izzy et de son fils grâce aux animaux, pendant qu'ils se dirigeaient vers la voiture. Une fois arrivés, Izzy leva les yeux et se figea.

— C'est le véhicule de Mack, indiqua Doreen à voix basse, en regardant tout le monde.

— Et ? s'enquit Izzy nerveusement.

De toute évidence, elle avait peur de prendre cette initiative.

— Mack fait partie des gentils, la rassura Doreen.

— Mais qu'est-ce que je suis censée faire ? Je n'ai aucun moyen de gagner ma vie. Je ne peux ni travailler ni faire quoi que ce soit. Comment vais-je m'occuper d'Isaac ? Il dit que je ne reverrai jamais Isaac si j'essaie de m'échapper.

— Ne vous inquiétez pas de cela pour l'instant.

Isaac ouvrit la portière et se précipita sur la banquette arrière, où Mugs sauta peu de temps après, ce qui amusa Izzy.

— Les animaux sont d'accord pour monter ? s'émerveilla-t-elle.

— Et vous aussi, dit Doreen avant d'aider Izzy à monter.

Au même moment, un cri parvint de la maison et l'homme qu'ils avaient rencontré à la porte d'entrée sortit. Mack s'interposa immédiatement pour lui parler, et la jeune femme se mit à pleurer. Doreen sauta à l'arrière, puis entoura Isaac et sa mère de ses bras pour les serrer contre elle.

— Viens, Goliath.

Elle incita le gros matou à venir faire un câlin. Presque comme s'il avait compris le problème, l'énorme chat s'étira sur les genoux d'Izzy et d'Isaac. Malgré elle, Izzy sourit, même si elle tremblait de peur. Isaac cria de joie en entourant le gros chat de ses bras et en le serrant fort. Doreen grimaça, se demandant si Goliath le laisserait faire, mais il semblait tout à fait d'accord. Elle avait la gorge serrée, et elle détestait dire qu'elle avait peur, mais, pour le moment, il fallait éloigner ces deux personnes de cet homme.

C'est alors que le type s'approcha de Mack, en pointant une arme sur lui. Le policier fit un pas en arrière, les mains en l'air. Elle ne pouvait pas entendre la conversation, mais elle savait exactement ce qui se passait. Elle regarda Izzy, qui fixait l'homme avec une fascination horrifiée.

— Est-ce qu'il a déjà pointé une arme sur vous ?

— Tout le temps, répondit-elle.

— Nous allons devoir nous occuper de cette brute alors.

Elle regarda Mugs, puis Thaddeus.

— Vous ne bougez pas, ordonna Doreen en prenant Thaddeus pour le poser sur l'épaule d'Izzy.

— Isaac, tu t'occupes de ces animaux et de ta mère, d'accord ?

Ensuite, Doreen s'extirpa du véhicule et ferma la portière, en espérant que la femme ne partirait pas. C'était leur seule chance d'être libres, et ils devaient la saisir.

Doreen courut sur le trottoir où Mack était posté et l'homme la fusilla du regard. Mais au lieu de s'arrêter au niveau de Mack, elle passa à côté de l'arme dans la main de l'homme, ce qui le fit reculer, et elle planta son visage face au sien. Puis elle élança son bras droit, et le frappa avec force au visage. Il se mit à crier, et Mack aussi. Elle fut soudainement soulevée du trottoir par ce dernier, qui décida ensuite de sortir ses poings pour cogner l'homme armé et le mettre au sol.

— Tu vois ? On fait une super équipe, s'exclama Doreen, le sourire aux lèvres.

Il la regarda avec incrédulité.

— Il avait une arme ! rugit-il.

— Je m'en fiche. Il a passé toutes ces années à tourmenter et à terroriser cette jeune femme avec cette même arme.

Tout à coup, les voisins affluèrent de partout. Certains d'entre eux regardaient l'homme à terre, et l'un d'eux cria :

— Hé, qu'est-ce qui se passe ici ? Violence policière !

Doreen fit volte-face et les dévisagea tous.

— Savez-vous qu'il a kidnappé et violé une jeune

femme, qu'il l'a gardée captive sur cette propriété pendant dix ans ? Que la mère d'Isaac était retenue prisonnière dans une de ces cabanes à l'arrière ? Est-ce le genre de personnes que vous êtes ? Vous laissez cela se produire ici, sous votre nez ? Vous ne l'avez pas aidée une seule fois ni appelé à l'aide pour elle ?

Tous les habitants la fixaient, choqués.

Alors, la portière du pick-up s'ouvrit, et les animaux accoururent à ses côtés. Izzy et Isaac s'approchèrent lentement à leur tour. Doreen leur ouvrit immédiatement ses bras, et Isaac courut vers elle. Izzy s'avança, tremblante. Elle regarda les autres, debout autour d'elle.

— Chers voisins, voici Izzy. Elle a été kidnappée à l'âge de 12 ans et gardée ici comme prisonnière pendant toutes ces années. Pendant dix ans ! hurla Doreen face à la foule. Avez-vous la moindre idée de ce que cette petite fille ressent en sachant que vous saviez tous qu'elle était ici et que vous ne l'avez pas aidée ?

— Nous n'en savions rien. Nous n'avions aucune idée ! fulmina l'un des hommes.

— Qu'est-ce que vous pensiez ? Qu'Isaac était sorti de nulle part ? cingla-t-elle. Vous avez cru qu'il avait été déposé un beau jour par une gentille cigogne ?

Les gens se regardèrent les uns les autres, puis regardèrent Izzy, comme s'ils ne l'avaient jamais vue auparavant.

Doreen comprit à ce moment-là que c'était probablement la vérité.

— Oh, Seigneur. Vous n'avez jamais vu Izzy, n'est-ce pas ?

Ils secouèrent tous la tête. Elle baissa les yeux vers l'homme encore au sol et le pointa du doigt.

— Eh bien, voici l'homme que vous avez ignoré, pour

protéger Isaac, certes, mais vous avez oublié sa mère, grogna-t-elle.

Une autre voisine protesta.

— Nous ne savions pas. Nous ne savions rien du tout, se défendit-elle. Nous nous sommes interrogés, bien sûr, mais nous ne savions pas ce qui se passait.

Doreen regarda le tireur, et Mack le secoua.

— C'est vous qui l'avez kidnappée ? rugit-il.

Le type regarda Izzy, puis Mack et répondit :

— Izzy, quels mensonges leur as-tu racontés ?

— La vérité, dit-elle, d'une voix calme, mais de plus en plus forte à mesure qu'elle parlait. Pendant dix ans, tu m'as gardée prisonnière, utilisant ton pistolet et tes poings pour me terroriser.

Elle se tourna ensuite vers la foule.

— Il est le père d'Isaac. Il m'a violée pendant toutes ces années, marmonna-t-elle face à la foule horrifiée.

Mugs commença à aboyer et se jeta sur l'homme que Mack tenait, pour lui mordre la cheville. L'agresseur se mit à hurler. Exaspéré, Mack essaya de retenir le chien.

— Mugs sait exactement ce qu'il est. Rien de plus qu'un morceau de viande, ajouta sèchement Doreen. J'espère que les détenus de la prison s'occuperont bien de lui. Mack, laisse-nous ici pour que tu puisses emmener cette ordure au poste.

Celui-ci la regarda avec surprise, et elle secoua la tête.

— Cette jeune femme ne devrait pas avoir à se trouver dans le même véhicule que lui.

— Ce ne sera pas nécessaire, une voiture de patrouille est déjà en route.

Quelques minutes plus tard, Arnold et Chester arrivèrent. Ils sortirent du véhicule et dès qu'ils repérèrent Doreen dans la foule, ils gémirent.

— Pourquoi êtes-vous toujours au centre des problèmes ?

— Ce n'est pas vrai ! cria Izzy pour la défendre.

Ils l'observèrent avec surprise.

— Elle m'a sauvée, ajouta-t-elle doucement. J'ai été prisonnière, principalement dans ces horribles cabanes, pendant dix ans. Elle m'a sauvée.

Elle se tourna vers Doreen et lui adressa un magnifique sourire.

Le cœur de celle-ci fondit et elle courut vers Izzy pour la serrer dans ses bras.

— Et maintenant tu es libre, dit-elle, en serrant Isaac dans ses bras également. Vous l'êtes tous les deux.

Elle se tourna les voisins et annonça :

— La prochaine fois, faites un peu plus que de vous occuper d'un petit garçon.

C'est à ce moment que Randy apparut.

— Nous n'étions pas au courant, tonna-t-il. Honnêtement, nous ne savions pas.

Jerry, l'homme avec tous les animaux, s'avança et ajouta :

— Nous sommes des gens discrets, mais nous l'aurions aidée, si nous avions su.

— Peut-être bien. Mais vous avez laissé cela continuer sous votre nez pendant une décennie.

Randy prit de nouveau la parole.

— Martin. Est-ce que c'est vrai ? demanda-t-il, les yeux rivés sur l'homme en état d'arrestation.

Celui-ci se raidit et les fusilla tous du regard.

— Bon sang, s'offusqua Randy.

Ils s'observèrent tous, puis se tournèrent vers Martin, l'incrédulité et le choc se lisant sur leurs visages.

— Izzy ! héla quelqu'un dans la foule. Si tu veux vivre dans la maison…

— Ce n'est pas si facile, l'interrompit Mack. Izzy a été enlevée à Vancouver il y a dix ans. Elle a une famille, nous l'espérons, des gens qui ont besoin de savoir qu'elle est en vie. Et Isaac ? Il a besoin d'une meilleure vie.

Les voisins opinèrent tous du chef et offrirent toutes sortes d'aide : des trajets en voiture, de l'argent, de l'aide, tout ce dont elle avait besoin.

Izzy les regarda avec surprise.

— Je ne sais même pas qui vous êtes, murmura-t-elle.

— Mais ils connaissent ton fils, la rassura Doreen. Et c'est une bonne chose. Isaac est devenu un jeune homme très populaire ici.

Izzy rit, puis ébouriffa les cheveux de son fils d'une main. Isaac la serra dans ses bras et elle fit de même.

Doreen leur sourit à tous les deux.

— Vous savez quoi ? C'est une bonne journée après tout.

La jeune femme lui adressa un sourire radieux et confirma :

— C'est une bonne journée.

Isaac leva les yeux et demanda :

— Est-ce que je peux avoir Thaddeus ?

— Non, ce n'est pas possible, répondit Doreen en riant, mais cela ne veut pas dire que tu n'auras pas d'animal de compagnie une fois que vous aurez trouvé un toit.

Il regarda sa mère avec des yeux suppliants.

— Je ne sais pas où nous allons finir, mais nous pouvons peut-être t'offrir quelque chose, dit-elle, avant de murmurer à destination de Doreen : merci.

— De rien.

Elle se retourna pour regarder Mack, qui était en pleine

discussion avec Chester et Arnold. Avant de revenir vers eux, Mack regarda la foule et s'adressa à tout le monde.

— Je vais emmener Izzy et Isaac à l'hôpital pour qu'ils soient examinés, annonça-t-il. Nous reviendrons vous parler à tous plus tard.

Les voisins hochèrent tous la tête.

— Mais, comme Randy l'a dit, nous ne savions pas.

— Et je comprends. Malheureusement, il est beaucoup plus facile de se voiler la face que de réellement ouvrir les yeux, déclara le policier avant de se tourner vers Doreen. Contente ?

— Très ! répondit-elle, en lui souriant. C'est le meilleur jour de tous les temps.

— Vraiment ? Je suis quasiment certain que ton agresseur s'est enfui hier.

— Tu n'avais pas besoin de parler de ça, répliqua-t-elle avec un regard noir.

— Je pense que si.

À ce moment même, un cri provint du trottoir.

Doreen leva les yeux et vit son agresseur, Snoz, qui se tenait là, affublé d'un sweat à capuche noir.

— Mack ! cria-t-elle. Attention !

L'homme leva son arme, comme pour tirer, mais Chester, qui se tenait sur le côté, analysa rapidement la situation et sortit son arme lui aussi.

Mack bondit sur les deux femmes et l'enfant.

— Police ! Arrêtez-vous ou je tire !

Le tireur ricana et tira quand même, tout comme Chester. Le premier s'effondra sur le trottoir, alors que Mack, dont les bras les entouraient maintenant tous les trois, bloquant la vue d'Isaac et d'Izzy, restait silencieux.

Doreen leva les yeux vers lui.

— Tu es touché ?

— Non, répondit-il avec surprise.

Il se retourna et aperçut le tireur au sol, et Chester resta planté là, sous le choc, puis fit face à Mack.

— Honnêtement, je ne pensais pas que je le toucherais.

Mack courut vers Snoz, l'examina, leva les yeux vers Doreen et secoua la tête.

Elle ne voulait pas dire que c'était une bonne nouvelle, mais c'était le cas ! Elle se posta devant Izzy et Isaac pour les empêcher de voir.

— Allez, vous deux. Remontez dans le véhicule.

— Qui était cet homme ? demanda Izzy.

— Encore un des méchants, répondit Doreen, mais, comme je l'ai dit, Mack fait partie des gentils.

— Je te crois.

Sur ce, tout le monde monta dans le pick-up. Mack ne pouvait plus partir à présent, à cause du chaos qui régnait.

— Tu me fais confiance pour les conduire à l'hôpital ? s'enquit Doreen.

— Pas du tout, ricana-t-il.

Elle le fusilla du regard, puis sauta sur le siège conducteur et alluma le moteur.

— Dommage, dit-elle. Tu es occupé, et je veux qu'on les examine. Préviens l'hôpital, veux-tu ?

— D'accord, capitula le policier. Mais si tu l'abîmes…

— Oh, s'il te plaît. Si je l'abîme, tant pis. Je n'ai pas d'argent pour payer les réparations !

Elle lui lança un sourire malicieux et recula lentement. Tandis qu'elle avançait, Mugs se mit à aboyer à tue-tête. Izzy rit, et Isaac cria au revoir à la foule par la fenêtre. Doreen sourit en réussissant à s'engager avec l'énorme véhicule sur la route et à le diriger vers l'hôpital.

— Comme je l'ai dit, c'est un tout nouveau jour, conclut-elle.

Et elle-même ne s'était pas sentie aussi bien depuis très
longtemps.

Épilogue

Samedi matin...

TROIS JOURS PLUS tard, Izzy et Isaac, après avoir promis de rester en contact, avaient été envoyés à Vancouver, dans une famille qui attendait leurs joyeuses retrouvailles. Martin resterait en prison pour un très long moment. Il avait fini par avouer que lors d'une virée sur la côte, il n'avait eu d'yeux que pour Izzy, et avait réussi à l'enlever à ses parents, puis l'avait gardée avec lui depuis tout ce temps. Personne n'en avait jamais rien su, et quand Isaac était né, Martin avait simplement inventé des mensonges sur son arrivée, et tout le monde les avait gobés.

Si Izzy n'avait pas attrapé Thaddeus et n'avait pas mis ce message sur sa patte, elle serait encore prisonnière à ce jour. Ça ne valait pas la peine d'y penser.

Doreen s'habilla puis descendit préparer du café. Tout cela s'était produit il y a trois jours. Son épaule était nettement moins douloureuse. Elle avait toujours mal lorsqu'elle levait le bras au-dessus de sa tête, mais les saignements s'étaient arrêtés, et elle n'était plus à l'agonie. La douleur était beaucoup plus légère à présent. Alors qu'elle était assise sur sa terrasse, elle entendit un véhicule arriver. Mugs aboya immédiatement.

— C'est Mack, n'est-ce pas ? s'amusa Doreen.

Au lieu de traverser la maison, il fit le tour par l'extérieur, puis sourit en la voyant. Il tenait quelque chose de gros dans sa main.

— Mais qu'est-ce que c'est ? interrogea-t-elle.

Il souleva l'objet en question, et elle comprit que c'était une table. Il la déposa sur la terrasse à côté d'elle, et elle s'écria :

— Où as-tu trouvé ça ?

— Un des gars au travail s'en débarrassait. J'ai dit que tu en avais besoin, et il a décidé de te la donner. J'ai aussi les chaises à l'arrière du pick-up.

Il disparut et fit deux voyages, transportant deux chaises à la fois. Elle resta figée. Finalement, elle avait une table avec quatre chaises sur sa terrasse. Elle regarda l'ensemble avec ravissement.

— C'est tout simplement magnifique.

Le tout était en verre et Plexiglas, et c'était très joli. Depuis qu'elle habitait ici, elle n'avait jamais eu de meubles d'extérieur aussi beaux. Elle s'assit prestement avec son café et sourit en se tournant vers Mack.

— Si seulement nous avions quelque chose à manger.

Il se laissa tomber sur la chaise à côté d'elle.

— Si seulement, acquiesça-t-il.

Mais il y avait quelque chose d'étrange dans sa voix.

— Je suis vraiment heureuse que tu sois venu, dit-elle, et merci beaucoup pour la table et les chaises.

Il hocha la tête, mais il avait l'air légèrement distrait. Il désigna son épaule.

— Comment va cette épaule ?

— Mieux, répondit Doreen, en soulevant gaiement sa

tasse pour en boire une longue gorgée.

Mack lui lança un regard noir.

— OK. C'est encore un peu dérangeant. Mais pas comme avant.

Elle commença à s'inquiéter alors qu'il restait silencieux.

— Qu'est-ce qui se passe ? demanda-t-elle, d'un regard scrutateur.

Il haussa les épaules et évita résolument son regard.

— Il reste du café dans la cuisine, si tu veux une tasse.

— Ça ira, merci.

— Oh oh…

Quelque chose n'allait vraiment pas.

— Et ça veut dire que quelque chose ne tourne vraiment pas rond.

— En effet, et tu vas en entendre parler bien assez tôt, acquiesça-t-il, ses doigts tapant sur la table.

— Qu'est-ce qu'il y a ? demanda-t-elle.

— As-tu…

Puis il se tut.

— Ai-je quoi ?

Il soupira.

— Tu sais, les soucis dans le parterre de fleurs près du grand panneau « Bienvenue à Kelowna » ? L'ancien ? On parle d'en construire un nouveau au nord de l'aéroport.

— Oui, celui sur lequel j'ai passé beaucoup de temps à essayer de concevoir un plan pour la ville ? Il y avait de très belles fleurs, si je me souviens bien. Je ne me souviens pas de toutes, mais il y avait de beaux soucis, en effet. Ils sont en train de le démolir ? Ou peut-être que j'ai mal compris, et qu'ils étaient en train de concevoir le nouveau.

Doreen fronça les sourcils. Cela expliquait pourquoi cette affaire n'avait jamais avancé.

— Oui, celui-là. On y a trouvé un corps ce matin. C'est la première fois que j'y allais et j'ai été assez surpris que le panneau ait disparu.

Doreen haussa les sourcils, et elle dut admettre – même si c'était macabre et mauvais de sa part – que cela avait piqué sa curiosité.

— Moi aussi. Et bien sûr, je suis désolée pour cette personne, mais ne me fais pas poireauter. Qui était-ce, et qu'est-ce qui se passe ?

— Eh bien, c'est ce que je suis venu te demander.

Elle le regarda fixement, surprise.

— OK, maintenant je suis confuse.

— Il se peut que tu connaisses cette personne.

— Quelqu'un que je connais ? s'enquit-elle avec incrédulité. Oh, j'espère que non.

Il sortit son téléphone et fit lentement défiler les photos qui s'y trouvaient.

— Belle tactique dilatoire, mais j'avoue que tu me fais peur.

— Pas du tout, mais les circonstances exigent que je te pose quelques questions.

Il lui demanda où elle était une heure plus tôt, puis quatre heures plus tôt, et si elle avait un alibi.

Elle se redressa et l'observa d'un air choqué.

— Sérieusement, Mack ? Je me suis réveillée il y a environ une heure. J'étais seule à la maison toute la nuit. Pourquoi ? Qui est mort ?

Soudain, elle se pencha en avant.

— C'est l'un des méchants ?

— Eh bien, peut-être, répondit-il. Je suis sûr que beaucoup de gens diraient que c'était définitivement un méchant, mais beaucoup de gens ne diraient pas ça non plus.

— Arrête maintenant ! Dis-moi juste qui c'est.

Ce fut alors qu'il tendit son téléphone.

Doreen l'examina et écarquilla les yeux.

— C'est ça le problème, expliqua-t-il. C'est notre cadavre. Alors où étais-tu hier soir ? Et où étais-tu tôt ce matin ?

Elle fixa la photo de Robin, l'ancienne avocate qu'elle avait engagée pour son divorce. Qui était bel et bien morte.

— Que diable ?

Doreen leva lentement les yeux vers le policier.

— Et je suis désolé, mais je dois te poser la question… L'as-tu assassinée dans les soucis ?

C'est la fin du tome 12 de
Jolis Jardins Maudits, Embrouille dans les lys.
Découvrez *Un meurtre dans les soucis :*
Jolis Jardins Maudits, tome 13

Jolis Jardins Maudits : Un meurtre dans les soucis, tome 13

Un nouveau polar « cozy mystery », par Dale Mayer, auteure de best-sellers au classement du USA Today. Suivez les aventures de Doreen Montgomery, jardinière et détective en herbe, et de ses adorables assistants (un chat, un chien et un perroquet) dans leurs enquêtes criminelles dans la jolie ville de Kelowna au Canada.

De la richesse à la misère… Le chaos n'a jamais été aussi suprême… Elle est désormais elle-même suspecte… Pas de calme à l'horizon…

Être suspecte du meurtre de son ex-avocate n'est pas aussi amusant que Doreen le pensait. Et, bien sûr, on lui a ordonné de rester à l'écart de l'affaire… mais elle ne peut s'empêcher de s'y intéresser. Elle demande donc à Nick, le frère de Mack, son *nouvel* avocat, de l'aider.

La priorité de Mack est d'éliminer Doreen de la liste des suspects. Personne de sensé ne croirait sérieusement qu'elle a fait le coup, bien sûr…. Mais, le fait est qu'elle avait à la fois le mobile et l'opportunité, donc la laver de tout soupçon n'est pas une promenade de santé comme Mack le voudrait. Surtout quand elle insiste pour fourrer son nez dans son affaire, là où il ne faut pas.

Et juste au moment où Doreen est certaine que les choses ne peuvent pas empirer, répondre à la porte va lui prouver que ce cauchemar ne fait que commencer. Qui vient d'entrer dans sa vie ? Personne d'autre que son futur ex-mari, Mathew…

Le tome 13 est disponible !
Pour en savoir plus, visitez le site web de Dale Mayer.
https://geni.us/DMFRMurderUni

Note de l'auteure

Merci d'avoir lu *Embrouille dans les lys : Jolis Jardins Maudits, tome 12* ! Si vous avez apprécié le livre, merci de prendre un moment pour laisser votre avis.

Chers lecteurs,

J'aime avoir de vos nouvelles, alors n'hésitez pas à me contacter sur mon site web : www.dalemayer.com ou sur ma page d'auteure Facebook. Pour être informés des nouvelles parutions et des offres spéciales, inscrivez-vous à ma newsletter ou suivez-moi sur BookBub. Si vous souhaitez rejoindre mon groupe de lecteurs, voici la page d'inscription sur Facebook.

À bientôt,
Dale Mayer

À propos de l'auteure

Dale Mayer est une auteure de best-sellers au classement de *USA Today*, connue pour ses romances militaires sur les forces spéciales, sa série *Psychic Visions* et sa série *Jolis Jardins Maudits*, dans le genre cozy mystery. Ses romances contemporaines sont vibrantes d'émotion et de passion (série *Broken But... Mending, Hathaway House*). Ses thrillers vous laisseront à bout de souffle (séries *By Death* et *Kate Morgan*) et ses comédies romantiques vous feront rire aux éclats (*It's a Dog's Life*, une novella hors-série, et la série *Broken Protocols* avec Charming Marvin, le chat).

Elle laisse libre cours aux séries qui lui viennent… dont certaines sont carrément folles, enfreignant toutes les règles et croisant différents genres !

En plus de ses romans de fiction, elle écrit également des textes documentaires dans de nombreux domaines, dont la rédaction de CV, le jardinage de loisir et le système de crédit immobilier américain. Elle a récemment publié la série professionnelle *Career Essentials*. Tous ses livres sont disponibles aux formats papier et ebook.

Contactez Dale Mayer en ligne

Site web de Dale – www.dalemayer.com
Twitter – @DaleMayer
Facebook Page – geni.us/DaleMayerFBFanPage
Facebook Group – geni.us/DaleMayerFBGroup
BookBub – geni.us/DaleMayerBookbub
Instagram – geni.us/DaleMayerInstagram
Goodreads – geni.us/DaleMayerGoodreads
Newsletter – geni.us/DaleNews